EssexWorks.

For a better quality of life

LHQ

GW00385175

DU MÊME AUTEUR

JEAN RASPAIL

Sire

ROMAN

DE FALLOIS

AVERTISSEMENT A MES LECTEURS

La formule d'usage que naguère plaçaient en tête de leurs romans certains écrivains facétieux ou prudents (« Toute ressemblance avec des personnages existant ou ayant existé serait naturellement fortuite... ») ne saurait être appliquée dans sa totalité à ce livre. Les personnages historiques y sont bien évidemment vrais, ainsi que la trame des faits qui les concernent.

Ceux qui relèvent de l'époque contemporaine, en revanche, nécessitent un examen plus nuancé. Par exemple, le jeune prince Philippe Pharamond de Bourbon, héros de ce livre, n'existe pas. Mais il *pourrait* exister. Toutefois je me suis donné beaucoup de mal pour qu'il ne puisse être confondu avec aucun des nombreux princes capétiens qui forment la jeune génération, à laquelle il appartient, des descendants légitimes de Robert de Bourbon, second fils de Saint Louis et ancêtre direct d'Henri IV (et les Orléans sont aussi des Bourbons). Qu'on veuille bien admettre une fois pour toutes que le prince Philippe Pharamond de Bourbon est un Bourbon *hypothétique*, le premier arrivé à Reims, en quelque sorte. Ce livre illustre le principe royal, mais hors de toute question de personne ou de dessein d'ordre politique.

Une mention particulière à M. l'abbé Jean Goy, archiviste du diocèse de Reims et inventeur de la sainte ampoule (comme on dit l'inventeur d'un trésor), au moins de ce qu'il en reste aujourd'hui. Je lui dois de m'avoir initié à cet extraordinaire roman policier qu'est l'histoire de la sainte ampoule depuis la Révolution jusqu'à nos jours. Il ne s'étonnera donc pas de se retrouver dans ce livre, à sa place et dans son rôle, avec tout le respect et la reconnaissance que j'ai pour sa personne et ses travaux. Il me pardonnera les quelques libertés que j'ai prises puisqu'elles relèvent d'un avenir qui, pour être relativement proche, nous demeure à tous les deux inconnu.

Enfin, que l'on ne me taille point de croupières à propos de la cérémonie du sacre qu'il m'a fallu naturellement abréger, n'en gardant que les temps forts. La conserver par le menu eût imposé au lecteur au moins une heure de lecture supplémentaire (la cérémonie durait près de quatre heures). Mais qu'il soit ici souligné que l'*Ordre pour Oindre et Couronner le Roi de France* est un texte liturgique d'une fulgurante beauté, transmis de roi en roi, de siècle en siècle, et par là chargé d'émotion. J'ai utilisé la très belle édition publiée en 1987 par M. l'abbé Goy.

J. R.

Ce 21 janvier de l'année 1999, dernière année de ce siècle, le vent soufflait en rafales d'ouest. On entendait, jusqu'à l'intérieur de la chapelle, les coups de bélier de la mer se brisant sur la petite jetée du port. A genoux sur les dalles nues, le dos droit, la tête haute, les mains jointes à la façon d'un chevalier de vitrail, un jeune homme blond priait. Il était vêtu d'un pantalon de velours et d'un épais chandail de marin. Agenouillée aussi, légèrement en retrait, comme s'il s'était agi de respecter une préséance, une jeune fille tout aussi blonde priait. La ressemblance était si forte qu'on ne pouvait douter qu'elle fût la jumelle de son frère. Plus en arrière, à peine éclairés par les chandelles plantées au mur, on distinguait une demi-douzaine de garçons et de vieillards. L'âge raisonnable, qu'on appelle adulte, n'était pas représenté au sein de l'étrange assemblée, cet âge où l'on pèse chacun de ses actes, où l'on brime son cœur, où l'on tue son âme, où l'on se trahit à chaque instant, car nul ne peut plus mener sa vie autrement, en ces temps qui sont les nôtres. Enfin, dans l'une des trois stalles du chœur, se tenait un grand vieillard maigre et droit, en bure noire. Il adressa un signe de tête à la jeune fille dont la voix s'éleva claire et couvrit le bruit du vent. Un texte qu'elle devait savoir par cœur, car elle ne s'aidait d'aucun livre :

— Au nom de la Très Sainte Trinité, du Père, et du Fils et du Saint-Esprit. Aujourd'hui, vingt-cinquième jour de décembre mil sept cent quatre-vingt-douze, moi, Louis seizième du nom, Roi de France, étant depuis plus de quatre mois enfermé avec ma famille dans la tour du Temple, à Paris, par ceux qui étaient mes sujets, et privé de toute communication quelconque, même, depuis le 11 du courant, avec ma famille ; de plus impliqué dans un procès dont il est impossible de prévoir l'issue à cause des passions des hommes, et dont on ne trouve aucun prétexte ni moyen dans aucune loi existante, n'ayant que Dieu pour témoin de mes pensées et auquel je puisse m'adresser, je déclare ici en sa présence mes dernières volontés et mes sentiments...

Située à une courte distance de la côte, l'île était cependant coupée du continent. La tempête rendait la navigation impraticable dans l'étroit chenal semé de rochers affleurants. Pendant trois ou quatre jours par mois, aux plus fortes marées et par vent faible, si la mer ne rapportait pas, on pouvait passer à pied sec. Le reste du temps, c'est par un petit cotre à voile équipé d'un moteur auxiliaire que ses habitants se rendaient à terre, encore qu'on ne les y vît pas souvent.

L'île était basse mais protégée des vents dominants par une barrière naturelle de rochers qui formaient comme une falaise, de l'ouest au nord, face à la mer. A l'abri de ce bouclier s'élevaient quatre modestes bâtiments de granit sombre, sans étage, couverts d'ardoises épaisses et inégales. De loin, cela ressemblait à une grosse ferme ancienne, ou même à un petit hameau, à cause de la chapelle dont le minuscule clocher triangulaire haussait d'un bon mètre sa croix de pierre. Une partie de l'île était coupée de murettes qui avaient dû protéger des cultures, autrefois. Le reste était formé de prés et de landes, sur un kilomètre environ. On y voyait quelques chevaux de selle en liberté. Il y avait aussi un petit bois qu'on traversait par un sentier pour arriver au port miniature où le voilier était mouillé, béquillé, et son canot remonté à quai.

Le jeune homme et sa sœur vivaient dans cette île depuis un an. On ne leur connaissait pas de parents. A la poste du gros bourg d'en face, sur le continent, leur courrier arrivait sous un patronyme qui était celui de leur famille au xe siècle et dont l'usage s'était perdu, si bien qu'il n'attirait pas l'attention, quoiqu'on eût guillotiné un roi sous ce nom-là. Ils s'étaient fait si bien oublier que les braves gens du village avaient cessé de s'intéresser à leurs faits et gestes. Seuls les vieux marins-pêcheurs en retraite, se chauffant au soleil sur un banc, continuaient à commenter leur habileté manœuvrière à travers les pièges de la passe, à la voile.

Le vent souffla plus fort et la jeune fille haussa le ton. Sa voix était d'une pureté parfaite. Le vent, la mer, composaient un cortège sonore impétueux qui semblait lui ouvrir le chemin à travers un monde hostile. La jeune fille, en parlant, avait fermé les yeux.

— Je laisse mon âme à Dieu mon créateur, je le prie de la recevoir dans sa miséricorde, de ne pas la juger d'après ses mérites, mais par ceux de Notre-Seigneur Jésus-Christ, qui s'est offert en sacrifice à Dieu son Père pour nous autres hommes, quelque indignes que nous en fussions, et moi le premier...

Nul ne saura jamais pourquoi ce même 21 janvier, tandis que le jour tombait, Rotz se fit apporter le dossier Pharamond. Pour qui connaissait Pierre Rotz, l'idée eût pu paraître absurde, inconcevable, qu'il pût être subitement sensible, même de façon infinitésimale, au souvenir de la mort d'un roi de France décapité deux cent six ans auparavant, jour pour jour. Rotz avait la réputation d'un homme froid, implacable, dangereusement intelligent, sans principes, sans religion, sans morale, un homme d'ombre, d'ambition, de mépris, d'une redoutable compétence. Ministre de l'Intérieur, ministre d'État, inamovible, intouchable, il convenait à ce pays sans mémoire et sans destin. C'était aussi un homme sans défaut, comme l'on dirait d'une cuirasse. Et il commençait à s'ennuyer. Peut-être était-ce là l'unique raison pour laquelle il avait convoqué place Beauvau, avec le dossier Pharamond, le commissaire principal Racado, des Renseignements généraux...

Sur le chemin du ministère, en passant place de la Concorde, Racado fit stopper quelques instants sa voiture à la hauteur de la statue de la ville de Rouen, face à l'hôtel de Crillon. C'était là que certains rêveurs nostalgiques situaient l'emplacement de la guillotine qui trancha la tête du roi. On avait vu les années passées, chaque 21 janvier, quelques vieux débris à brassard et jeunes chnoques cravatés de noir, dont le nombre s'amenuisait, s'y rassembler pour réciter le chapelet et fleurir le socle de la statue dans l'indifférence générale.

— Rien ni personne, Monsieur le commissaire, dit laconiquement l'un des deux voyous en blouson qui battaient la semelle devant le Crillon.

Racado eut un petit rire méchant.

— Encore un peu d'âme qui fout le camp, dit-il.

Hyacinthe Racado, baptisé Jacinthe dans les services, surnom qui était aussi son nom de code, avait débarqué au ministère de l'Intérieur dans les fourgons de Rotz. On disait qu'il avait été jésuite, autrefois. Il lui restait de son état premier une sensibilité et un flair qui le rendaient apte à tous les coups tordus dès lors qu'il s'agissait d'hommes d'Église ou de foi. Avec cela, un bloc de haine. Rotz, qui le connaissait bien, lui avait confié la section des Renseignements généraux chargée plus particulièrement du culte catholique, du clergé et de tout ce qui comportait encore dans ce pays une sorte de fondement religieux. Le dossier Pharamond entrait dans cette catégorie. Rotz, en le nommant à ce poste, lui avait déclaré à la blague : « Cela ne vous changera pas. Je vous donne les âmes. Efforcez-vous de les mériter… »

L'huissier l'annonça chez le ministre.

— Alors, commissaire, et la Concorde ? Nous sommes le 21 janvier.

Racado eut un geste de dédain.

— Pfuit ! Envolés. Pas de fleurs. Pas d'Ave Maria. Je maintiens la surveillance en place toute la nuit, mais je ne me fais pas d'illusion, il ne viendra personne. Vous m'aviez donné les âmes, Monsieur le ministre : je ne rencontre plus que le vide…

Il soupira, au souvenir de tant de montages juteux qu'il avait eu le bonheur d'échafauder, naguère…

— Le vide, dit Pierre Rotz, songeur. Et si ce vide représentait un danger ?

— Un danger ? s'étonna Racado.

En vieux complice, il ajouta :

— Le puissant ministre aurait-il subitement peur du vide ?

— Peur, non. Il s'agit d'autre chose que je ne puis précisément définir et qui m'est complètement étranger. Vous avez été prêtre, Jacinthe ; avez-vous le sens du sacré ?

L'ancien jésuite haussa les épaules.

— Foutaises, dit-il. Je sers le Président et vous-même pour la raison première qu'il n'y a justement pas une étincelle de sacré dans le pouvoir que vous exercez.

— Pas la moindre, en effet, dit le ministre. Voyons le dossier Pharamond.

Il l'ouvrit et lut à haute voix :

— Philippe Charles François Louis Henri Jean Robert Hugues Pharamond de Bourbon, né le 21 janvier 1981 au château de…

La jeune fille s'appelait Marie. Elle était vêtue aussi simplement que son frère, pantalon de velours et chandail à col roulé, mais blancs. Marie ne portait que du blanc, hiver comme été. Cela donnait à toute sa personne une grâce lointaine et altière, mais lorsqu'on croisait son regard bleu, qu'elle avait franc et volontaire, il s'imposait à l'évidence que la hauteur où elle se plaçait était affaire d'âme, et non d'orgueil ou de vanité. Nul, cependant, parmi son entourage, ne s'habillait de blanc en sa présence.

C'était la seconde année qu'à la date du 21 janvier Marie *disait* à haute voix le testament du roi martyr, office qui incombait à sa mère du temps que celle-ci vivait encore. Dès l'an passé, la différence de ton avait frappé tous les assistants, et au premier rang de ceux-ci son frère qui en avait soudain ressenti une sorte de chaleur nouvelle dans le sang. Autant la pauvre Christine de Bourbon larmoyait, écrasée par l'humilité du texte, texte de mort où le malheureux roi se présentait tout aplati devant Dieu, autant sa fille Marie, par la façon qu'elle avait de faire sonner les mots, suggérait un roi debout, Sa Majesté le roi très chrétien, sommant respectueusement Dieu, qui l'avait fait roi de droit divin, de lui pardonner ses péchés et de l'accueillir en son sein, à sa place à lui réservée. Aussi est-ce d'une voix presque impérieuse que Marie attaqua le quatrième paragraphe du testament, et quand le mot « humilier » vint à ses lèvres, il fut clair que l'humiliation d'un prince n'était pas l'humiliation du commun et qu'on entendait dans le ciel les trompettes d'argent de tous les archanges saluer cette humiliation-là :

— Je prie Dieu de me pardonner tous mes péchés ; j'ai cherché à les connaître scrupuleusement, à les détester et à m'humilier en sa présence, ne pouvant me servir du ministère d'un prêtre catholique. Je prie Dieu de recevoir la confession que je lui ai faite et surtout le repentir profond que j'ai d'avoir mis son nom (quoique cela fût contre ma volonté) à des actes qui peuvent être contraires à la discipline et à la croyance de l'Église catholique à laquelle je suis toujours resté uni de cœur. Je prie Dieu...

Ainsi se poursuivit la récitation du testament, paragraphe après paragraphe. A la suite de celui qui vient d'être cité, il y en avait encore quatorze. Quatre commençaient par « Je prie », deux par « Je pardonne », et cinq par « Je recommande ». S'envolant des lèvres de Marie, ces invocations royales claquaient comme des commandements que le fracas de la mer et du vent accompagnait de fanfares célestes. Le moine, dans sa stalle, fronça le sourcil, mais en même temps, son œil pétillait, tout illuminé de l'intérieur. D'une voix qui se voulait sévère, il interrompit la litanie.

— Marie, dit-il, plaise à Dieu qu'au jour de votre mort vous ne vous présentiez pas devant lui en d'aussi abruptes dispositions d'esprit. L'humilité du roi Louis XVI devrait au contraire vous inspirer.

— Elle l'a perdu, coupa Marie. A mon frère qui doit tout recommencer, l'humilité serait pesante. Il sera bien temps de s'en faire un linceul au terme de notre entreprise. Seulement à son terme... Mon père, nous sommes fils et fille de Saint Louis, du roi Hugues, de Charles le Grand, du roi Clovis, du roi Pharamond, nos ancêtres gisent à Saint-Denis où leurs tombes ont été profanées, et nous avons des droits sur Dieu.

— Marie ! protesta le moine.

— Mon père, regardez-nous. A peine avons-nous vingt amis, dispersés, en comptant ceux qui sont ici, et vous, mon père, le meilleur d'entre eux. Nous ne sommes rien pour ce pays. Personne n'a besoin de nous. Rien ne ressemble plus aujourd'hui au royaume qui fut le nôtre. De cœur et d'âme, nous n'avons plus rien à partager avec la plupart de ses habitants. Mais nos fantômes sont bien vivants, et roi, Philippe le sera. Roi sans royaume, roi sans sujets, roi de France. Cela, Dieu nous le doit !

— Marie ! Est-ce que tu ne confondrais pas la volonté de Dieu et la tienne ?

C'est le jeune homme qui avait parlé, d'une voix légèrement moqueuse, mais chaleureuse, plutôt gaie.

— Et quand cela serait ! répondit du tac au tac Marie, crois-tu que ta seule volonté suffira ?

Cela ne s'entendait pas comme un reproche, mais comme un défi affectueux.

Le moine sourit.

— Allons ! Allons ! mes enfants, dit-il. Poursuivons.

On en vint à ce paragraphe du testament où naguère la voix de Christine de Bourbon se brisait, tandis que le défunt prince, son mari, s'employait à faire le vide en son âme pour taire d'avance tout jugement. Il s'agissait, à la vérité, d'un lambeau de phrase navrant que la solitude de l'infortuné roi et la prescience de sa mort prochaine expliquaient, mais que son état royal, transmis à lui par la grâce de Dieu depuis le premier roi Pharamond, lui interdisait de qualifier à l'aune d'un simple destin humain. Le franchissement de ce court passage pouvait décourager à tout jamais. Après un temps de recueillement, Marie se lança :

— Je recommande à mon fils, s'il avait le malheur de devenir roi...

Marie s'arrêta net, puis reprit d'une voix frémissante :

— Je refuse ! Même si le roi Louis XVI l'a écrit de sa main, dans sa prison, au Temple, séparé des siens, abandonné, ce mot n'aurait jamais dû être prononcé ici. Nous ne devons plus l'entendre. Nous ne devons pas le retenir. Il nous faut l'effacer à jamais. Ce n'est pas un malheur que de devenir roi de France. Ce n'est pas un bonheur non plus. Peut-être est-ce un honneur, un devoir, une charge, une mission, mais cela n'a pas plus d'importance. Le roi est roi, comme l'eau est l'eau, comme le feu est le feu. Le roi ne saurait se pencher comme un quelconque individu sur le désordre des sentiments que pourrait lui inspirer son destin. Sa vie n'est pas celle du commun, il n'a pas à en apprécier l'agrément ou le désagrément, que ce soit de corps, de cœur, ou d'âme. Il est le roi! Philippe, tu es le roi. Quelles sont tes pensées?

— Je prie Dieu, répondit le jeune homme. Je suis Philippe, pas encore Pharamond.

Tous comprirent. Il était ainsi fait allusion au bref billet que le défunt prince leur avait laissé en guise de dernières volontés : « Philippe régnera sous le neuvième et dernier nom de baptême que sa mère et moi lui avons choisi dans cette unique espérance de toute notre vie et selon la volonté divine… »

— Mon père, ai-je raison? demanda Marie, tournée vers le moine.

— Je le crois, Marie, mais reprenez où vous en étiez restée.

La voix de Marie s'éleva, une voix de cristal, pure et tenue, au timbre net.

— Avec la permission de mon frère, voici ce qui sera dit, désormais : Je recommande à mon fils, lorsqu'il deviendra roi, de songer qu'il se doit tout entier au bonheur de ses sujets (là aussi, elle avait changé le mot ; le roi avait écrit : « concitoyens »), qu'il doit oublier toute haine et tout ressentiment, et nommément tout ce qui a rapport aux malheurs et aux chagrins que j'éprouve…

Et cela se poursuivit sans une hésitation ni trébuchement de langue jusqu'à l'ultime paragraphe où il sembla enfin que Marie fut saisie d'émotion. Une larme coula le long de sa joue. Ses mains jointes tremblèrent légèrement, qu'elle serra plus fortement l'une contre l'autre.

— Je finis en déclarant devant Dieu, et prêt à paraître devant lui, que je ne me reproche aucun des crimes qui sont avancés contre moi. Fait double, à la tour du Temple, le 25 décembre 1792. Louis.

Elle ajouta :

— Le roi Louis XVI mourut le 21 janvier 1793 à dix heures et quart du matin.

Tous se signèrent, au front, aux lèvres, à la poitrine. Puis le moine célébra la messe.

Rotz eut vite fait. Le dossier n'était pas très épais. D'abord les renseignements d'état civil :

> Philippe Charles François Louis Henri Jean Robert Hugues Pharamond de Bourbon, né le 21 janvier 1981 au château de..., en Luxembourg, chez la princesse de..., sa grand-tante. Sans doute l'aîné des Capétiens depuis la mort de son père...

Rotz leva le nez.

— Pourquoi ce « sans doute » ?

Le commissaire Racado haussa les épaules.

— Est-ce que cela a de l'importance ?

— Aucune, naturellement, dit le ministre. Tout le monde s'en fout. A moins que...

Il eut un geste évasif et poursuivit sa lecture.

> Son père : le prince Robert de Bourbon, de nationalité française, demeurant villa Pharamond, à Pully, canton de Vaud, Suisse. Sans profession. Disparu le 31 mars 1997, ainsi que son épouse la princesse Christine, dans la catastrophe du Boeing Zurich Pretoria...

— Qu'allait-il faire en Afrique du Sud ? interrogea Rotz.

— Essayer de sauver quelques terres qui lui restaient et qui avaient échappé à la réforme agraire. Il était ruiné.

— Ainsi, dit le ministre, le jeune héritier est sans le sou. Je l'aurais préféré riche.

— Et pourquoi ? demanda Racado.

— Parce qu'on salit plus facilement les riches.

Il reprit sa lecture.

Sa mère : la princesse Christine de Bourbon, née comtesse Christina de Pikkendorff, des margraves von Pikkendorff, en Souabe. Petite-fille du général Kurt von Pikkendorff, commandant de la Ve Panzerdivision en 1944...

Rotz vit la brèche providentielle et fonça :

— Un nazi ! Ils étaient nazis, dans les blindés ! On peut salir, avec ça. Avez-vous fait une enquête ?

— Naturellement, dit Racado. On ne manque pas une occasion pareille. On peut même en rajouter. Malheureusement pour nous, le général von Pikkendorff a été arrêté par la Gestapo au lendemain du complot von Stauffenberg, torturé à mort et exécuté le 28 juillet 1944. Chevalier de Malte par-dessus le marché, catholique d'une grande élévation de sentiments, selon ses proches et ses officiers. Il paraît qu'il souriait comme un ange sous les tortures en répétant : « Mon Seigneur et mon Dieu »...

— N'en parlons plus, coupa Rotz, agacé. Seraient-ils parfaits, dans cette famille ?

L'ancien jésuite fit la grimace.

— Chez ces Bourbons-là, je le crains, Monsieur le ministre.

Rotz prit une autre fiche.

Sa sœur : Marie Blanche Anne Jeanne Catherine Thérèse Clotilde Antoinette de Bourbon, née le 21 janvier 1981 (ils sont jumeaux) au château de..., Luxembourg. Petites classes à l'école primaire mixte de Pully, puis pensionnaire à l'Institution Sainte-Bénédicte, à Sierre, dans le Valais...

Suivait une note sur les études respectives du frère et de la sœur, d'où il ressortait qu'ils avaient été des élèves brillants, fantasques, travaillant en amateurs, indifférents au résultat, disciplinés avec nonchalance, bons camarades, simples mais secrets, et surtout impossibles à séparer, à l'exception d'une année de pensionnat, lorsqu'ils allaient sur leurs treize ans, dans des établissements distincts d'où il avait fallu les retirer l'un et l'autre pour les inscrire ensemble au lycée de Lausanne, puis les confier à un précepteur, du jour où ils déclarèrent que ni l'un ni l'autre n'avaient l'intention de déduire quoi que ce soit d'utile d'études qu'ils jugeaient terminées selon les formes scolaires habituelles. Ils montaient à cheval, faisaient de la voile sur le lac hiver comme été et disparaissaient, sac au dos, pour de longues randonnées en France, où, selon le peu qu'on en savait, ils se tenaient à l'écart des foules aussi bien que des petits groupes résiduels de royalistes attardés. Un maigre dossier, aucun fait marquant qui pût être utilisé pour leur nuire...

— Et ça ? demanda Rotz.

Il s'agissait de la photocopie d'une lettre adressée cinq ans plus tôt au prince Robert de Bourbon par le père supérieur du collège Saint-François-de-Sales, à Sion, dans le Valais. En termes respectueux et désolés, il y était fermement exprimé qu'après les incidents de la nuit du 5 avril 1994 préjudiciables au bon renom de l'institution et à l'épanouissement d'une saine éducation religieuse, on ne souhaitait pas reprendre au collège le jeune Philippe, bien qu'il y eût toujours donné la preuve d'une âme franche, pieuse et bien trempée...

Les yeux de Rotz s'allumèrent.

— Quelque chose à en tirer ?

Le commissaire Racado soupira.

— Nous n'avons pas cette chance, Monsieur le ministre. Une étrange histoire, cependant. Sur les deux heures du matin, tout le collège et même le quartier avaient été réveillés en sursaut par des cris déchirants, dans la rue. Une fille appelait : « Philippe ! Philippe ! », et aussi : « Pharamond ! Pharamond ! » En même temps elle tapait des poings contre la porte d'entrée de l'établissement. C'était la jeune Marie de Bourbon, cheveux déployés, en chemise de nuit sous un manteau. Une bicyclette gisait à terre. Elle s'était échappée de son pensionnat Sainte-Bénédicte, à Sierre, et avait dévalé les quinze kilomètres jusqu'à Sion. Il avait bien fallu lui ouvrir. Son frère Philippe s'était rué dans l'escalier, jusqu'au grand hall, avec tout le dortoir à ses trousses, les surveillants, les préfets, le supérieur en pyjama, un désordre inimaginable. Elle s'était précipitée dans les bras de son frère. Elle criait, à peu près hors d'elle : « Je ne veux plus qu'on nous sépare ! Je ne veux plus qu'on nous sépare ! » Et puis, elle s'était calmée. Du pouce, son frère lui a tracé une croix sur le front, après quoi, la tête haute, il s'est retourné vers le père supérieur et lui a balancé aussi sec : « Appelez-moi un taxi, je vous prie. Nous partons. » D'après mon informateur, le supérieur a bredouillé : « C'est à moi que vous parlez sur ce ton ? », ce qui ne l'a pas empêché de détaler vers le téléphone. Dix minutes plus tard, le frère et la sœur avaient filé, sans même se changer, bras dessus, bras dessous, comme ils étaient.

Le ministre siffla entre ses dents.

— Eh bien, voilà ! Que voulez-vous de plus ? C'était il y a cinq ans, dites-vous ? Ils avaient treize ans. La fleur vénéneuse a eu largement le temps d'éclore, depuis.

Le visage du commissaire s'allongea.

— Dieu sait (ce qui fit sourire Pierre Rotz), Dieu sait, Monsieur le ministre, que j'aurais souhaité quelque chose comme cela. Tout prouve au contraire qu'il n'en est rien. Une vie limpide. Ces jeunes gens sont jumeaux, ne l'oubliez pas, et même jumeaux monozygotes. On ne sépare pas ces jumeaux-là. Il n'y a rien à chercher outre. A une variante, cependant : le dévouement absolu, de nature quasiment religieuse, de la jeune fille pour son frère... Il y a autre chose qui vous intéressera.

— Du même genre ?

— Je le crains, Monsieur le ministre. En un certain sens, c'est même pire.

Rotz plissa les yeux et son regard se fit méchant.

— Allez, dit-il. Racontez.

— C'était au début de l'année scolaire, toujours au collège de Sion. Est arrivé un jeune prêtre, un jésuite, qui venait d'un autre établissement pour prêcher une courte retraite de rentrée. Aucun des élèves ne le connaissait. A la messe, ce matin-là, c'était la première fois qu'ils le voyaient. Au moment de la communion, une voix s'est élevée dans les rangs, qui disait sur un ton de commandement : « N'y allez pas. Messe sacrilège... » C'était le jeune Philippe. Il n'avait pas quitté son banc. Chacun était pétrifié. Le prêtre tenait le ciboire à la main et la première hostie entre ses doigts. Comme il s'apprêtait à passer outre, Philippe s'est avancé et en le fusillant du regard lui a dit : « Vous êtes en état de péché. » L'autre n'a même pas fait ouf. Il a replié tout son petit matériel et a filé dans la sacristie. Sur quoi Philippe est revenu à sa place et s'est agenouillé en silence. On n'a pas pu lui tirer un mot de plus là-dessus. Finalement, les bons pères de Sion n'ont pas dû être fâchés d'être débarrassés de lui...

— Vous vous foutez de moi ? dit Rotz.

Visiblement, cela n'amusait pas le ministre. Il s'en irritait d'autant plus que l'incomparable crapule qui lui servait cette histoire à dormir debout était blindée à toute épreuve contre ce genre de momeries. Or Racado semblait y croire, cette fois.

— Hélas non, Monsieur le ministre. Je tiens le récit de cette affaire de la bouche même du jeune prêtre concerné, qui a quitté les ordres, depuis. A l'époque, au collège où il enseignait, il avait une liaison avec l'un de ses élèves, et personne n'était au courant, naturellement. Selon la morale religieuse catholique, il était en état de péché mortel et aurait dû s'abstenir de consacrer.

— Péché mortel ?

Rotz avait de la peine à se contenir. Il appartenait à cette classe politique dominante où le bien et le mal ne s'appréciaient qu'en termes électoraux variables. Aussi bien, sur sa propre personne, ne s'était-il jamais livré au moindre examen de conscience.

— Enfin ! Racado, vous raconteriez ça n'importe où, dans un salon, un dîner, une sacristie, on en rirait ! Vous y croyez encore, vous, au péché mortel ?

— Non, naturellement. Mais il a suffi que cette espèce de petit saint y croie. Ensuite, il a deviné. Enfin, l'accusation a porté, et l'autre s'est retrouvé en fuite sous l'effet d'une volonté qui n'était pas la sienne. C'est ce qu'il m'a dit...

Les doigts croisés sous le menton, le ministre réfléchissait. En termes d'intelligence pure, et l'on ne connaissait pas de faille à la sienne, il perdait son temps avec cette broutille. Il en était parfaitement conscient, et cependant quelque chose le retenait de rompre là et de renvoyer Jacinthe à ses basses manœuvres de défroqué. A travers les doubles vitres du bureau, des sirènes de police se firent entendre. La meute rentrait au chenil. Le téléphone interministériel sonna. C'était le Premier ministre, une doublure, un homme de corvée. Sa voix annonça : « Les syndicats ont signé. » Rotz haussa les épaules : « Les syndicats signent toujours, Monsieur le Premier ministre... »

— Revenons à notre agneau blanc, dit-il à Racado. Avez-vous une explication, commissaire ?

L'ancien jésuite semblait de mauvais poil.

— Je n'en ai pas, répondit-il, et je ne veux pas en avoir. Je n'admets pas l'existence de Dieu.

Il y eut un moment de silence.

— Eh bien, admettez-la.

Racado sursauta.

— Admettre quoi ?

— Mais l'existence de Dieu, nom de Dieu ! Je ne vous demande pas d'y croire, mais de l'admettre, cinq minutes seulement, histoire de débloquer la situation. Ne faites pas cette tête-là, Jacinthe. Fouillez dans vos souvenirs de curé, vous y trouverez sûrement au moins un début de réponse.

A en juger par le visage plissé sous l'effort du commissaire, la réponse eut du mal à se frayer un chemin. Dieu sait au sein de quel cloaque elle luttait pour se hisser jusqu'à la lumière. Ah ! ce ne devait pas être une réponse plaisante pour qu'elle plongeât ainsi l'ex-jésuite dans les affres d'un combat de retardement qui se lisait dans son regard, comme s'il était traqué de l'intérieur. A la fin, il céda.

— Quand je m'occupais de garçons, étant prêtre, j'ai connu quelques jeunes modèles de perfection de ce genre, inattaquables, bouclés de sentiments élevés, d'une blancheur d'âme à faire peur, mais à ce point-là, jamais ! Je crois savoir ce qu'il est... Il est pur !

Comme s'il se débarrassait de quelque glaire l'empêchant de respirer, il répéta, crachant chaque mot :

— Il est pur. Voilà ce qu'il est : pur.

— Pur, dit le ministre, en écho, mais doucement, avec précaution, comme pour éprouver la consistance du mot, y flairant quelque danger caché...

La machinerie intellectuelle qui occupait le cerveau de Pierre Rotz et lui tenait lieu de cœur et d'âme se mit en marche. Où placer sur l'échiquier ce rejeton royal inattendu dont la silhouette se dessinait aux confins lointains de l'Histoire et de l'oubli ? Eût-il ressemblé à d'autres membres de sa vaste famille qui comportait si peu de véritables princes, qu'on aurait pu tourner la page et compter pour rien son existence... Mais celui-là n'était pas un Bourbon de petite venue. Rotz examina attentivement la photo, vieille d'un an, qui était jointe au dossier. Blond, les cheveux longs légèrement bouclés disposés autour des oreilles et de la nuque avec une frange au front à la façon d'un roi de vitrail, Philippe Pharamond de Bourbon donnait plus à penser à Saint Louis qu'à Henri IV ou Louis XIV. C'est le regard qui voulait cela, et en cherchant à le jauger, à en percer la nature profonde, bien qu'il se fût agi d'une photo, Rotz dut baisser les yeux. Non seulement il les baissa, comme s'il avait été lui-même deviné, mais encore il fut obligé de s'avouer qu'il n'avait pu faire autrement que de les baisser devant ce regard bleu et pur. Le mot était à nouveau lâché : pur. Que signifiait, se demanda Rotz, cette pureté s'avançant aux frontières d'un univers de boue ? Sans doute reculerait-elle bien vite, suffoquée…

— Je serais ce jeune homme, continua-t-il à haute voix, j'enfourcherais dare-dare mon blanc destrier, je galoperais à bride abattue jusqu'à Aigues-Mortes, sans me retourner, en me bouchant le nez, je sauterais dans le premier vaisseau en partance pour Damiette d'où je m'en irais mourir devant Tunis, cette fois de façon définitive et pour enfin débarrasser le plancher… Au fait, où est-il, à présent ? Vous signalez la mort de ses parents, l'enquête sur les circonstances de l'accident, et enfin le départ du précepteur et l'arrivée d'un moine âgé dont vous ne mentionnez même pas le nom. Tout cela date d'un an. Et ensuite ?

L'ex-jésuite hésita, l'air embêté.

— La villa Pharamond est fermée, Monsieur le ministre.

— Comment ? fermée… Et c'est seulement maintenant que vous me l'apprenez !

— Dois-je vous rappeler, Monsieur le ministre, protesta Racado, qu'à la mort du prince et de la princesse il avait été décidé d'interrompre provisoirement la surveillance. Pourquoi surveiller des enfants ?

— Imbécile ! Dans ce que je vois se dessiner, ce sont les enfants qui sont dangereux ! Et ceux-là n'ont pas encore tout à fait grandi... Où sont-ils ?

— Nous n'en savons rien, Monsieur le ministre. Quand vous avez réclamé le dossier, ce matin, j'ai fait faire une enquête rapide par notre correspondant à l'ambassade de France à Berne. La villa Pharamond est fermée depuis un an. Les frais d'impôt et d'entretien sont payés par un notaire de Pully qui a déclaré tout ignorer de la nouvelle résidence des jumeaux et qui dit probablement la vérité. Mais s'ils sont en France, ça ne traînera pas. Je les trouverai. Je vais faire diffuser des photos dans toutes nos directions départementales, alerter les gendarmeries, les commissariats...

Le ministre l'arrêta de la main.

— Pas très subtil. Nous n'arriverons à rien de cette façon. On n'emploie pas des bœufs pour chercher des truffes. Les flics n'ont pas été entraînés à flairer l'odeur de sainteté. Et si on vous demande le pourquoi de toute cette agitation, qu'est-ce que vous répondrez ? Que vous craignez un retour du sens du sacré en la personne d'un jeune homme pur qui descend de Clovis et de Saint Louis ? On se tapera les cuisses dans les services. Nous ne tenons même pas un prétexte et nous ne savons rien du terrain où la partie va se jouer. Attendons un peu, commissaire. Il y aura peut-être un second signe...

— Quel était le premier ? demanda Racado, surpris.

Rotz ferma les yeux et se massa le front du bout des doigts.

— Je n'aime pas ça, Jacinthe. Je n'aime pas ça du tout. Cela me ressemble si peu. Ce matin, quand je me suis réveillé, la première pensée qui m'est venue, c'est que nous étions le 21 janvier, anniversaire de la mort de Louis XVI, détail que j'avais complètement perdu de vue, dont tout le pays se tamponne, comme moi-même, et qui n'avait aucune raison de m'être remis en mémoire, avec, écoutez-moi ça, Jacinthe, c'est le comble ! avec une sorte de petit pincement d'émotion, et voilà, c'est ainsi que j'ai commencé ma journée !

Puis, redevenu lui-même, calme et froid, il ajouta :

— Voulez-vous mon sentiment, Racado ? Le 21 janvier 1793, le boulot a été fait. Le droit divin a roulé dans le panier de son avec la tête du roi, et cependant... Il semblerait qu'on ait oublié de prendre certaines précautions complémentaires.

— Lesquelles ? demanda le commissaire.

— Je me le demande. Il va falloir étudier cela de plus près...

En regagnant son domicile, Racado fit un détour de routine par la place de la Concorde. A hauteur de la statue de la ville de Rouen, il freina si brutalement qu'il y eut un bruit de tôle froissée derrière lui, accompagné d'injures sonnantes. Ses deux inspecteurs accoururent. Indifférent à l'embouteillage qui se formait dans un concert d'avertisseurs furieux, il aboya :

— Qu'est-ce que c'est que ça ? Nom de Dieu !

Une couronne, presque aussi haute qu'un homme, était appuyée au socle de la statue. Composée d'une profusion de lys blancs de toute beauté et si frais qu'on les eût dit coupés dans l'heure, elle était barrée d'un large ruban bleu d'azur fleurdelisé où se lisait en lettres d'argent :

PHILIPPE PHARAMOND DE BOURBON .

— Justement, Monsieur le commissaire principal, bredouilla l'un des loubards de service, qui affichait une mine effarée. Justement, on allait vous appeler.

Le commissaire renifla. Les lys embaumaient. Les odeurs de poubelle et de gaz d'échappement avaient reflué vers la rue Royale, l'avenue Gabriel, l'obélisque et les Champs-Élysées, comme chassées hors du périmètre où le sacrifice s'était accompli.

— C'est là depuis quand, ce machin ? interrogea d'un air méchant le commissaire.

— Cinq minutes. Peut-être moins.

— Et c'est venu comment ?

— On ne sait pas.

Racado devint rouge de colère.

— Comment ! vous ne savez pas... Dites-moi plutôt que vous êtes allés vous taper un verre tous les deux, bien au chaud !

— On vous jure, Monsieur le commissaire principal, on n'a pas bougé d'ici. Pas une voiture ne s'est arrêtée. Il n'est venu personne. On n'a rien vu.

Celui qui parlait l'avait fait à toute vitesse, sans respirer, sans marquer les fins de phrase, de peur d'être interrompu brutalement tant ce qu'il disait semblait invraisemblable.

Racado avala goulûment un bol d'air, pour se calmer.

— Répétez-moi ça, voulez-vous. Et lentement.

L'autre s'exécuta. Il avait l'air sincère. Il ajouta :

— Ce machin n'était pas là, on le jure. Puis, à un moment, il était là. On n'a rien vu. Peut-être un instant de distraction. Ces types ont dû sacrément galopé.

— Ces types ? Quels types ?

— On ne sait pas. Il a bien fallu que quelqu'un l'apporte, cette couronne ! Et pas tout seul. Vous avez vu la taille ?

Jacinthe ne lâchait jamais le morceau. Lorsqu'il interrogeait quelqu'un, chaque mot qu'on lui répondait comptait. Il les examinait un par un et les pressait comme un citron.

— Vous avez dit « galoper » ? reprit-il. Est-ce à dire qu'ils couraient vite ? Vous les avez peut-être entendus ?

Les deux inspecteurs se consultèrent du regard. A la fin, celui qui avait déjà parlé se décida.

— On a entendu quelque chose, oui. Enfin, pas des bruits de pas. Ce n'était pas des gens à pied, quoi.

Visiblement, il hésitait.

— Accouchez ! s'impatienta le commissaire.

— On a entendu un galop de chevaux qui s'éloignaient, voilà ! On n'a pas pu se tromper. On les a entendus tous les deux, mon collègue et moi. Le temps d'essayer de les repérer à l'oreille, ils avaient déjà filé.

Racado se frappa le front.

— Un galop de chevaux ! Au milieu de ce bordel de bagnoles ! Et vous les avez seulement entendus ! Vous n'avez même pas été foutus de les voir ! Des cavaliers, place de la Concorde, en pleine nuit, qui galopent entre les autos, et personne ne s'en serait aperçu ! Vous croyez que je vais avaler ça ? Qu'est-ce que vous en pensez ?

Ils n'en pensaient rien.

Avisant leur gueule de gouape, leur front si bas qu'à l'évidence la place manquait pour que pût s'y glisser, même par surprise, le moindre éclair d'imagination, le commissaire haussa les épaules.

— Foutez-moi le camp ! dit-il, et emportez-moi ça au labo. Dès demain, vous me ferez la tournée des fleuristes capables de monter un truc pareil, avec des lys ! Quant à votre histoire de chevaux, je ne veux pas la voir figurer au rapport. Et pas un mot ! A personne !

Racado regagna sa voiture, décrocha son téléphone codé et appela Rotz.

Le ministre écouta en silence. A la fin, il dit seulement :

— Cela a été plus vite que je ne le pensais.

— Je ne comprends pas, Monsieur le ministre. Qu'est-ce qui a été plus vite ?

— Le second signe... Racado, vos deux inspecteurs, vous allez me les expédier par le premier avion à Mayotte ou à Futuna. Ça leur changera les idées. Laissez tomber l'enquête chez les fleuristes, elle ne donnera rien. Ce n'est pas la bonne méthode, je vous l'ai déjà dit. Oubliez tout cela, pour l'instant. Je vous appellerai, le moment venu...

Après la messe, on sella les chevaux. Marie aimait ces chevauchées nocturnes, par grand vent, sur la lande où les cavaliers pouvaient s'élancer au galop de charge, jusqu'à la mer où des escadrons écumants de vagues vertes contre-attaquaient comme dans une bataille. Les chevaux se cabraient. Les cavaliers riaient de bonheur.

Ils étaient cinq, Marie et son frère Philippe, et trois garçons à peu près du même âge, dont le moment est venu de faire connaissance, au moins autant qu'il est possible. Le premier s'appelait Odon de Batz, sans doute descendant de ce chevalier de Batz qui le 21 janvier 1793, à la porte Saint-Martin, avec une douzaine de jeunes gens, l'épée à la main, tenta de délivrer le roi qu'on menait à l'échafaud. C'était un grand rouquin anguleux, les sourcils broussailleux, le menton en galoche, cachant un cœur simple et dévoué sous un air de haute insolence.

Le second répondait au prénom de Josselin. Brun de poil, court et râblé, il était le fils d'un cordonnier de la région, lui-même issu d'une lignée de charbonniers du temps qu'il existait de grandes forêts avec des cabanes dans les clairières où vivaient ces hommes rudes et sauvages. Tous ces charbonniers avaient chouanné, naturellement, au prix de leur sang, servant des princes qui ne le méritaient pas. Philippe aimait beaucoup Josselin. La façon dont ils firent connaissance tous les deux est révélatrice des liens très forts qui les unissaient. Sautant de son bateau, un matin, au village, quelques mois plus tôt, Philippe s'était trouvé face à ce garçon qu'il n'avait jamais vu et qui semblait l'attendre. L'autre l'avait longuement dévisagé, d'un regard tranquille qui ne cédait pas, puis, satisfait de son examen, avait dit : « Je sais qui tu es. Tu as besoin de moi. Je suis le peuple. Cette fois, nous ferons un long chemin ensemble... » Ensuite il avait fléchi le genou jusqu'à terre et Philippe l'avait relevé en disant : « Plus jamais ce geste-là entre nous ! » Et Josselin avait répondu : « Sauf quand le moment sera venu... » Cette scène pour le moins surprenante s'était déroulée devant témoins, des pêcheurs réparant leurs filets, d'autres qui buvaient un verre au café, toutes fenêtres ouvertes sur le quai, un chauffeur de car et ses voyageurs, deux gendarmes descendant de leur estafette, les marchandes de poisson à leur étal... Or il semble qu'on n'en ait rien vu. On n'en releva aucune trace dans ces conversations de village où cependant rien n'échappe au répertoire des petits événements de la journée. On vit passer les deux garçons qui bavardaient comme des copains, mais que l'un eût ployé le genou devant l'autre quelques secondes auparavant, nul n'en retint l'étonnante image, à l'exception d'un vieux bonhomme tout branlant, coiffé d'une casquette graisseuse de marin, qui sourit dans sa moustache et s'en alla en sifflotant : « J'ai vu le roi ! » — « le *roué* », disait-il en roulant le r —, mais comme il était gâteux, personne ne l'écoutait jamais...

Le troisième se prénommait Monclar. C'était, de loin, le plus intelligent des trois ; des cinq, même, si l'on y inclut Philippe et Marie. Mémoire, culture, intuition, il était paré de tous les dons, mais en usait avec discrétion. Réservé, sinon modeste. Il ne faisait pas mystère d'une ambition religieuse qui lui était venue dès l'enfance. En d'autres temps, Monclar eût reçu la pourpre et décroché le chapeau à trente ans, et, à l'âge qui était le sien, dix-huit ans, il ne doutait pas un instant que tel serait son destin. Une petite croix d'or pendait à son cou. Cette description ne serait pas complète, ni équitable, si l'on omettait de préciser que Monclar était un garçon qui priait, et qui, le soir, ne s'endormait, un léger sourire aux lèvres, qu'après avoir confié son âme à Dieu. Sa vocation n'était pas de façade... Ainsi entouré, Philippe avait remarqué un jour avec bonne humeur : « La noblesse, le clergé, le Tiers État... »

Ce même soir du 21 janvier, ayant galopé jusqu'à la

mer, les cinq jeunes gens mirent pied à terre. De l'autre côté de la passe, on voyait quelques lumières, celles du village, puis, plus loin, au-delà d'une forêt dont l'obscurité rassurait, un vaste halo d'un blanc sale qui indiquait une grande agglomération. Le royaume de France...

Philippe s'agenouilla sur le sable mouillé de la grève, face au continent. Marie et les trois autres garçons l'imitèrent. Les chevaux battaient le sol de leurs sabots, en piaffant. Des hennissements aigus comme des éclats de trompette réveillèrent d'une province à l'autre quelques dormeurs, dans quelques villes et villages, qui venaient de rêver de cavaliers providentiels aussitôt disparus qu'aperçus, et qui se rendormirent en paix, inexplicablement heureux...

La lune brillait. Le ciel était une cathédrale d'étoiles.

« Seigneur Dieu, dit Philippe en joignant les mains, j'ai dix-huit ans. Nous n'attendrons plus. Aidez-moi à accomplir ce pour quoi vous m'avez fait naître en ce temps qui n'est pas le mien, mais à la place qui est la mienne et dont nul ne se soucie plus ici-bas. Je vous demande humblement, Seigneur... »

Il croisa le regard de sa sœur et corrigea : « J'exige humblement de vous, Seigneur, par le choix que vous avez fait autrefois de Clovis et du premier roi Pharamond, père de tous les rois de France, j'exige... (nouveau regard à sa sœur, et le mot *humblement* disparut), j'exige votre protection divine jusqu'à Reims. Protégez ma sœur Marie, princesse de France. Protégez mes compagnons, sur le chemin de Saint-Benoît-sur-Loire, de Saint-Denis, de Reims. Ensuite, tout sera accompli... »

Puis la voix de Marie s'éleva. Une source limpide et cristalline. Nous ne citerons que les premiers vers de ce cantique, marqués au cœur de tous ceux qui l'entendirent naguère, dans ce pays : « Souvenez-vous, Vierge Marie, ô mère pleine de bonté, que c'est une chose inouïe, qu'en vain sur vous l'on ait compté... » Une mélodie incomparable... Un dessin musical intensément marial... On le chantait encore il y a une quarantaine d'années, en France. Les voix médiocres ou de peu de foi s'y cassaient. Les autres, rares, s'y envolaient jusqu'à des sommets d'émotion...

Pierre Rotz veillait encore dans le silence de son bureau de la place Beauvau. Il tressaillit. Un petit pincement au cœur... C'était la seconde fois de la journée qu'une porte secrète et inconnue s'entrouvait l'espace d'un instant dans les dédales de son inconscient, laissant filer presque imperceptiblement une sorte de symphonie muette, impalpable, vite inachevée, quelque chose comme une sonorité nouvelle difficile à percevoir clairement, extraordinairement surprenante chez un homme aussi insensible, et qu'avec horreur il jugea bienfaisante.

— Ah non! Pas à moi! s'exclama-t-il à haute voix, furieux contre lui-même.

Il travaillait trop, depuis des années, dormant à peine, le cerveau toujours en éveil. A la longue il pouvait y avoir des ratés. Il gomma cette explication. L'exercice du pouvoir ne l'avait jamais fatigué, au contraire. Il ne se sentait jamais mieux que vissé à son bureau, au centre de sa toile, les membres du gouvernement pendus anxieusement à son téléphone, des dizaines de milliers de gens à ses ordres, piégeant ennemis et amis avec le même entrain malfaisant. Vieillissait-il? Les vampires politiques ne vieillissent pas. A chaque victime, ils rajeunissent. On ne s'en débarrasse qu'en les abattant, et ce n'était pas demain que cela lui arriverait... Alors? Et ce Pharamond? Ce qui n'avait cessé de l'étonner durant toute cette journée, c'était l'importance que lui-même, Rotz, tout-puissant ministre de l'Intérieur, accordait à un jeune homme qui ne représentait rien ni personne et même pas la mémoire d'un peuple qui l'avait perdue depuis longtemps. Repêchant la photo de Philippe dans le dossier, il la posa sur son bureau, devant lui.

— Tu ne m'impressionnes pas, murmura-t-il.

Ce qui était le contraire de la vérité, il le savait, mais, cette fois, il ne baissa pas les yeux en croisant le regard de la photo. Il le reçut au contraire comme un éblouissement, une sorte de flash qui s'éteignit aussitôt, le laissant saisi d'étonnement.

— Il commence à me faire ch… ! dit-il.

Réflexion de dépit qui lui échappa, qui n'était pas digne de lui et qui ne le menait à rien. Il se la reprocha. Ainsi qu'il l'avait dit à Racado, ce n'était pas la bonne méthode. Ce qu'il fallait, c'était changer de camp, par hypothèse, par imagination, comme un espion qui s'identifie psychologiquement à l'ennemi, ou un tueur qui aime sa victime afin que le crime soit parfait. Il fallait admettre a priori l'inconcevable que ce regard pur et bleu et la majesté juvénile de ce visage exprimaient : la certitude d'incarner, sans orgueil et à l'évidence, un pouvoir d'ordre divin, éternel et sans partage. En user ou n'en pas user n'avait aucune importance aux yeux de Philippe Pharamond de Bourbon. Seul comptait le symbole sacré et le cheminement du symbole dans l'âme glacée de la nation. Cela, Pierre Rotz l'avait compris. Il le posa en postulat. Que Dieu existât ou non n'entrait pas en ligne de compte dans le raisonnement de Rotz, lequel n'avait jamais cru en Dieu, ni même à la commodité de croire en Dieu pour établir un semblant d'ordre apparent en soi-même et dans ce bas monde. Mais le jeune Bourbon, lui, y croyait. Rotz dut se faire violence, mais il lui fallait aussi partir de là, de cet autre inconcevable postulat que c'était par sa foi en Dieu et par la volonté de Dieu que Pharamond s'était mis en marche, effaçant ses traces depuis Pully… Où était-il, à présent ? Où allait-il diriger ses pas ? Et pourquoi ? A examiner les choses de cette façon, Rotz entrevit quelques débuts de réponse à ces questions.

— Ainsi, dit-il, rasséréné, s'adressant à la photo, tu es le roi ? Joue ton rôle. Je ne tue pas les symboles dans l'œuf, ce serait trop facile. Et puis, tout de même, je voudrais bien voir jusqu'où tu es capable d'aller, si tu as tellement confiance en Dieu. Nous te trouverons. Nous te suivrons. Au terme, nous t'écraserons.

Et il referma le dossier, le glissa dans un tiroir, puis composa le numéro de téléphone de Racado.

— Jacinthe, j'ai un boulot urgent pour vous, demain. Je veux la liste de tous les rois de France inhumés à la basilique Saint-Denis.

L'étrangeté de la mission acheva de réveiller le commissaire.

— Mais ils sont en vrac, dit-il.

Si le terme n'était pas heureux, il correspondait à la réalité. A l'exception de la dépouille mortelle de Louis XVIII et des restes identifiés du malheureux Louis XVI, enfouis chacun sous une dalle de marbre noir anonyme, dans la crypte, les autres — tout au moins les débris affreux qu'on en avait retrouvés pêle-mêle après la profanation des sépultures en octobre 1793 et son cortège de scènes d'horreur — avaient été entassés dans cinq cercueils murés au fond de l'ancienne crypte, privés ensuite par la République de tout signe extérieur de respect, de toute incitation au recueillement, leurs noms gravés s'effaçant peu à peu, et, d'ailleurs, qui s'en souvenait ?

— Je le sais, dit Rotz en haussant les épaules. Et alors ? Je ne vous demande pas d'aller les saluer un par un. Seulement la liste. Ceux qui y sont, et surtout ceux qui n'y sont pas et qui, par conséquent, doivent se trouver ailleurs. Apportez-moi ça demain soir...

Tous les cinq, ils avaient dix-huit ans. Philippe et Marie, ce 21 janvier. Odon de Batz, quinze jours plus tôt ; Josselin, deux mois auparavant ; et Monclar, le plus âgé, depuis quatre mois déjà. Riant de bonheur, ils soufflèrent tous ensemble les dix-huit bougies plantées dans un quatre-quarts plutôt compact qu'avait confectionné Marie. Josselin déboucha une bouteille de champagne. Ils levèrent leur coupe en silence vers Philippe qui répondit simplement : « Merci. » Le gâteau achevé, il dit :

— Nous partirons après-demain, dans la nuit. Le vent a l'air de virer au calme et nous aurons une forte marée basse. Les chevaux passeront sur le continent à gué.

— Ne craignez-vous pas d'attirer l'attention ? demanda le vieux moine auquel nous donnerons son nom : Dom Felix. Votre chevauchée ne passera pas inaperçue, et les routes sont moins sûres que sous le roi Saint Louis.

— C'est l'hiver, mon père. Les campagnes sont presque abandonnées. C'est par là que nous irons. Les lieux habités, nous les passerons la nuit. Dieu fermera les yeux et bouchera les oreilles des malintentionnés. Pour le reste, nous remonterons le cours du fleuve. Il nous mènera à Saint-Benoît en huit jours.

Suivirent un court exposé de Josselin sur l'intendance, réduite à la plus grande simplicité, d'Odon de Batz à propos des étapes possibles, et de Monclar sur les moyens de maintenir la liaison avec l'île.

— Bien. Et les autres ? demanda Philippe. Avons-nous des nouvelles ?

Il s'adressait à un monsieur âgé, discret, effacé, mais la mine éveillée, alerte, qui n'était autre que le propriétaire de l'île. D'origine irlandaise et de conviction jacobite, il s'appelait Faragutt. On ne le voyait presque jamais, sauf à la messe et aux repas. Il était l'unique passerelle entre le royaume et le monde. Enfermé dans une sorte d'atelier qui occupait l'une des quatre maisons basses du hameau, il écoutait la terre entière et les satellites jour et nuit à l'aide d'un puissant appareillage. Les réseaux de police du continent n'avaient pas de secret pour lui. Il surveillait aussi le téléphone.

— A Paris, dit-il, Bohémond est passé place de la Concorde. Ce qui devait être fait l'a été. Il vous rejoindra à Saint-Denis où Tibérien vous guidera. Le frère Ulrich, à Saint-Benoît-sur-Loire, vous attend. Il faudra vous montrer prudents. Enfin, à Reims, Amaury a retrouvé la piste de Ruhl.

Le conventionnel Ruhl. Tous comprirent. La pièce qui manquait sur l'échiquier…

— Nous sommes prêts, conclut Philippe. Et vous, mon père ?

— Avec votre permission, Monseigneur…

C'était la première fois que Dom Felix l'appelait ainsi. Philippe rougit imperceptiblement, puis fit un léger signe de tête, indiquant qu'il acceptait l'hommage. Le visage de Marie rayonnait. Elle dévorait son frère des yeux. Ses lèvres remuaient en silence, tandis qu'elle se répétait en elle-même : « Monseigneur, Monseigneur, Sire, mon frère… »

— Avec votre permission, Monseigneur, reprit Dom Felix, pour ma part, je voyagerai dans le siècle, par le train. Hélas, cela conviendra mieux à mon âge. A Saint-Benoît, vous n'aurez pas besoin de moi. A Saint-Denis non plus. A Reims, en revanche, j'aurai bien avancé. Je vous y attendrai où vous savez.

— D'ici là, mon père, demanda Philippe, quels sont vos conseils ?

— De vous garder en état de grâce. Sire, soyez le roi sans péché. Vous ne pouvez rien espérer d'autre…

Le 4 septembre 1792, les premiers pillages commencèrent à la basilique Saint-Denis, selon les dispositions de la loi qui allait devenir républicaine dix-huit jours plus tard. Le 9, le dernier office des bénédictins dans l'église dont ils avaient été les maîtres pendant onze siècles fut célébré par Dom Verneuil, le père abbé, mitre en tête et crosse au poing. Cela ne manquait pas de courage, ni de panache. Ils chantaient : « *Manus tuas, Domine, commendo spritum meum...* » Le 14, chassés, menacés de mort, les religieux se dispersèrent sans espoir de retour. La nécropole royale entra en agonie.

On s'attaqua d'abord au toit. La charpente en fut dénudée, livrée aux intempéries, le plomb arraché et stocké dans la nef, en désordre, au milieu des tombeaux. Le 6 août 1793, l'église grouilla soudain de soldats à bonnet rouge, d'ouvriers armés de pics, de masses, de marteaux, de leviers. La foule les encourageait. Par un singulier tour du destin, la première chapelle sur laquelle ils se ruèrent fut celle du roi Dagobert Ier, fondateur de l'abbaye. Sa statue gisante fut anéantie. Certains monuments funéraires furent conservés, notamment ceux des Valois, « pour leur exceptionnelle qualité artistique », selon un décret de la Convention. Avec les autres, brisés à la masse, saccagés, on construisit à l'entrée de Franciade, ci-devant Saint-Denis, sur la place d'Armes, une montagne allégorique de ruines au pied de laquelle fut aménagée une grotte à la mémoire de Marat et de Peletier de Saint-Fargeau, promus martyrs de la Révolution. Les têtes sculptées de nos rois, couronne brisée, nez cassé, les yeux crevés, ornaient les piliers et les frontons de la grotte.

En septembre, dans l'abbatiale mutilée, on martela ou on fit sauter au ciseau les derniers attributs de la royauté qui avaient encore échappé à la fureur républicaine, notamment ceux du buffet d'orgue. Périrent aussi les dernières croix des calvaires qui jalonnaient, dans Saint-Denis, l'itinéraire des convois funèbres des rois de France. Enfin, ce fut le tour des cloches. Elles subirent le martyre de la roue, rompues à coups de barre de fer, émettant des plaintes lugubres qui rebondissaient en échos à l'intérieur de la basilique.

Firent leur entrée « ces spoliateurs de tombeaux, ces hommes abominables qui eurent l'idée de violer l'asile des morts et de disperser leurs cendres pour effacer le souvenir du passé »[1]. C'était le 12 octobre 1793.

Au milieu d'une foule surexcitée qui encourageait de la voix et du geste les terrassiers, on commença à creuser aux abords immédiats de la basilique deux fosses carrées de trois mètres de côté et trois mètres de profondeur. La première était destinée à recevoir les ossements des Bourbons, la seconde ceux des Valois et des Capétiens directs, ainsi que les restes des rois des deux premières races, si l'on en retrouvait quelque chose. Non loin de là, dans un baraquement, fut édifiée à la hâte une fonderie où les cercueils de plomb des tyrans se transmuteraient en balles de fusil républicaines. Puis l'on enfonça au bélier les portes des caveaux.

1. Chateaubriand, *Le Génie du Christianisme*.

Le premier « tyran » forcé dans son repos éternel fut le bon roi Henri IV. Lorsqu'on eut fait sauter à coups de marteau et de pied-de-biche le lourd couvercle de son cercueil de chêne, puis son cercueil de plomb à la barre à mines, déclenchant dans le caveau des Bourbons un épouvantable vacarme, son corps apparut enveloppé d'un suaire blanc presque intact. On dégagea la tête, et, dans l'air raréfié, se répandit une forte exhalaison d'aromates. Ce roi-là sentait bon. Ce ne fut pas le cas des autres. Après cent quatre-vingt-trois ans de tombeau, son visage était admirablement conservé, la barbe presque blanche, les traits sereins, à peine altérés. Le cadavre fut ainsi dressé, comme un mannequin, et adossé à un pilier. La foule qui l'entoure, impressionnée, suspend un instant sa haine. Peut-être même est-elle émue au spectacle de ce grand roi debout, immobile dans son linceul. Et si elle tombait à genoux, en témoignage d'ancien respect ? Mais la loi qui régit les masses humaines ne souffre pas d'exception, c'est toujours le plus vil qui l'emporte, et le plus vil, le voici : un soldat, même pas pris de boisson, ce qui eût au moins constitué une excuse. Se poussant au premier rang, avec des mines de matamore, le soldat, courageux fils du peuple, tire son sabre et coupe ras une bonne mèche de barbe blanche dont il se fait une moustache postiche sous les rires et les applaudissements. Voilà, c'est décidé, la foule sera abjecte. Une mégère brandit le poing sous le nez du bon roi Henri, et puis, carrément, le gifle à toute volée, si fort que le corps tombe à terre. C'était le samedi 12 octobre 1793 et le jour tombait. Les forceurs de tombeaux rentrèrent chez eux pour se reposer le dimanche en famille, observant une pause déjà syndicale, si bien que le roi Henri IV demeura ainsi exposé aux outrages de la populace jusqu'au lundi 14 octobre. On ignore dans quel état il fut retrouvé, car il fut balancé sans ménagements, dès le matin, et le premier, dans la fosse des Bourbons.

Passé ce premier défoulement, on accéléra le boulot. Louis XIII fut expédié dans la fosse sans même l'aumône d'une injure. Il puait. Avec Louis XIV, on respecta les formes républicaines. L'un des terrassiers, autre courageux fils du peuple, sortit son couteau à longue lame, et, d'un coup vif, éventra le roi. Il s'en échappa quantité d'étoupes qui remplaçaient les entrailles et soutenaient les chairs. Estimant sans doute, à bon droit, qu'il avait été trompé sur la réalité charnelle de la dépouille royale aussi inerte qu'une poupée de son, l'éventreur, avec son couteau, ouvrit en force la bouche du roi dont les mâchoires étaient bloquées depuis soixante-dix-huit longues années. Rude besogne. Il en vint à bout, saluant comme un gladiateur, et la multitude l'acclama. Le roi Louis XIV, qui, de son vivant, puait effroyablement de la bouche, exhala un ultime soupir qui extermina les dernières mouches qui survivaient dans le caveau. Le fils du peuple préleva sur la mâchoire royale une dent, solitaire, un chicot noir et pourri qu'il montra au peuple, comme un trophée. Le peuple applaudit et rugit de bonheur.

On apporta ensuite la dépouille de Marie-Thérèse d'Autriche, fille de Philippe IV d'Espagne, épouse de Louis XIV, reine de France, aimante, discrète et délaissée. Le cadavre, en assez bon état, étonna par sa petitesse et la délicatesse de ses pieds. Les mégères glapirent de fureur. Accablées par l'injuste nature d'arpions informes et croûteux, elles votèrent la mort par acclamations. On bascula la reine Marie-Thérèse dans la fosse où elle s'abîma, la tête tordue et renversée, les jambes levées vers le ciel, elle qui avait été si vertueuse, et cela fit bien rigoler... Marie de Médicis ne fut pas mieux traitée. A part les bagues qu'elle portait et qui firent retour au peuple, elle coulait comme un vieux fromage. Quelques cheveux, comme des poils de chèvre, surnageaient dans cette putréfaction. Les patriotes se les disputèrent. Anne d'Autriche, la fière Anne, la reine de cape et d'épée, fut balancée en hâte dans la fosse. Ses membres ne tenaient plus à son corps. On ne prit même pas la peine de faire connaître au peuple souverain présent à Saint-Denis de qui, cette fois, il s'agissait. Le peuple, les yeux révulsés, tétanisé de haine autour des fosses, commençait à se boucher le nez.

Pensez-vous qu'il rentra chez lui, le peuple, vengé, apaisé, au moins sonné par cette horreur où rois et manants se retrouvaient face à face et égaux devant Dieu, misérablement ? Eh bien, non ! Il s'obstina. Plus les caveaux puaient, exigeant la relève fréquente des terrassiers qui rampaient de tombeau en tombeau dans la fumée tremblotante des chandelles menacées aussi d'asphyxie, plus la foule s'agglutinait autour de ces orifices méphitiques. On entassa, dans la fosse des Bourbons, des dauphins, des grands dauphins, des petits dauphins, des Mademoiselles, des Grandes Mademoiselles, et Monsieur, le calamiteux Orléans, des ducs de Bourgogne, d'Anjou, d'Aquitaine, de Bretagne, de Montpensier, des princes mort-nés qu'applaudissaient les mégères parce qu'au moins « ceux-là n'avaient pas vécu », une Stuart égarée, des duchesses de Parme, d'Artois, d'Angoulême, de Berry, et la Palatine, et Turenne, et le Grand Condé, et tant de filles de France qui s'appelaient Marie, Marie-Zéphirine, Marie-Adélaïde, Louise-Marie, Marie-Élisabeth, Marie-Anne, lesquelles coulaient comme des fontaines de mort au fond de leur cercueil de plomb. On les vira dans la fosse aux Bourbons. Ô Marie, tendre Marie... Un cloaque. La basilique n'était plus respirable, mais le peuple reniflait avec passion. Ceux qui tombaient, suffoqués, étaient célébrés comme des héros.

C'est alors qu'on découvrit Louis XV.

Dieu sait qu'on l'attendait, celui-là, pour lui montrer comme on s'en souvenait et combien on l'avait haï, à sa mort, le Bien-Aimé ! Que n'avait-on dit, qu'il était mort de la vérole, déjà pourri vivant, qu'à la fin de sa vie on ne pouvait l'approcher sans être asphyxié, qu'on attrapait la peste en respirant le même air que lui et qu'on ne l'avait point embaumé parce que les embaumeurs étaient morts après l'avoir à peine touché... Il déçut. Son cercueil ne répandit aucune exhalaison mauvaise. Après vingt ans d'ensevelissement, on le trouva très bien conservé et la peau blanche aussi fraîche que s'il venait d'être inhumé. Il avait cependant le nez violet et les fesses rouges comme celles d'un enfant nouveau-né. On aurait dit qu'il prenait son bain, car il flottait dans une eau abondante formée par une dissolution de sel marin dont on avait enduit son cadavre. Les injures s'étranglèrent dans les gosiers. Mais, l'eau vidée, ce fut l'horreur, la putréfaction instantanée. Animé d'étranges mouvements, le corps du Bien-Aimé parut se digérer lui-même jusqu'à n'être plus qu'une pellicule de chair presque plate, comme une empreinte au fond du cercueil d'où s'échappait un nuage d'une effroyable puanteur et qu'on précipita au plus vite dans le fossé. Épouvanté, le peuple s'enfuit. On enflamma force poudre, on tira même des feux de salve dans l'espoir de purifier l'air. Ainsi fut salué le roi Louis XV. C'était le 16 octobre 1793, entre neuf et onze heures du matin, à l'heure où la reine Marie-Antoinette était menée à l'échafaud dans la charrette ordinaire du bourreau, tournant le dos au cheval, les mains liées derrière le dos et les cheveux roides sur la nuque...

Dès l'après-midi, on revint en foule, naturellement. La fosse des Bourbons fut comblée, et l'on passa aussitôt aux Valois.

Le premier cercueil ouvert fut celui de Charles V le Sage, mort en 1380. Le squelette était assez bien conservé, mais ce qui excita les violeurs de tombes et leur fit redoubler d'efforts, c'est que contrairement aux Bourbons, ce Valois avait été inhumé avec ses insignes royaux. On n'allait plus se crever pour rien au fond des caveaux. De Charles V on trouva la couronne, la main de justice en argent, le sceptre long de cinq pieds, surmonté de feuilles d'acanthe en vermeil, ainsi qu'une simple baguette de coudrier, et, dans la tombe de son épouse Jeanne de Bourbon, une quenouille de bois, symbole d'humilité, double rite qui remontait à Pharamond et aux rois païens.

Il fallut plusieurs sondages obstinés et des rampements de taupe pour repérer l'entrée du caveau de François Ier. On y découvrit six cercueils de plomb, tôt expédiés à la fonderie qui ronflait de l'aube à la nuit. Le créateur du Collège de France était là avec toute sa famille, sa mère la reine Louise, Claude de France, sa femme, et trois de leurs enfants. Ils se transformèrent, au contact de l'air, en un liquide boueux et nauséabond, qu'on vida, au seau, comme des excréments, dans la fosse aux Valois. Les ossements suivirent. Ce fut le dernier souverain qui pua et beaucoup le regrettèrent, cette puanteur attisait la haine qui commençait à s'assoupir. Mesurant de l'œil le niveau de la fosse qui montait régulièrement, un ouvrier fit remarquer qu'il n'y aurait pas de place pour tout le monde.

Dans l'ordre chronologique du viol des sépultures, voici « tout le monde » : Charles VI, Isabeau de Bavière, Charles VII, Blanche de Navarre, François II, la reine Margot, Charles VIII, Henri II, Catherine de Médicis, Charles IX, Henri III, Louis XII, le Père du peuple, Louis X le Hutin, Philippe Auguste, qui déçut plus encore que Louis XV parce que son sarcophage était vide et que les insultes s'en trouvèrent ravalées à fond de gorge, Louis VIII le Lion, Marguerite de Provence, l'épouse de Saint Louis, dont deux petits os et une rotule, tout ce qu'on en trouva, sautèrent de main en main, par jeu, avant de plonger dans la fosse visqueuse, Charles IV, dernier des Capétiens directs, Philippe le Bel, le crâne ceint d'une couronne de vermeil sertie de pierres précieuses, Jean II le Bon, Philippe III le Hardi... Encore ne s'agissait-il là que de têtes couronnées, car on balança aussi dans la fosse tout un monde de princes, de ministres, d'abbés, de connétables, de chambellans, les comtes de Poitiers, de Boulogne, le sénéchal Pierre de Beaucaire, Louis de Sancerre, vainqueur de Roosebeke sous Charles VI, le chevalier de Barbazan, le grand Suger, abbé de Saint-Denis, et Mathieu de Vendôme, abbé aussi, dont la crosse de cuivre doré servit ensuite à des mascarades, Bertrand Duguesclin et Léon de Lusignan, dernier roi franc d'Arménie et premier d'une longue série non close de réfugiés chrétiens en France, tant d'autres encore, jusqu'à cette obscure chapelle souterraine, dite du Lépreux, dont les violeurs de tombes supposèrent que cette dénomination avait été choisie par ruse pour protéger quelque trésor et qu'ils réduisirent rageusement en miettes pour n'y découvrir que les ossements d'une modeste dame Sédille de Sainte-Croix qui n'était ni reine, ni princesse, et que les mégères présentes injurièrent copieusement, par un curieux retournement de jalousie, pour s'être haussée de cette façon au-dessus de la condition commune...

Le roi Saint Louis, inhumé aussi à Saint-Denis, ne fut jamais retrouvé. Doublement odieux, comme roi et comme saint, on imagine l'acharnement avec lequel on le chercha, on le traqua de caveau en caveau. Peine perdue. Sa grande ombre s'étend, tutélaire, sur la vieille basilique assiégée.

Quant aux autres... Les cercueils de plomb ne datant que du XVIᵉ siècle, les chairs de « tout ce monde-là » étaient réduites en poussière. Certaines avaient été bouillies afin de les séparer de leur squelette et enfermées dans des sacs de peau. L'élément solide ne comportait que les ossements et les crânes dont l'accumulation épaissit notablement la soupe de teinte indéfinissable, mêlée de chaux vive, qui atteignait presque le rebord de la fosse et qui était une sorte de concentré, de quintessence de nos rois. Les représentants du peuple crachaient dedans. La récolte d'objets précieux n'avait pas été à hauteur de leurs espérances. Nos princes s'étaient le plus souvent couchés dans leur tombeau en chemise, sans bijoux ni attributs royaux, en signe d'humilité chrétienne. Le total de la collecte donna onze couronnes de vermeil ou de cuivre doré, ornées de pierres et de cristaux, onze sceptres ou fragments de sceptre de même métal, quatre mains de justice en argent, trois anneaux, dont un seul en or, deux agrafes de manteau losangées ornées de pierres dures et de cristaux et un reste de ceinture à garniture de vermeil travaillée en filigrane, juste de quoi animer une mascarade et enrichir les conventionnels véreux qui composaient la commission de récupération des biens des tyrans. Ô Marie...

Il y eut quelque chose d'épouvantablement sacré — l'insondable sacré populaire, celui qui s'oppose au divin, celui qui fait douter de Dieu — dans l'acharnement des violeurs de tombes à s'enfoncer comme des termites en plein fondement des siècles premiers, comme si c'était un droit nouveau de vie et de mort sur le passé découlant naturellement de la Déclaration des droits de l'homme et du citoyen. Épuisés, toussant, crachant, asphyxiés, les nécrophages entreprirent de se frayer un chemin à travers les plus anciens sédiments funéraires de l'antique basilique. Ce ne fut pas sans peine. Le 21 octobre 1793, au-delà du sarcophage de Philippe Auguste, mort en 1223, ils piétinaient en territoire inconnu, sans plan, sans repères, cloués dans leurs galeries souterraines qu'il fallait étayer et aérer. Avec le poids des siècles, peut-être celui de la honte commençait à leur peser. Ils n'étaient plus très nombreux, quand vint le moment de franchir ce Rubicon enfoui sous des centaines d'années de terre de France et de chair royale accumulées et mélangées. On doit leur reconnaître un singulier courage.

Le premier de ces rois anciens découvert fut Louis

VII le Jeune, sixième Capétien. Louis VI le Gros, son père, ne livra qu'un sarcophage vide où dans un coin brillait une poignée de poussière lumineuse. Le chef des terrassiers retint un signe de croix. Il s'appelait Tibérien, natif de Franciade, ci-devant Saint-Denis. Ses compagnons avaient presque tous lâché prise, mais ceux qui s'obstinaient s'avançaient vers Dieu sans le savoir, vers le pacte originel entre Dieu et la dynastie. Peu à peu, leurs mouvements, le maniement des pelles, des pics, des pioches, des barres à mines, s'imprégnaient d'une sorte de respect. Ils ne plaisantaient plus, ne disaient mot… Furent ramenés au grand jour et balancés dans la fosse, car les ordres de la Convention étaient formels, les ossements d'Henri Ier, petit-fils d'Hugues Capet, qui s'en était allé quérir son épouse en Russie, la reine Anne, fille du roi viking de Kiev, puis les restes en poussière de Robert II le Pieux, son père, le second des Capétiens, né en l'an 970, à partir duquel les violeurs de tombeaux changèrent de millénaire, et changeant aussi de dynastie, à deux reprises, s'enfoncèrent sous le dallage du chœur de la basilique dans un labyrinthe sépulcral.

Sur plusieurs niveaux de profondeur s'entremêlaient en un étroit espace les plus anciens des Capétiens, ainsi qu'une foule de Mérovingiens, de Carolingiens, avec Hugues Capet, qui était aussi un Carolingien, en ligne directe depuis Charles Martel, lequel descendait en droite ligne du roi Clodion le Chevelu, frère aîné de Mérovée et fils du roi Pharamond qui fut le premier de nos rois. Les Childéric, Childebert, Clotaire, Caribert, Chilpéric, Clovis, Thierry, et aussi quelques-unes de ces reines terribles qui avaient pour nom Ultrogothe, Bertrude, Batilde, Bilehilde, ne purent être identifiés. Les inscriptions gravées étaient effacées. On trouva des ossements en tas regroupés dans les auges de pierre que l'anonymat ne sauva pas du plongeon dans la fosse aux Valois. En revanche, on avait des renseignements sur l'emplacement du caveau, au milieu du chœur, contenant les restes de l'empereur Charles le Chauve, roi de France, signataire du fameux traité de Verdun, en 843, peut-être le véritable fondateur du royaume après le partage de l'empire de Charlemagne. Cela explique sans doute l'acharnement des commissaires à débusquer ce souverain qui fut aussi l'un des grands bienfaiteurs de l'abbaye de Saint-Denis, laquelle célébrait en grande pompe son anniversaire jusqu'au début de la Révolution. On promit une prime aux terrassiers. Ils s'enfoncèrent comme des furets à travers d'étroits boyaux. Les ossements de Charles le Chauve furent retrouvés à l'intérieur d'un petit coffre de bois marqué à son chiffre, inexplicablement intact et enfermé dans une auge de pierre à couvercle. Le coffre flotta quelques instants à la surface de la fosse, au milieu de grosses bulles immondes, puis bascula comme un navire qui sombre et disparut au sein de ce magma, qui était, à la vérité, une parfaite communion royale.

Mais le triomphe des commissaires, ce fut la découverte de Dagobert Ier. Enfin ! On avait détruit l'abbaye, dévasté la basilique, anéanti la nécropole, les tombeaux, et voilà qu'on allait pouvoir, avec autant de jubilation haineuse, faire disparaître à jamais le despote qui était à l'origine de tout cela, le fondateur de l'abbaye, celui qui l'avait élevée au rang d'unique sépulture royale : Dagobert, le Salomon des Francs ! Lorsqu'ils tombèrent sur son sarcophage, après un épuisant labeur souterrain, les fils du peuple eurent l'excellente surprise de constater qu'il n'y était pas seul. La reine Nantilde, son épouse, qu'il avait si romantiquement enlevée dans un couvent, reposait auprès de lui, dans un coffret à deux compartiments, sous la forme d'un petit tas d'ossements enveloppés d'un tissu de soie. Coup double ! Le crâne de la reine manquait, mais celui du roi, d'un blanc ivoirien, brillait à la lueur des chandelles. Les corps avaient dû être bouillis. Deux inscriptions au poinçon étaient encore lisibles sur le coffre : « *Hic jacet corpus Dago-berti* » et « *Hic jacet corpus Nantildis* ». Le triomphe se tempéra d'une amère frustration, car le plus fastueux des Mérovingiens, célèbre pour ses bijoux, ses équipages, ses chiens de chasse, ses habits d'or, s'était fait enterrer comme un gueux. On étala les ossements sur une dalle. Pas la moindre petite pierre précieuse, pas le plus mince anneau d'or. A la pelle et au balai furent réunis Dagobert et Nantilde, et balancés, à la volée, dans la fosse.

La fosse des Bourbons avait été fermée le 16 octobre 1793. Celle des Valois et autres souverains le fut le 25 de ce même mois. Ainsi fut consommée la seconde mort de nos rois. On combla les deux fosses. On les recouvrit de terre. On les piétina méticuleusement. On fit passer des rouleaux traînés par des chevaux. On plaça des sentinelles pour prévenir d'improbables manifestations de la ferveur populaire. C'était une précaution inutile. Le peuple avait perdu la mémoire. Tibérien, le chef des terrassiers, s'en retourna chez lui, le cœur navré. Sans-culotte, bouffeur de curés et de nobles, dénonciateur, sectionnaire, volontaire dès le 12 octobre pour conduire le viol des tombeaux, ces treize jours de honte et d'horreur avaient peu à peu fait de lui un autre homme. Une sorte de grâce le toucha et il jura fidélité, en silence, aux quelque cinquante rois que de ses propres mains il avait exhumés.

Il restait aux commissaires et aux valeureux fils du peuple d'aller rendre compte à la Convention de l'accomplissement de leur mission. Ils entendirent donner à ce geste une magnificence républicaine et une large audience populaire. En plus de ce qu'on avait trouvé dans les tombes, tout ce qui subsistait après pillages et prélèvements du trésor de l'abbaye fut chargé dans six chariots pavoisés de drapeaux tricolores. Reliques et reliquaires, châsses et tableaux de saints, candélabres, calices, ostensoirs, figures de vermeil, tout ce que la générosité et la foi avaient accumulé depuis douze siècles, et la croix d'or de saint Eloi, et d'admirables nappes d'autel qui avaient demandé une vie de travail à quelques-unes de nos reines pieuses, prirent le chemin de Paris au milieu d'une foule en liesse qui avait bu et chantait le *Ça ira*. En tête marchait, titubant, Pollart, maire de Franciade, ancien curé, naturellement, et premier défroqué du district, vêtu de la carmagnole et le ventre barré de son écharpe. Le suivaient, assis à califourchon sur des ânes auxquels on avait enfilé tant bien que mal, sous les rires, des chasubles et des étoles, les municipaux tout aussi éméchés de Franciade. L'un d'eux s'était coiffé d'une mitre et brandissait la crosse de Mathieu de Vendôme, abbé de Saint-Denis au XIIIᵉ siècle. La trogne également surmontée d'une mitre, les cochers s'étaient torchés en évêques, avec chasubles et dalmatiques. Les chevaux des chariots, étole au cou, disparaissaient sous des nappes d'autel qui leur battaient les sabots, souillées de crottin et de sueur. Le cortège perdait en chemin quelques fils du peuple, ivres morts, mais le peuple était à ce point généreux qu'il s'en présentait dix pour en remplacer un. Parvenu à la Convention, le maire, Pollart, ancien curé, hoqueta un très digne discours :

« Citoyens représentants, nous vous apportons toutes les reliques puantes et les pourritures dorées qui existaient à Franciade. Nous vous prions de nous en débarrasser sans délai, pour que le faste catholique n'offense plus nos yeux républicains. »

A quoi le président, désignant d'un geste large et emphatique les six chariots et leur contenu, répondit en s'exclamant :

« Ô vous, instruments du fanatisme, saints, saintes, bienheureux de toute espèce, soyez enfin patriotes ! Levez-vous en masse, marchez au secours de la patrie, partez pour la Monnaie et puissiez-vous, par votre secours, faire en ce monde notre bonheur, que vous nous promettiez pour un autre ! »

Hormis ce qui disparut dans quelques poches républicaines, tout fut fondu, en effet, jusqu'aux fils d'or et d'argent. N'en réchappa officiellement que le sceptre de Charles V, orné de feuilles d'acanthe de vermeil, qui tapa dans l'œil d'un conventionnel au fanatisme tempéré par le goût...

Sur les fosses, à Saint-Denis, l'herbe poussa, effaçant toute trace, au milieu des ruines. En janvier 1817, lorsque le roi Louis XVIII ordonna de rétablir les sépultures royales à l'intérieur de la basilique restaurée, nul ne savait plus où situer les fosses à travers le terrain vague qui entourait le sanctuaire. Un homme âgé se présenta à M. de Dreux-Brézé, Grand maître des cérémonies, que le roi avait chargé de cette mission. C'était Tibérien, le terrassier.

Main dans la main, un garçon d'une dizaine d'années se tenait à son côté...

Rotz referma le livre, prit une fiche sur son bureau et nota : *Tibérien*. L'auteur y était allé un peu fort, mais Rotz, connaissant la nature humaine et ne doutant pas qu'on pouvait en obtenir le pire pour peu que ce fût bien mijoté, admettait la véracité des faits. Puis il se dit que si le département d'Histoire de la Bibliothèque nationale, auquel il avait fait demander quelque chose de clair et de concis sur le sac des tombeaux de Saint-Denis, avait pris le risque de lui adresser, à lui, tout-puissant ministre de la République, connu et craint pour son sectarisme, un bouquin aussi réactionnaire et royaliste, c'est qu'il y avait sans doute une raison, une intention délibérée. Il eut envie de prendre son téléphone et d'appeler la Nationale pour connaître les motifs de ce choix. Il y renonça. Cela ne servirait à rien. On ne trouverait pas l'origine de ce signe. Un signe qui tenait en un mot : Tibérien. Il le souligna trois fois. Retournant entre ses mains la fiche où il avait écrit ce nom, il demeura méditatif un moment, puis appela sa secrétaire par l'interphone :

— Cherchez-moi un Tibérien, à Saint-Denis. Adresse et numéro de téléphone. Si vous le trouvez, passez-le-moi. Ne lui dites pas qui appelle.

Dans un bureau voisin, la secrétaire interrogea le Minitel. Il n'existait qu'un Tibérien Louis, rue du Colonel-Fabien.

— Allô ! Monsieur Tibérien ?

— C'est moi, dit une voix circonspecte.

— Ne quittez pas, on vous parle.

— Monsieur Tibérien, ici la mairie de Saint-Denis, enchaîna le ministre. C'est pour un sondage. Êtes-vous satisfait de votre logement ?

Dans un ensemble de quatorze étages, boîtes aux lettres éventrées, couloirs souillés, escaliers jamais balayés, ascenseurs toujours en panne, caves transformées en coupe-gorge et cours intérieures en dépôts d'immondices, rue du Colonel-Fabien, à Saint-Denis, c'était une question qui, logiquement, aurait dû recevoir une réponse musclée. Au contraire, à l'autre bout du fil, on semblait s'en désintéresser.

— A peu près. Quelle importance ? Je n'ai nulle envie d'en changer.

— Où êtes-vous né, Monsieur Tibérien ?

— A Saint-Denis, naturellement.

— Et pourquoi, naturellement ? demanda Rotz, intrigué.

— Parce que mon père y était né.

Ces renseignements élémentaires, le ministre aurait pu les obtenir de ses services, mais c'est la voix qu'il voulait entendre. Rotz était expert en voix. Il disait qu'une voix, même déguisée, révèle toujours, pour qui sait écouter, la véritable personnalité de celui auquel elle appartient. Il prétendait s'être rarement trompé. Cette voix-là avait du caractère, faubourienne, sans doute, mais très intérieure, réfléchie, posée, nette, avec certaines intonations où se mêlaient curieusement de la hauteur et du détachement.

— Quel est votre métier, Monsieur Tibérien ?

— J'avais une petite entreprise de maçonnerie, à Saint-Denis. A présent, je suis à la retraite.

— Marié ? Des enfants ?

— Je suis veuf.

— Vous vivez seul ?

— Avec mon petit-fils.

— Quel âge a-t-il ?

— Dix ans. Il est orphelin. Un accident d'auto.

— Je suis désolé, dit machinalement Rotz, tout en pensant : un vieux maçon, un enfant, le même nom ; il n'y a pas de coïncidence...

— Je vous en remercie, reprit la voix, mais vous n'êtes pas de la mairie de Saint-Denis et il ne s'agit pas d'un sondage. Qui que vous soyez, je vais quand même vous dire pourquoi je me trouve bien chez moi. Parce que de la fenêtre de ma cuisine, j'ai la vue sur la basilique royale...

— Ah bon ! fit Rotz, pris à contre-pied.

Puis il entendit un déclic. A Saint-Denis, on avait raccroché. Il fit rappeler le numéro un peu plus tard. Ce fut une voix d'enfant qui répondit. Le garçon n'avait pas l'air du tout intimidé. Il ne semblait pas non plus étonné et tenait prête sa réponse.

— Mon grand-père est sorti. Il vous fait dire qu'il est allé prier dans la crypte, comme tous les jours, à la même heure, et que vous devriez bien en faire autant, un de ces soirs. Mon grand-père sait qui vous êtes.

— Il te l'a dit ?

— Non.

— Comment t'appelles-tu ?

— Henri Tibérien. Au revoir, Monsieur.

— Au revoir, s'entendit répondre Rotz, tout surpris de la sympathie qu'il éprouvait soudain pour ce gamin dont il avait juste entendu le son de la voix.

Cela ne lui ressemblait pas. Il détestait les enfants et ne se souvenait pas d'avoir jamais témoigné de la sympathie à quelqu'un, hormis un monstrueux crapaud mongolien échappé d'une bouche d'égout des jardins de son ministère, place Beauvau, et qu'il avait sauvé des coups de pelle d'un jardinier. Quelque chose ne tournait pas rond. Pour la première fois de sa carrière, il ne se sentait pas maître du terrain. On le manœuvrait, lui,

Pierre Rotz ! Le crapaud fit entendre sa plainte, un coassement inarticulé de batracien handicapé mental. « Je sais, je sais… » dit le ministre.

Il sentit le besoin de se ressaisir. Il prit un stylo et écrivit, posément. Les notes de synthèse de Rotz étaient célèbres, au gouvernement. Elles ne dépassaient jamais dix lignes. En dix lignes, tout était ficelé de façon lumineuse, les faits, leurs causes, les conséquences et les propositions pour y remédier. Il avait toujours raison, avait toujours vu clair avant tout le monde. Le président de la République se nourrissait des notes confidentielles de son ministre de l'Intérieur et s'en portait de mieux en mieux. Cette technique, Rotz l'utilisait aussi pour lui-même. Dès qu'une affaire se compliquait, il s'en faisait une note à son propre usage. Eh bien, cette fois, il cala ! Les faits ? Un rejeton des Bourbons qui avait quitté la Suisse, une couronne de fleurs de lys place de la Concorde un 21 janvier, deux flics du rang sujets à des hallucinations (un galop de chevaux !) et un vieil hurluberlu retraité attaché au souvenir des rois et qui semblait (s'être) investi d'une mission à lui-même transmise par un ancêtre qui… Un galimatias, conclut objectivement Rotz. Il n'y avait rien à tirer de là qui pût constituer le commencement du début d'une affaire d'État, pas même d'une simple affaire de basse police digne d'une note gouvernementale. L'essentiel ne pouvait être exprimé dans la note. Il s'agissait de ce que lui, Pierre Rotz, avait éprouvé lui-même, sur lui-même, en lui-même, par quatre fois depuis la veille. A qui faire comprendre une chose pareille ? et qu'est-ce que cela prouverait ? Que le tout-puissant ministre perdait inexplicablement les pédales ? Trop contents d'en profiter, les autres ! Cela ne lui serait pas pardonné… Il entendait déjà le rire de hyène du Président, ce rire qui était, jusqu'à aujourd'hui, la seule chose au monde qu'il craignait. « Et cependant, se dit-il à mi-voix, je le sais, qu'on me manœuvre ! » On, on… Il écrivit sur la fiche, en conclusion : « On me manœuvre », et souligna rageusement le *on*. « Qui vous manœuvre, mon cher Rotz ? » demanderait le Président, incrédule. Que lui répondre ? L'inavouable... Dans le jardin silencieux, le crapaud émit un grognement pathétique.

— La paix, Judas ! dit Rotz.

Car il avait appelé son crapaud Judas, dans un élan de sympathie.

L'huissier annonça le commissaire principal Racado. Prenant la fiche qu'il venait de rédiger, le ministre l'introduisit dans un petit broyeur de papier qui ressemblait à un mixeur et mit l'appareil en route.

— Faites-le entrer, dit-il.

— Judas a l'air bien agité, remarqua l'ancien jésuite.

— On le serait à moins, coupa sèchement Rotz. Alors ?

Jugeant que le ministre était à cran et qu'il convenait d'éviter les propos familiers, Racado adopta le ton déférent du subordonné.

— Voici les deux listes demandées, Monsieur le ministre. Celle des rois inhumés à Saint-Denis, et celle de ceux qui n'y sont pas.

— Lisez-moi la seconde, je vous prie.

Racado chaussa ses lunettes.

— Louis-Philippe Ier, enterré à Dreux...

Rotz eut un geste de la main qui ressemblait au congédiement d'un importun.

— Pas de quoi faire rêver un jeune homme, dit-il. Continuez.

— Charles X, inhumé au couvent des franciscains de Castagnavizza, à Goritz, en Yougoslavie, sur la frontière italienne. Il a été question un moment de transférer ses cendres à Saint-Denis, mais la République s'y est toujours opposée.

— Elle a bien fait, commenta Rotz. Ensuite ?

Le commissaire enchaîna sur un ton d'inventaire avant solde.

— Ensuite, nous avons Louis XI, à Notre-Dame de Cléry.

Le ministre fit la grimace.

— Roi plébéien, démagogue, bourgeois, âpre au gain, faux jeton, pisse-froid, ingrat, vicelard, plus bigot que chrétien. Ce n'est pas le genre de nos jumeaux Bourbon. Ils ne feront pas le détour. Je suis allé à Cléry, autrefois. Le crâne de Louis XI est en vitrine, ainsi que celui de sa femme, sciés comme des crânes de singe dans un restaurant de Pékin à la grande époque de la gastronomie chinoise. Pouah ! Qui avons-nous d'autre !

— Philippe Ier. Ce sera le dernier. Sacré à Reims en 1059. Mort en 1108, à Melun. Inhumé à l'abbaye de Fleury, aujourd'hui Saint-Benoît-sur-Loire. Arrière-petit-fils d'Hugues Capet. Oubliée à la Révolution, sa tombe n'a jamais été profanée.

— Ce sera le bon. Je parie sur lui !

— Que pariez-vous, Monsieur le ministre ?

Rotz n'avait plus du tout l'air à cran. Il était remonté sur sa bête. Il marchait de long en large. Ses yeux brillaient de contentement. Le crapaud Judas, dans le jardin, avait cessé ses grognements immondes.

— Que ce roi-là aura de la visite et que c'est à Saint-Benoît-sur-Loire que l'autre réapparaîtra. XIe siècle, roi en armure, roi-chevalier... Et je galope avec mes barons, lance au poing, bannière déployée... Et je protège la veuve et l'orphelin... Et je tombe en prière les veilles de bataille... Toute la panoplie romanesque... Ça va lui plaire, à ce Philippe ! Tous deux portent le même nom. L'un sera le patron de l'autre, en quelque sorte, son inspirateur, son intercesseur, au moins dans la tête de ce Bourbon, je vois ça venir gros comme une maison. Tenez, d'après ce que je sais de lui et si je me mettais à sa place... Cela vous fait sourire ?

— Heu... fit prudemment le commissaire.

— Est-ce que vous savez, Jacinthe, ce que j'avais

dans le ventre, à dix-huit ans ? On peut être merveilleusement con à cet âge-là...

— En effet, dit le commissaire, surpris.

— Si j'étais à sa place, reprit le ministre, il y a une scène à faire que je ne manquerais pas, quelque chose de bien cucu et de royal, un pathos hautement symbolique... Sire, me voici devant vous, je suis de votre sang... *To be or not to be...*

Le commissaire ouvrait des yeux ronds.

— Et nous, pendant ce temps-là, qu'est-ce qu'on fait ? On le boucle en douceur ou on le laisse jouer ?

Rotz regagna son fauteuil, tapota des doigts sur son bureau, les yeux plissés, les lèvres serrées, comme chaque fois qu'il prenait une décision importante.

— D'abord, savoir. Ensuite, j'aviserai.

— Et qui est chargé de cette mission ?

— Mais vous-même, Jacinthe, naturellement. Saint-Benoît est un monastère, il me semble. Vous allez pouvoir y déployer vos talents...

Il leur fallut trois nuits pour rejoindre le cours du fleuve. Quatre cavaliers, une cavalière qui ne se distinguait des autres que par sa chevelure blonde, tous les cinq enveloppés d'une longue cape noire qui couvrait aussi la croupe de leurs chevaux...

Chargé d'un double portemanteau contenant un paquetage des plus simples, un sixième cheval suivait, mené à la longe par Josselin, qui fermait la marche. En tête allait Odon de Batz. Il avait une boussole lumineuse au poignet et des cartes au 1/20 000 dans une sacoche de cuir, mais ne les consultait jamais. Il les avait tant étudiées que l'itinéraire sortait au fur et à mesure tout tracé de sa mémoire. Il ne se trompait jamais. Ensuite, Philippe et Marie, le plus souvent botte à botte. Les jumeaux respiraient l'air glacé comme un philtre et souvent tournaient leur visage l'un vers l'autre comme s'ils se tendaient un miroir. Après, venait Monclar, mais ce n'était pas un ordre immuable ; ils chevauchaient, tels des amis, et ils avaient dix-huit ans. Quand l'un d'eux criait : « Allez ! Allez ! », ils piquaient un temps de galop, ventre à terre, pour s'amuser, pour se réchauffer, pour se dilater le cœur et aussi pour accélérer le train, car souvent l'impatience les gagnait. Les longs cheveux blonds de Marie flottaient au vent de la course comme une sorte de comète. Ensuite, ils riaient. Ils riaient de ce bonheur fou d'être ensemble, à l'aube de leur destinée. Si l'on croit que Dieu existe et qu'il n'est pas indifférent à la façon dont se conduisent les hommes dans ce pays qu'il aimait encore, sans doute, là-haut, esquissait-il un sourire de satisfaction...

Ainsi allaient-ils par de petites routes vicinales, des chemins de terre à travers la campagne abandonnée, d'anciens tracés de voie ferrée, des allées de forêt envahies de taillis, des sentiers de charrette à double ornière le long de haies qui n'étaient plus entretenues, artères et veines autrefois vivantes qui irriguaient le tissu rural français d'où le sang s'est aujourd'hui retiré pour se concentrer ailleurs, çà et là, en hématomes empoisonnés. Parfois, sous les pas de leurs chevaux, ils distinguaient d'anciens sillons qui étaient la seule mémoire de terres qui avaient été labourées, autrefois. Des hommes avaient vécu là, plantant des calvaires à la croisée des chemins que Philippe et ses compagnons saluaient en se signant. Ils comptèrent en trois nuits de marche plus de vingt chapelles éboulées, toits pantelants, portes et grilles arrachées, pillées jusqu'à l'os, saccagées, assassinées crapuleusement. Les niches vides et les autels brisés témoignaient d'une solitude désolante. Nul ne savait plus à quel saint ou à quelle intention avaient été consacrées jadis ces chapelles. Elles n'avaient plus de nom. Sur ce point, les cartes au 1/20 000 d'Odon de Batz restaient muettes. Dans la relève bâclée des générations, la mémoire avait glissé des mains comme un fardeau qu'on abandonne.

Lors d'une de ces haltes nocturnes, sous les étoiles, ils avaient mis pied à terre devant un porche béant ouvert sur de vieux murs tronqués à hauteur d'homme, et Monclar s'était livré à une sobre improvisation. Il évoqua les pèlerinages votifs d'autrefois, les petites foules locales avides des plaisirs simples et des satisfactions de la foi qu'offraient tous ces saints de campagne...

— Des saints hautement considérables, dit-il, qui

avaient pour nom saint Méloir, sainte Gwélone, saint Mamert, saint Pédraton, saint Batitien, sainte Euphémie, saint Volubert, sainte Palamède, saint Joual, saint Vitoch, sainte Ilmène de France, saint Potalain, saint Angol de Bretagne, sainte Gantrude, dont la plupart n'ont jamais mis les pieds dans le panthéon des canonisés, et ne furent, pour leur gloire éternelle, que l'irradiation de la ferveur populaire...

— Raison de plus, conclut Philippe. Et qui était le saint patron de ce lieu ?

Monclar fit mine d'interroger sa mémoire.

— Saint Tréhorenteuc, il me semble. Un baron breton des premiers siècles qui abjura le paganisme à l'instant où une meute de loups s'apprêtait à le dévorer. Ce sont les plus solides conversions. Il se fit ermite.

— Nous le saluerons, dit Philippe.

Puis, après s'être recueilli un instant :

— Saint Tréhorenteuc !

— Priez pour nous, firent en chœur les cinq jeunes gens.

Au moment de reprendre la route, le pied sur l'étrier, Josselin dit :

— Écoutez ! Nous ne sommes pas seuls.

Faisant silence, ils tendirent l'oreille, scrutant la nuit qui les entourait. On percevait, en effet, des bruissements dans les taillis et de faibles murmures indistincts à l'intérieur de la chapelle envahie de hautes herbes qu'une sorte de mouvement agitait.

— Naturellement, nous ne sommes pas seuls, dit Monclar. Le saint ermite Théhorenteuc attirait énormément de monde. On entendait au loin, certaines nuits de grande ferveur, les hurlements de terreur des loups que sa conversion avait mis en fuite. Les bonnes gens s'en retournaient chez eux, croyant en Dieu plutôt deux fois qu'une...

Et il leur sembla, en effet, qu'à des distances inexprimables s'élevaient à travers la forêt les plaintes apeurées d'une meute de loups.

— Allez ! Allez ! lança Marie, qui était la plus impatiente des cinq.

Ils s'octroyèrent un temps de galop. Le chemin coupait la forêt en droite ligne, pavé, sans doute une ancienne voie royale, avec de l'herbe dans les interstices et un léger tapis de mousse qui assourdissait quelque peu le martèlement des sabots, produisant un roulement continu qui donnait l'impression d'une nombreuse troupe à cheval, ce dont ils n'étaient pas peu fiers. Courbés sur l'encolure, l'air froid leur fouettant le visage, ils galopaient vers les certitudes et leurs cœurs battaient à l'unisson.

Puis ils traversèrent une petite ville. Trois heures du matin, l'heure du néant. Comme elle semblait aveugle et sourde, ils s'abstinrent d'en faire le tour et s'enfoncèrent à travers les rues mal éclairées. Rien ni personne ne bougea. Cette ville était perdue depuis longtemps. A la sortie se dressait un groupe d'immeubles lépreux donnant sur un paysage dévoyé transformé en parking et en terrain vague planté de lampadaires morts dont un seul, encore intact, diffusait une lueur pâle. L'endroit était sinistre. La campagne avoisinante s'était entassée là, mais les saints n'avaient pas suivi et les mystères de la destinée s'étaient perdus dans l'exode. Philippe frissonna.

— Les pauvres gens, dit-il.

Une lumière s'alluma au quatrième étage, puis un volet s'ouvrit doucement et apparut une jeune fille qui se pencha à la fenêtre. Elle se réveillait d'un rêve. Un son lointain, un galop sourd qui l'avait plongée dans une angoisse à la fois délicieuse et effrayante et qui n'était pas loin du divin... Sa rétine avait conservé le dessin d'une noble et haute silhouette de cavalier. Le pas des chevaux, sur le parking, avait pris le relais de son rêve. Ils étaient cinq, au pied de sa fenêtre, enveloppés de longues capes noires qui couvraient aussi la croupe des chevaux. L'un d'eux fit faire deux pas en avant à sa monture. C'était un jeune homme au visage encadré de cheveux blonds, avec des yeux bleus et bienveillants qui la regardaient en souriant. Elle lui demanda son nom.

— Pharamond, répondit-il. Et vous ?

— Je m'appelle Anne. Que faites-vous ? Qui êtes-vous ?

— Je vous le dirai plus tard.

— Vous reviendrez ?

De la tête, Philippe fit signe que oui.

— Je vous guetterai, dit la jeune fille.

— Ce ne sera pas nécessaire, dit Philippe. Nous passerons par ici, je vous le promets.

Il porta sa main à ses lèvres en s'inclinant légèrement, et, commandant une volte à son cheval, s'en alla au petit trot, suivi de ses compagnons. Anne referma le volet, la fenêtre, éteignit la lumière et se recoucha, les yeux grands ouverts dans la nuit. Encore quatre heures et l'immeuble s'éveillerait dans un vacarme de chasses d'eau, de télés, de radios, de poubelles, de cris et de portes qui claquent, de rugissements de mobylettes, et il lui faudrait, elle aussi, parce que tel était son état, accompagner le mouvement de cette vie-là. Dans le silence lui parvint encore le hennissement étouffé d'un cheval, peut-être l'écho lointain d'un galop, puis, plus rien. Elle emporta dans son sommeil le sourire de ce cavalier qui s'appelait Pharamond. Elle n'était plus seule…

Plus tard ils rencontrèrent l'autoroute, dernier obstacle avant la Loire. Il n'était pas question de franchir ce ruban de ciment à gué, comme un fleuve, ni d'emprunter une route fréquentée, car le jour allait bientôt se lever, il s'en fallait à peine d'une heure. Odon de Batz signala un peu plus loin un petit pont secondaire qui desservait quelques hameaux que cette disposition technique de survie n'avait pas sauvés de la mort. Au moment où ils s'y engageaient, leurs silhouettes dépassant largement le parapet, du lointain de cette saignée sombre brisant le paysage surgit un point lumineux qui devint un faisceau de lumière à travers lequel, l'un après l'autre, se découpaient les cavaliers avec leurs grandes capes noires et leurs profils de théâtre d'ombres. Chevauchant un monstre rouge et argent, casqué de rouge, le motard avait ralenti, jusqu'à s'arrêter tout à fait, pied au sol, saisi d'une sorte de ravissement mystique d'un autre âge. Il fit un signe de sa main gantée, le bras levé vers les étoiles, comme s'il saluait quelque dieu qui aurait passé par là. Le cavalier blond lui rendit son salut, ainsi qu'une jeune fille très belle qui lui ressemblait et qui avait un regard bleu impérieux. Le motard était aussi un jeune homme. Ils eurent le temps d'échanger leurs prénoms : Pharamond, Marie, et lui, Jeannot le Rouge. Quand il fut bien assuré que la vie avait définitivement emporté cette vision, Jeannot fit rugir sa machine et fila comme un bolide sur l'autoroute déserte à cette heure, compteur bloqué à son maximum : 260. C'était sa façon à lui d'exprimer son allégresse et de remercier la Providence...

Ainsi Philippe et ses compagnons croisaient-ils de temps en temps le siècle où ils se déplaçaient et le pays qui était le leur. Quand le jour se levait, ils se couchaient, bivouaquant dans quelque grange abandonnée. Un soir, au moment de reprendre la route, ils découvrirent, assis sur le talus du chemin et grelottant de froid en dépit d'un épais manteau, un garçon d'une douzaine d'années.

— Que fais-tu là ? lui demanda Josselin qui était sorti tirer de l'eau au puits et allumer un feu de bois dans la cour de la grange.

— Je vous attendais.

Il ne s'était pas levé de son talus et avait l'air très fatigué. Josselin remarqua qu'il était presque chauve. Ses cheveux s'en étaient allés par plaques.

— Veux-tu venir te chauffer ? dit Josselin. Boire un peu de café avec nous ? As-tu faim ?

L'enfant ne répondit pas et entreprit de traverser le chemin. Il progressait à petits pas lents, minuscules, sans lever les pieds, comme un vieillard à bout de souffle. Cela semblait au-dessus de ses forces et Josselin le prit sous les bras pour l'aider à parvenir jusqu'au feu devant lequel il se laissa choir, épuisé. Sa maigreur faisait peine à voir. Ses mains étaient presque transparentes, ses ongles violets. Il but une gorgée de café. Quand Philippe sortit à son tour de la grange, suivi de Marie et des autres, le pauvre garçon se dressa d'un coup, tremblant et vacillant sur ses jambes, et Philippe le cueillit au vol, tandis qu'il tombait, le serrant dans ses bras en répétant d'une voix navrée :

— Mon petit ! Mon petit ! Vous êtes venu trop tôt...

Une larme coula sur les joues du garçon. Ils l'installèrent au milieu d'eux, confortablement adossé à une selle, enveloppé dans une couverture. Marie lui posa un baiser sur le nez, et il s'empara de sa main, comme un enfant qu'il était. Sous le faisceau de ces cinq regards chargés de tendresse et de compassion, il sourit.

— Je suis bien, dit-il. Faites-moi plaisir. Vous avez faim. Mangez, maintenant.

Le cœur serré par l'émotion, ils ne s'y étaient pas résolus jusqu'ici, devant l'enfant... Le café fumait. Ils se beurrèrent d'énormes tartines qu'ils trempaient sans façon dans leur quart brûlant.

— Comment vous appelez-vous ? demanda Philippe.

Il ne tutoyait jamais les enfants, estimant que de sa part, à l'égard des plus faibles et des plus naïfs, des plus crédules et des plus désarmés devant la vie, une sorte de respect naturel convenait mieux.

— Jérôme Guillou, tant que je vivrai. Après...

Sa main maigre se souleva avec peine. Il eut un geste de doute.

— Pourquoi dites-vous cela ?

— Parce que je mourrai bientôt. Je le sais. Les médecins disent que je vais mieux, mais ce n'est pas vrai. Il suffit de les regarder dans les yeux.

— Comment êtes-vous venu jusqu'ici ?

— On m'a amené tout à l'heure, en auto. On viendra me rechercher quand vous serez partis. Ne vous inquiétez pas pour cela.

Philippe n'insista pas. Il reprit :

— Qui vous a indiqué le chemin ?

— Un copain qui a une grosse Yamaha. Il vit la nuit, à 200 à l'heure.

— Jeannot le Rouge, dit Philippe.

— C'est lui, confirma l'enfant.

Et il sourit pour la seconde fois.

Philippe lui rendit son sourire. L'enfant le regarda, confiant. D'avance, ils s'étaient compris.

— Et vous, dit-il, vous vous appelez Pharamond. Jeannot me l'a dit. C'est un beau nom... Je ne l'avais jamais entendu. J'ai regardé dans mon dictionnaire.

Il récita :

— Pharamond, premier roi légendaire des Francs...

Faisant le signe du silence, Philippe porta son index à ses lèvres.

— Plus tard, plus tard, dit-il. Maintenant écoutez-moi bien, Jérôme. Dans quelque temps, je reviendrai. Un mois, peut-être moins, pas davantage, je vous le promets.

L'enfant remercia des yeux.

— Un mois, fit-il bravement. Je me cramponnerai.

— Le moment venu, reprit Philippe, on vous conduira jusqu'ici...

Le garçon buvait ses paroles. Philippe songea qu'il avait seulement six ans de plus que cet enfant qui croyait en lui désespérément. Et s'il allait trahir sa confiance ? L'accompagner jusqu'au seuil de la mort, et là, par présomption, l'y abandonner ? Il hésita, ferma les yeux, se recueillit un moment. Dieu disposerait. Il dit gravement :

— Par la grâce de Dieu, Jérôme, ce jour-là, vous serez guéri...

« Pardonnez-moi, Seigneur, pensa-t-il au même instant, mais que je sois au moins, à mon retour, le roi de cet enfant. Le roi te touche, Dieu te guérisse... » Telle était, en effet, l'antique formule du pouvoir miraculeux des rois de France après leur sacre.

— Et tu seras guéri ! Amen. Cela s'est toujours passé ainsi.

C'était Monclar qui avait parlé, le ton joyeux, la voix sonnante, comme s'il s'agissait d'un bon tour qu'ils allaient jouer au destin. On ne répétera jamais assez qu'ils avaient dix-huit ans tous les cinq et que c'est l'âge des certitudes.

La nuit tomba. Ils se remirent en route. Au matin, ils dévalèrent la levée de Loire comme s'ils découvraient la Terre promise et établirent leur premier campement sur une île déserte et boisée après avoir franchi plusieurs gués. L'été et l'automne avaient été secs et l'étiage était au plus bas. Un univers complice s'ouvrait devant eux. Le fleuve sauvage devint leur allié. Ne craignant pas de rencontres, sauf au passage de quelques ponts, désormais, ils chevaucheront de jour. S'ils furent aperçus, de loin en loin, nul ne se posa de questions à leur sujet. Que faisaient-ils là ? Qui étaient-ils ? Où allaient-ils ? Parmi ceux qui les virent galoper en soulevant des gerbes d'eau dans l'incomparable lumière d'hiver, nul ne chercha de réponse, sans doute par crainte de briser le rêve que cette vision fugitive faisait naître.

Ils passaient là-bas, dans les sables, comme un mystère...

Racado arriva à Saint-Benoît-sur-Loire tandis que le clocher sonnait dix heures. Il lui restait largement le temps de s'installer avant la messe conventuelle qui lui sembla le meilleur moyen de prendre la mesure de la communauté monastique, comme on se fait une idée d'un régiment à la façon dont il défile. Ayant bouclé un rapide tour des lieux, il expédia ses deux inspecteurs à l'hôtel de la Madeleine, sur la grand-rue. La proximité de plusieurs bistrots conjuguant tabac, flipper, snack et télé leur éviterait le dépaysement. Il leur enjoignit de se relayer pour surveiller le village et ses environs, et leur remit à chacun la photo de Philippe de Bourbon, sans révéler qui il était, ni pourquoi il s'y intéressait.

— Ce garçon a une sœur jumelle, précisa-t-il.

— Et elle lui ressemble ? dit l'inspecteur A.

— Copie conforme.

— On ouvrira l'œil, Monsieur le commissaire principal, dit l'inspecteur B.

— Ouvrez aussi les oreilles. Si vous entendez un galop de chevaux, avertissez-moi aussitôt.

— Un galop de chevaux ?

Racado haussa les épaules.

— C'est exactement ce que j'ai dit.

Il avait décidé, quant à lui, de se loger à l'hôtel du Labrador, juste en face de l'abbaye. Il demanda une chambre sur le devant, défit rapidement ses valises, s'assura que de sa fenêtre on pouvait observer les allées et venues sur le parvis, la porte d'entrée de la librairie bénédictine, à droite, la porterie du monastère, au fond, et satisfait de son examen sortit de l'hôtel, franchit la place, entra dans l'église et s'en alla résolument s'agenouiller au premier rang, le nez sur la grille basse du chœur qui matérialise la clôture monastique. L'air béat, ce qui était chez lui mauvais signe, il se dit qu'avec un peu de chance il allait pouvoir emmerder ces moines-là. Il souligna cette pieuse pensée d'un signe de croix de bonne tenue destiné à l'édification de ses voisins, une dizaine de retraitants qui avaient l'air d'orphelins prolongés en instance difficile d'adoption, et autant de bonnes sœurs du troisième type en bas de coton et jupe de postière que la sécularisation du costume faisait apparaître pour ce qu'elles étaient, de pauvres filles archimoches. S'étant gargarisé de son venin, il reporta son attention sur les moines qui venaient de faire leur entrée, la communauté au complet, à l'exception des frères de service aux cuisines.

A première vue, ils ne donnaient pas l'impression de moines de choc. Le commissaire avait consulté leur dossier : on n'y signalait aucune vague. A travers les remous qui ébranlaient l'Église de France, ils allaient paisiblement au fil de l'eau, pieux, dociles, effacés. Au Credo, Racado les avait jugés. A regarder les bonnes têtes ordinaires qu'ils avaient et les niaises dégradations qu'ils avaient fait subir à l'antique liturgie bénédictine, il les imaginait mal en train de se compromettre pour un Pharamond de Bourbon en quelque sorte tombé du ciel. Le commissaire principal Racado, dit Jacinthe, ancien jésuite, nota en professionnel averti qu'ils avaient abandonné la tonsure, ce qui les faisait ressembler à n'importe qui, et qu'ils n'étaient point entrés en cortège, mais en désordre convivial, le célébrant au milieu d'eux, lequel était Dom Bénézet, le père abbé, reconnaissable à sa croix pectorale. La messe était concélébrée. Racado compta seize pères dans le chœur, ce qui n'était pas si mal dans le tarissement général du recrutement. Il ricana intérieurement. Une seule messe au lieu de seize : ils étaient sur la bonne voie...

En réalité Racado se fichait comme de sa dernière soutane des nouvelles façons monastiques, et même, plutôt, se réjouissait, le sacré s'en trouvant abaissé d'autant, mais d'après ce qu'il savait de ce Philippe Pharamond de Bourbon, l'imaginant face à ces gens-là, assurément le courant ne passerait pas. Dom Bénézet se défilerait. Ce n'était pas un condottiere de la foi, seigneur souverain de ses moines, lieutenant du Christ sur la terre. Dès lors comment les épingler tous ensemble en flagrant délit de complot, petit plan tordu qu'il mijotait ? Cela ne se ferait pas tout seul. L'affaire aurait besoin d'un coup de pouce...

Le commissaire, à la fin de la messe, s'attarda dans l'église vide, à la recherche du tombeau de Philippe Ier. Il ne découvrit que le gisant de pierre, à gauche du chœur, mais hors des grilles, le long de la travée menant à la crypte. Couronné, en armure, les mains jointes, le roi n'était plus qu'un objet de musée, d'ailleurs admirablement restauré. Le gisant avait été séparé de son tombeau et simplement posé à terre, en long, sur deux bas tréteaux de pierre.

D'entre les piliers surgit un moine qui s'approcha de Racado.

— Puis-je vous aider ? proposa-t-il.

Le commissaire lui demanda où se trouvait le tombeau du roi.

— Justement là, sous vos yeux.

— Je le vois bien, mon père, mais ce n'est que le gisant. Où est le roi ? Je veux dire : où est le tombeau de Philippe Ier ?

— Là-dessous, répondit le moine sans autre précision, en désignant le dallage du chœur.

C'était un homme jeune, pas plus d'une trentaine d'années, carré de visage et d'épaules, le geste décidé. Il avait un léger accent germanique. Sa personnalité tranchait sur celle des autres moines. En blanc manteau, l'épée au poing, il eût fait un exemplaire templier. Laissant tomber cette bienveillance lointaine et souriante dont les moines se font un rempart, il interrogea brutalement.

— Vous vous intéressez au roi Philippe Ier ? Vous êtes touriste ? Simple visiteur ? Retraitant, cela m'étonnerait...

Le ton était à peine poli.

— Amateur, répondit prudemment Racado. Je suis historien amateur. J'étudie les sépultures royales.

Le moine leva un sourcil et son regard s'en vint se planter comme une flèche dans celui du commissaire qui comprit qu'il faudrait jouer serré. Cela lui plaisait. C'était plutôt une bonne nouvelle que l'apparition de ce moine pur jus, assurément capable de fléchir orgueilleusement le genou devant un roi, devant un Philippe, un Pharamond...

— Quel genre de recherches ? reprit le moine. Et d'abord, qui êtes-vous ? Comment vous appelez-vous ?

Ce n'était plus le moment de biaiser. Il fallait choisir vite.

— Puis-je vous parler sincèrement, mon père ?

— Je n'ai guère le temps. Soyez bref.

Le commissaire parut se recueillir un instant, pour souligner ce qui allait suivre.

— En fait, mon père, il ne s'agit pas de recherches. Je suis venu ici par fidélité.

Un de ses coups favoris. Fidélité, piété, pénitence, loyauté, reconnaissance, espérance, remords... Au choix. Avec les gens d'Église, ça prenait. Le vocabulaire de la boutique. Il suffisait de trouver le ton juste. Seuls les plus indignes se méfiaient. Les autres étaient bien obligés de suivre. Jacinthe en avait piégé plus d'un.

Le moine n'eut pas l'air impressionné.

— Fidélité? A qui? A quoi?

— Au roi.

Le moine haussa les épaules, manifestement agacé.

— Au roi Philippe Ier? Vous êtes en retard de dix siècles...

C'était le moment de relancer, comme au poker.

— Au roi Philippe, à tous nos rois...

A voix basse, d'un ton pénétré, le commissaire Racado ajouta :

— A notre roi!

Une cloche sonna dans le monastère.

— Je dois vous laisser, Monsieur, enchaîna très froidement le moine. Le tombeau de Philippe Ier se trouve dans les fouilles, sous le chœur. On ne le visite pas, sauf permission du révérendissime père abbé, laquelle est rarement accordée. Il ne comprendrait pas vos motifs. Cependant vous pouvez toujours essayer. Donnez-moi votre nom. Je vous promets de lui en parler.

Racado tira une carte tricolore de sa poche : *Commissaire de police principal Hyacinthe Racado, Direction des Renseignements généraux.* Un autre de ses coups tordus. Se présenter sous ses couleurs, donner le vrai motif de sa mission, puis la façon dont il l'envisageait pour en annuler les effets, par fidélité, piété, etc.

Le moine demeura impénétrable. Il jeta à peine les yeux sur la carte.

— Je ne vous laisse pas trop d'espoir, dit-il, mais passez à la porterie vers quatre heures. Vous demanderez le frère Ulrich. C'est moi.

La robe noire glissa sur le dallage, en silence. Un religieux contemplatif qui se déplace ne fait pas plus de bruit qu'un chat. On le croit encore là, il est parti. Il a laissé son double derrière lui, comme une présence invisible. Racado quitta les lieux mal à l'aise.

Marchant jusqu'à l'hôtel de la Madeleine, il débusqua

A. et B. en train de s'expliquer avec une paire d'andouillettes dont l'odeur de tripes lui souleva le cœur.

— Du boulot pour vous, annonça-t-il. Nom de religion : Ulrich. Un mètre quatre-vingt-cinq. 28 à 35 ans. Bénédictin. Prêtre ordonné. Sans doute allemand ou autrichien. Vous interrogerez les fichiers. Si vous ne trouvez rien, sonnez l'archevêché, à Paris. Demandez le père Z. C'est un donneur. Il vous répondra. Il déteste ce genre de frocard. Votre rapport à trois heures et demie, au Labrador. Toujours pas de chevaux ?

Avant d'aller déjeuner, repassant devant l'abbatiale, il y entra une seconde fois. Errant dans l'église, le nez en l'air, il fut bien forcé d'en admettre la perfection quasi fonctionnelle. Les proportions, les masses, le rythme des piliers et des arcs, l'alternance de la lumière et des ombres, l'ordonnance des voûtes, on baignait dans le sacré ! Une incomparable mise en scène architecturale où ceux qui croyaient encore vaguement en Dieu étaient assurés de l'y retrouver. Il en étouffait de dépit, l'ancien révérend père Racado ! Et cette foutue lumière rouge qui s'obstinait à luire dans un coin... Il fut tenté par un bras d'honneur, puis jugea le geste inutile. C'eût été encore un acte de foi.

A l'hôtel, il s'offrit un steak au poivre bien rouge et bien épais. Au moment de déployer sa serviette, un souvenir de *benedicite* lui trotta soudain dans la tête. Pour colmater, il commanda une bouteille de Chinon, avec café, cigare, fine champagne. Quand se présenta l'inspecteur A., il était remonté en selle.

— Alors ? demanda-t-il.

— Alors, Monsieur le commissaire principal, pas le moindre Ulrich au fichier. En revanche, à l'archevêché, votre balance, le père Z., frétillait au téléphone de vous savoir en personne sur cette piste. Notre frère Ulrich, à l'état civil, s'appelle Ulrich de Pikkendorff, trente-deux ans...

Rotz avait mis dans le mille en expédiant le commissaire à Saint-Benoît. C'est l'intuition qui fait les grands flics. Racado lui adressa mentalement son compliment. Il tenait le recoupement. La défunte princesse Christine de Bourbon était elle-même une Pikkendorff, et celui-là, en bonne logique, devait cousiner avec les jumeaux. Sa présence n'était pas due au hasard.

— Continuez, dit-il.

L'inspecteur consulta ses notes.

— Ordonné à Rome en 1995...

— Je m'en doutais ! s'exclama Racado. Cette engeance-là nous vient de Rome, à présent. Les jésuites ont lâché. Elle a pris le relais. Ensuite ?

— Ensuite, reprit l'inspecteur A., vœux monastiques à l'abbaye bénédictine de Saint-Fugger, en Bavière, réputée de stricte observance. Je ne sais pas ce que cela signifie, mais je peux vous dire que le père Z. n'a pas l'air d'aimer ça du tout. Le frère Ulrich n'y fait pas de vieux os. Retour à Rome en 1996, pensionnaire à la Maison Saint-Athanase...

L'ancien jésuite dressa l'oreille. Rien n'avait jamais transpiré, mais l'épiscopat se méfiait comme de la peste de la Maison Saint-Athanase. Chaque fois qu'une reprise en main d'ordre spirituel, canonique ou liturgique s'annonçait, elle était invariablement précédée par l'envoi d'un émissaire officieux du Vatican qui sortait précisément de Saint-Athanase.

— D'après votre balance, Monsieur le commissaire, il s'agirait d'une barbouzière. Il y a des barbouzes au Vatican ?

— Cela se pourrait, dit Racado, qui se voyait déjà mouillant le Vatican, avec ce pape arrogant... Poursuivez.

— Le frère Ulrich a ensuite pas mal voyagé. Brésil, Nicaragua, Pays-Bas, Ukraine. Il est titulaire d'un passeport diplomatique allemand. Arrivé à Saint-Benoît il y a trois mois, il y a aussitôt été admis sur la recommandation écrite du supérieur général de l'ordre. Le père abbé tordait un peu le nez. Membre de la communauté, le frère Ulrich siège au chapitre. On l'estime pour sa piété, mais il reste strictement à sa place. Il ouvre rarement la bouche, mais il n'a pas l'esprit maison. En réalité, on se demande ce qu'il fait là, mais comme on n'a rien de précis à lui reprocher... Il a demandé plusieurs fois l'autorisation de sortir, laquelle lui est toujours accordée. Une voiture vient le chercher et le ramène le soir ou le lendemain. Le 21 janvier, il est rentré en pleine nuit. La dernière fois, c'était avant-hier. Il n'est resté absent que trois heures. Quelques coups de téléphone aussi. Toujours la même voix qui débite une dizaine de chiffres et le frère Ulrich qui répond seulement « compris ». Rien d'autre à signaler. La balance de votre balance à Saint-Benoît s'appelle le frère Côme. C'est le portier. Le père Z. m'a demandé de vous dire qu'il voudrait bien savoir ce qui se mijote. Terminé.

A quatre heures précises Racado se présenta à la porterie de l'abbaye. C'était une pièce claire et banale coupée par un bureau vitré doté d'un standard téléphonique ultra-moderne. Les fenêtres donnaient sur un jardin intérieur où étaient disposés des fauteuils de plastique blanc, comme à une terrasse de café. L'ancien jésuite s'assura qu'il n'y avait personne d'autre dans la pièce que lui-même et le frère portier.

— Vous êtes le frère Côme ? demanda-t-il. Je suis le commissaire principal Racado. L'archevêché m'a parlé de vous.

Sous-entendu : nous sommes dans le même camp. Le portier acquiesça des yeux.

— Vous venez pour Ulrich ? Bon débarras ! siffla-t-il entre ses dents, tout en jetant un coup d'œil dans le jardin pour s'assurer qu'il n'était pas observé.

Le ton manquait de l'élémentaire charité bénédictine. Jacinthe apprécia en connaisseur une bonne haine de ratichon.

— Vous ne semblez pas l'aimer beaucoup, remarqua-t-il.

Nouveau coup de périscope du frère Côme dans le jardin. Il surveillait aussi la porte intérieure sur laquelle une petite pancarte enluminée indiquait : *Clôture monastique, ne pas entrer.*

— Nous étions sur la bonne voie, dit-il. On avait presque fini de balayer. Mais depuis qu'il est là, tout se bloque. Il impressionne nos jeunes novices qui commencent à se poser des questions.

— On vous aidera, mon frère, dit l'ancien jésuite avec entrain. Je suis là pour ça. J'habite en face, au Labrador. Si vous apprenez quelque...

Il bloqua net sa phrase. Le frère Côme avait posé un doigt sur sa bouche et ses yeux guettaient la porte qui s'ouvrait silencieusement. Entra le frère Ulrich, et la pièce, soudain, se mit à vivre. Le portier s'était tassé sur sa chaise, le nez dans un annuaire de téléphone. Le frère Ulrich ne lui accorda pas un regard.

— Vous avez de la chance, Monsieur le commissaire. Je vous ai obtenu l'autorisation. Suivez-moi.

La basilique était vide à cette heure-là. Leurs pas résonnaient sur le dallage du chœur, une admirable mosaïque de marbre et de porphyre qui avait remplacé, au XIIᵉ siècle, la terre cuite vernissée de Sologne. Ils s'arrêtèrent devant le maître-autel.

— La tombe est là, sous nos pieds, dit le frère Ulrich. Le roi Philippe Iᵉʳ a été inhumé à Fleury, et non à Saint-Denis, selon son désir, le 2 août 1108, *inter chorum et altare*. Le gisant date du XIIIᵉ siècle. Il avait été incorporé au dallage, à la place même où nous nous tenons. Aux principales fêtes carillonnées, on allumait des lampes de bronze, et sept cierges autour de la sépulture royale. Le père abbé encensait la tombe avant de monter à l'autel, et l'encensement, par les thuriféraires, se poursuivait jusqu'au Kyrie. Aux Vigiles de Noël et de Pâques, on étendait solennellement un pallium sur le gisant, marquant par là que le pouvoir du roi était de nature divine. Le pallium est une large étole en laine blanche brodée de croix noires que seuls portaient le pape et les primats. Mais vous savez cela, j'imagine. N'étiez-vous pas prêtre, autrefois ? Jésuite, je crois...

Avec les compliments de la barbouzière Saint-Athanase. Le commissaire apprécia le travail et accusa le coup en silence. Au demeurant, le ton n'était pas hostile. Plutôt fraternel, même, à peine teinté d'un reproche peiné. Le frère Ulrich s'humanisait.

— En 1702, reprit le moine, pour un motif que l'on ignore, peut-être parce qu'il gênait les grands déploiements liturgiques de ce temps, le gisant fut déplacé au milieu des stalles et remplacé par une simple dalle gravée. La tombe royale n'en continua pas moins d'être entourée de vénération et de respect, au moins jusqu'à la Révolution, par les derniers moines de Fleury.

— Qu'est devenue la dalle ? demanda Racado.

— J'y viens, dit le frère Ulrich. Mais voyez où se trouve le gisant, à présent. Hors du chœur, dans la travée, exilé. Il a fait du chemin depuis les stalles. Le voilà chassé de l'enceinte sacrée. C'est récent et c'était voulu. Nos ennemis savent ce qu'ils font. Et que signifie ce gisant séparé de la tombe et de la dépouille royale ? A peine une émotion esthétique. On parle maintenant de son transfert au musée lapidaire d'Orléans. Quant à la dalle gravée au nom de Philippe Ier, elle a disparu sans espoir d'être retrouvée, il y a une trentaine d'années, lors des dernières restaurations et de la mise aux normes conciliaires du maître-autel. On a fait d'une pierre deux coups. Ainsi efface-t-on les traces. C'est de la lobectomie...

Beau boulot, apprécia mentalement Racado, tout en hochant gravement la tête.

— Qu'en pense le père abbé ? demanda-t-il.

— Que c'est bien ainsi, répondit sombrement le

moine. Nous ne célébrons plus de messe pour le repos de l'âme de Philippe Ier... Venez.

A droite du chœur au pied d'un pilier, s'enfonçait un escalier obscur distinct de celui qui menait à la crypte. La clef grinça dans la serrure, une grosse clef ancienne et ouvragée que le frère Ulrich avait tirée de sa manche. Ils firent quelques pas dans un court tunnel faiblement éclairé par une ampoule qui pendait à la voûte au bout de son fil. Le frère Ulrich poussa une seconde porte qui ne comportait pas de serrure et donnait accès à un trou noir d'où s'échappait un air de cave.

— Un instant, dit-il. Je vais allumer. Ne bougez pas. Il y a des marches.

Racado sentit une présence derrière lui. Quelqu'un les avait suivis dans le tunnel. Il rentra la tête dans les épaules, craignant un mauvais coup, puis se jugea ridicule. Il y avait tout de même peu de chance qu'on enseignât ce genre de méthode au Vatican, fût-ce à la Maison Saint-Athanase. Une lueur tremblota au-delà de la porte. Puis une seconde. Et encore une autre. Jusqu'à sept. Sept cierges qui brûlaient devant une cuve de pierre construite en surélévation sur de très anciennes maçonneries et dont le couvercle atteignait presque le plafond. Quand ses yeux se furent habitués, l'ancien jésuite put mesurer l'étendue de ce domaine souterrain. Une trentaine de sarcophages, disposés un peu n'importe comment, formaient une sorte d'escorte figée au pied de la tombe royale. Deux ombres se détachaient sur le mur. Le moine s'était dédoublé.

— Notre frère Eudes, dit le frère Ulrich. Vous pouvez parler en confiance devant lui. Il veillera à la porte. C'est préférable.

Le nouveau venu ne semblait pas être âgé de plus de vingt ans. Sa prise d'habit devait être récente. Il n'avait pas l'air d'un greluchon, les épaules carrées, le regard assuré. Il fixait dans le blanc des yeux le commissaire avec une expression qui ne lui plaisait guère. Service militaire dans les paras, se dit Racado. Depuis que l'armée ne sert plus à rien, ces salauds-là se font moines. Sous-lieutenant de réserve, probablement… Cela arrangeait bien ses affaires, au commissaire principal Racado, qu'ils fussent au moins deux de cette trempe-là. Peut-être même y en avait-il d'autres… Il le tenait, Jacinthe, son complot ! Et qu'est-ce que c'était que ce cinéma ? Ces sept cierges allumés alors qu'il y avait des ampoules au plafond et un interrupteur électrique près de la porte ?

— Nous sommes au niveau de la première basilique de Fleury, continua le frère Ulrich. Ces sarcophages sont antérieurs aux Mérovingiens. Ils sont vides. Probablement des chefs de tribus depuis longtemps tombés en poussière quand on rouvrit cette nécropole pour y ensevelir le roi Philippe. Un endroit sûr. Philippe Ier avait été excommunié pour avoir répudié sa première épouse. Sentence levée trois ans avant sa mort. Par repentir et humilité, il refusa l'inhumation royale à Saint-Denis et demanda à être simplement déposé entre quatre murs de pierre, à Fleury. C'est ce qui explique le modeste appareil du tombeau. Le couvercle a été brisé par accident, en deux morceaux, lors de la pose de la chape de béton sur laquelle on a restauré le dallage du chœur après la Seconde Guerre mondiale. Cela n'a pas été divulgué. L'architecte s'en est bien gardé. Il a cependant laissé une note qui figure dans les archives de l'abbaye. La dépouille du roi était presque intacte, mais au contact de l'air, les chairs parcheminées sont tombées en poussière. Restent les ossements, les pièces d'armure, et le crâne à l'intérieur d'un heaume dont la visière est levée. Désirez-vous le voir ? La fente dans le couvercle est assez large. Je vais vous éclairer.

La maçonnerie de base lui servant de marchepied, le commissaire parvint à se hisser au niveau de la chape de béton et à glisser sa tête et ses épaules à travers l'étroit espace séparant le tombeau du plafond. La lumière pénétrait en oblique à travers la fente du couvercle, et Racado distingua nettement deux orbites vides qui le fixaient par l'ouverture d'un heaume couronné. Heaume et couronne étaient rouillés et se délitaient par endroits. Sur la cuirasse, à hauteur de poitrine, des débris de tissu de couleur grise et d'autres qui devaient avoir été rouges formaient une sorte de puzzle incomplet où se dessinait une croix. Un croisé, par-dessus le marché ! Avec tout le pathos que cela impliquait... Le commissaire redescendit, mal à l'aise, plus impressionné qu'il ne l'aurait cru par ce tête-à-tête avec un roi de France dont pas un Français sur cent mille n'avait conservé le souvenir. Il se signa ostensiblement, comme il est d'usage devant un tombeau, sous les yeux des deux moines qui l'observaient, et dut s'avouer malgré lui que ce n'était pas entièrement pour la frime. Cela le rendit furieux contre lui-même, d'autant plus que le para en bure noire, un sourire glacé au coin des lèvres, semblait lui signifier que ça ne passait pas et qu'il ne fallait pas le prendre pour un imbécile, après quoi il avait disparu, embusqué dans l'obscurité du tunnel, près de la porte, en sentinelle.

— Parlons, maintenant, dit le frère Ulrich.

Racado garda le silence, affectant de méditer, promenant un regard pensif et recueilli sur le tombeau royal qu'éclairait de lueurs tremblotantes l'alignement des sept cierges piqués dans des candélabres.

— Un peu théâtral, je le reconnais, reprit le moine, enchaînant naturellement sur les pensées muettes de l'ancien jésuite. Tout est affaire de distance dans le temps. Oubliez le siècle où nous vivons. Le roi Philippe Ier est mort hier. Savez-vous qu'il s'était croisé ? Le grand chagrin de sa vie. Jérusalem a été prise sans lui. Excommunié, il n'a pas pu rejoindre les rangs de l'armée franque. Une formidable énergie inemployée... Et maintenant, Monsieur le commissaire principal, si vous m'expliquiez le vrai motif de votre présence ici. Ce que vous m'avez dit ce matin ne suffit pas, vous en conviendrez, surtout de la part d'un homme comme vous. Je veux bien vous accorder une sorte de préjugé favorable au nom de la volonté divine dont les détours sont parfois surprenants, mais je vous préviens, il est difficile de me mentir, et le frère Eudes, qui nous entend, est encore plus avare de sa confiance que moi. On le prend rarement en défaut. Je vous écoute.

« Nous y voilà ! » songea Racado, rameutant toutes les facultés de son cerveau. Il se retrouvait sur le terrain de son choix, celui des aveux complets, toute la vérité tartinée pour infiltrer l'ennemi et le piéger. Il déballa tout ce qu'il savait, l'existence du dossier Pharamond, la disparition des jumeaux de Bourbon, le soudain intérêt du ministre de l'Intérieur pour la fugue d'un rejeton royal oublié, les confidences de ce même ministre sur le cheminement des symboles et le danger d'un retour du sacré, ses propres recherches en service commandé à la basilique Saint-Denis, et comment Rotz l'avait expédié dare-dare à Saint-Benoît-sur-Loire, lui, le commissaire principal Racado, qu'on ne déplaçait pas pour des broutilles, afin d'y surprendre le jeune Philippe Pharamond de Bourbon, lequel ne pouvait manquer, à en croire l'intuition du ministre, de réapparaître précisément là, avant de prendre la route de Saint-Denis...

« Pas si mal vu ! » songea le frère Ulrich, surpris.

— Saint-Denis ? Qui a parlé de Saint-Denis ? demanda-t-il.

— Rotz lui-même.

Quelque chose d'inattendu se dessinait. Une nouvelle pièce sur l'échiquier. Blanche ou noire ? Le moine hésitait.

— Et ensuite ? Après Saint-Denis ?

Pris de court, Racado convint qu'il n'en savait rien, mais qu'il était hautement improbable que l'équipée des jumeaux Bourbon eût la moindre chance de se prolonger, hypothèse que le ministre n'avait même pas évoquée...

Écartant de sa pensée cette petite raclure de jésuiterie défroquée qu'il manœuvrerait à sa guise, Dieu aidant, le frère Ulrich reporta son attention sur ce qu'il avait appris de Pierre Rotz. Rotz ne semblait pas avoir songé à Reims. Ame stérile, négative, dépourvue de sentiment religieux, il aurait fallu au contraire à ce ministre une foi d'enfant pour envisager l'inconcevable, cette sorte de saut dans l'éternité, ce jeune souverain, seul ou presque, bravant le pouvoir, les modes et le temps, et s'en allant se faire sacrer à Reims, en 1999 ! Mais tout de même, avoir deviné l'étape de Saint-Denis, après celle de Saint-Benoît, cela représentait, à défaut de foi, une belle imagination juvénile qui ouvrait d'étranges perspectives... On verrait plus tard. Pour le moment, se débarrasser de l'ancien jésuite... Ulrich se composa un visage avenant, regard direct chargé de bonté, petit sourire de complicité amicale. Même un flic d'élite pouvait s'y tromper, et Racado s'y prit les pieds.

— Le temps nous presse, Monsieur le commissaire, dit le moine. Le révérendissime père abbé m'honore de son indulgence ; il ne peut d'ailleurs faire autrement, raison de plus pour n'en point abuser. Nous attendons ici, en effet, Monseigneur le prince Philippe Pharamond de Bourbon qui m'a demandé de l'accueillir et de préparer le père abbé à sa venue, ce qui n'a pas été le plus facile. Philippe est une âme rêveuse, fantasque. Il n'a pas sa place en ce siècle et il n'en désire aucune. Aussi ne souhaite-t-il ici que veiller et prier dans la plus grande discrétion auprès du roi Philippe Ier, quatrième roi capétien et trente-sixième roi des Francs, son ancêtre, avant de s'en aller à Saint-Denis, vous l'avez deviné, saluer les martyrs de sa famille. Vous voyez, Monsieur le commissaire, je vous fais confiance, et je vous l'ai dit, je ne me trompe jamais.

Racado lui jeta un regard oblique. Mais non, le moine parlait sérieusement. Il y avait de l'amitié dans sa voix.

— Je vous en remercie, mon père, dit sobrement l'ancien jésuite. Vous savez d'où je viens, qui j'étais. J'ai tant de fautes à réparer. Servir un prince catholique m'y aiderait. Une cause sacrée, une cause noble. Il me faut tout réapprendre, et, d'abord, la fidélité.

Dissimulant son dégoût sous un masque de compassion, Ulrich le regardait s'enferrer.

— La miséricorde de Dieu est immense, dit-il. Je vous présenterai moi-même au prince. Je parlerai en votre faveur. Il décidera. Nous avons besoin d'un homme comme vous pour le protéger de Rotz.

Il jubilait, Racado ! Il se voyait au cœur du complot. Un montage de premier choix, avec agent secret du Vatican, moines putschistes anciens paras, un Bourbon conspirateur et sa sœur, on laisserait filer des sous-entendus, les jumeaux fugueurs... Le mode grave, le mode graveleux, Rotz choisirait. Le mode comique... Le ridicule aussi peut tuer, la duchesse de Berry ne s'en était pas relevée. Pour le moins, le monastère sauterait, on en ferait un musée, bon débarras...

On frappa à la porte du tunnel. Entra un deuxième moine tout aussi jeune et carré que le premier. Il vint se pencher à l'oreille d'Ulrich en lui murmurant quelque chose, puis s'en retourna de son pas souple de commando en opération de nuit.

— Il y a du nouveau, Monsieur le commissaire. Après le dîner, ne quittez pas votre hôtel. On viendra vous chercher. Le frère Eudes va vous reconduire.

En se retrouvant dehors, sur le parvis, Racado entendit derrière lui grincer les serrures à double tour. Avec une heure d'avance sur l'horaire d'hiver affiché à la porte du sanctuaire, le frère Eudes bouclait la basilique. A gauche de la tour-porche, le portail de la cour intérieure qui servait de garage aux véhicules de l'abbaye, d'ordinaire ouvert dans la journée, était fermé. Racado prit le chemin de la porterie. Fermée aussi. Il sonna. Personne ne se montra. La librairie bénédictine avait également baissé ses volets. Un peu plus loin, sur la place, devant la Maison Notre Dame qui servait d'hôtellerie au monastère, un car embarquait les retraitants qu'il avait vus le matin même à la messe conventuelle. Les rares touristes s'en étaient allés. Il n'y avait plus une voiture sur le parking. Au Labrador, une unique clef pendait au tableau, la sienne. L'établissement était désert. Monté dans sa chambre, il composa le numéro de téléphone de l'abbaye. La voix qui lui répondit n'était pas celle du frère portier. Il raccrocha. Dehors, une voiture stoppa dans un crissement de pneus. Il écarta le rideau de la fenêtre. C'était sa propre voiture de service, d'où en sortit comme une bombe l'inspecteur A. Il redescendit aussitôt.

— Les chevaux, Monsieur le commissaire ! On était en patrouille au bord de la Loire. Je n'avais jamais rien entendu de pareil. On aurait dit qu'un régiment de cavalerie s'avançait le long de la rivière. C'était très impressionnant parce que ça semblait venir de très loin. Il y a de la brume au ras de l'eau. On ne voyait rien. Puis quelqu'un a crié : « Allez ! Allez ! » Une voix jeune. Une voix féminine. Et cinq cavaliers ont surgi, dans l'eau jusqu'au poitrail des chevaux, nu-tête, avec une grande cape noire. Ils avaient une sacrée allure. On a cru à du cinéma, un film qui se serait tourné par là. On se trompait. Il y a une fille avec eux. J'ai repéré son frère. Ce sont vos jumeaux, Monsieur le commissaire. Je suis venu aussitôt vous prévenir. Le collègue est resté là-bas.

— Ne perdons pas de temps, dit le commissaire. On y va. Est-ce loin ?

— Un kilomètre. Près d'un petit hameau qui s'appelle « Le Port ».

L'endroit était désert et ne devait s'éveiller qu'aux beaux jours. Près d'une baraque à frites fermée et d'un portique à balançoires, un chemin descendait le long de la levée de terre jusqu'à une plage de sable blanc où se dessinaient nettement des empreintes fraîches de sabots de cheval. Presque en face, à une cinquantaine de mètres, une île plate et basse émergeait encore de la brume, au ras de l'eau, une de ces innombrables îles de la Loire, éphémères, nomades, qui naissent un jour de basses eaux, piquées de bois flottés et d'arbres morts, et disparaissent plus tard, englouties, comme autant de royaumes d'Ys ou de paradis perdus. Une fumée s'élevait d'un feu allumé, droite dans le ciel sans vent. Embusqué près de la baraque à frites, l'inspecteur B., qui les attendait, offrit ses jumelles à Racado. Il avait l'air de sortir d'un rêve, un sourire béat aux lèvres.

— Vous verrez, Monsieur le commissaire, elle est si belle ! dit-il. Malheureusement, elle s'éloigne.

— Comment, elle s'éloigne ?... Qu'est-ce que vous racontez ?

— La brume monte. On ne distingue presque plus son visage.

Réglant les jumelles à sa vue et se guidant à la lueur des flammes, Racado repéra d'abord les chevaux, dessellés, immobiles au bord de l'eau, puis cinq silhouettes juvéniles qui étaient groupées autour du feu. La nuit d'hiver commençait à tomber. Un rire clair parvint jusqu'à lui, comme une sorte de message, ou de défi, tandis qu'une chevelure blonde, animée d'un mouvement circulaire harmonieux, découvrait un visage de jeune fille d'une beauté pure qui lui fit mal. Et c'était vrai que ce visage s'éloignait. La brume l'effaçait peu à peu, à la façon de ces rideaux de scène transparents qui se ferment l'un après l'autre pour donner une impression de distance. Racado eut encore le temps de retenir un court instant dans le faisceau de ses jumelles le visage calme, serein, éblouissant de Philippe. Ce visage était une malédiction jetée sur la laideur du monde. L'esprit d'enfance y resplendissait, lumineusement marqué. Les trois autres, « inconnus de ses services », comme on dit dans la police, achevèrent de le plonger dans une stupéfaction douloureuse qui lui broyait la poitrine et se changea bientôt en haine. Les enfants de cette sorte ne devraient pas avoir le droit de vivre. Ils menacent l'ordre établi...

En même temps que s'établissait la nuit, les rideaux de brume s'épaissirent jusqu'à former une gangue opaque dans laquelle l'île disparut. Les voix, les rires s'étaient éteints. Une flamme brilla encore vaguement, un cheval fit entendre son hennissement à des distances infinies, derniers signaux de la réalité. Racado trébucha sur une pierre et jura. Il ne voyait même plus ses pieds, à peine ses mains, dans le brouillard. Il n'y avait plus d'île, plus de chemin, plus de rivière, plus de baraque à frites, plus de hameau du Port. Rien. Ils mirent près d'une heure à rentrer, les yeux hors de la tête, l'inspecteur A. conduisant d'une main, penché par la portière ouverte, fixant le rebord du chemin. Ils se perdirent à tous les croisements, se retrouvant dans des cours de ferme, au milieu des aboiements des chiens. Ils laissèrent une aile dans un arbre, un phare dans le cul d'un tracteur, s'embourbèrent à deux reprises. La Berezina. Racado enrageait, insultait le chauffeur. Impossible de se servir de son téléphone de bord pour communiquer avec Rotz en présence de ses inspecteurs. Il alluma la radio pour tromper son énervement. Au bulletin d'informations de 7 heures, la météo indiquait « temps clair sur toute la moitié du pays au nord d'une ligne Bordeaux-Grenoble ». Et de fait, surgit enfin, parfaitement visible à dix mètres, la pancarte Saint-Benoît-sur-Loire. Racado jeta un regard derrière lui. Le brouillard avait disparu. Les étoiles brillaient dans le ciel.

— Demi-tour et en vitesse ! dit-il. On y retourne.

Une minute cinq secondes plus tard apparut la baraque à frites dans l'unique phare qui leur restait.

— Éclaire-moi l'île, imbécile !

L'inspecteur au volant manœuvra. L'air était si limpide que l'île semblait illuminée comme par un projecteur de théâtre.

— Il n'y a plus personne, dit l'inspecteur A.

Jumelles aux yeux, le commissaire balaya l'île avec soin, ne laissant passer aucun détail. Il reconnut d'abord l'arbre mort aux branches duquel les cavaliers avaient pendu leurs capes noires, sans doute pour les faire sécher. Puis la petite plage où se tenaient les chevaux, qu'on ne pouvait confondre avec une autre, à cause d'un autre arbre mort dont la forme rappelait celle d'un crocodile. Impossible de se tromper. Il s'agissait de cette île-là, bien qu'ils y eussent fait disparaître toute trace visible de leur passage. Ils avaient couvert le feu qu'aucune fumée ne signalait plus, effacé les empreintes de sabots sur le sable, au pied de la levée de terre, à moins que l'eau n'eût monté entre-temps. Cette façon de disparaître laissait l'ex-jésuite mal à l'aise.

— Les petits salauds ! murmura-t-il.

De retour à Saint-Benoît, Racado se fit déposer devant la porte du Labrador d'où filtrait une lumière qui semblait le seul signe de vie à cette heure pourtant peu avancée de la nuit. Au moment où il descendait de voiture, un léger bruit attira son attention, comme un piaffement étouffé de cheval. Cela provenait de la cour intérieure de l'abbaye, dont le portail était toujours fermé. L'éclairage public ne fonctionnait pas. Il n'y avait pas un chat sur la place, plongée dans l'obscurité.

— Vous entendez ? demanda-t-il à ses inspecteurs.

— Rien, dit A.

— Rien, dit B., et pourtant, j'ai l'oreille fine. Qu'est-ce qu'on serait supposé entendre, Monsieur le commissaire principal ?

Racado haussa les épaules et renvoya les deux hommes à leur hôtel. Il s'attarda un moment sur le seuil, guettant une répétition du même bruit, mais rien ne se produisit. Il rentra. Le patron le salua, la mine morose.

— C'est rare qu'on ait si peu de monde, même à cette époque de l'année. Vous dînerez ?

De sa chambre, il appela Rotz. La ligne avait une sortie directe.

— Je les ai vus, Monsieur le ministre, annonça-t-il d'entrée. Le frère, la sœur, et trois garçons avec des visages d'ancien temps.

— Que voulez-vous dire par là, Jacinthe ?

— Le regard. Chez les adolescents d'aujourd'hui, on ne trouve plus de regards comme cela, heureusement.

— Précisez, je vous prie.

La voix était neutre et professionnelle, mais avec une imperceptible affectation qui échappa à l'ancien jésuite. Sous la lampe de son bureau, dans le silence de la place Beauvau qui venait de prendre son rythme de nuit, le ministre eut un sourire qui aurait frappé de stupeur tous ceux qui le connaissaient. Il y avait un peu de bonheur dans ce sourire. Rotz s'était tant ennuyé toute cette journée semblable aux autres, de la politique d'égout, un métier d'éboueur en chef...

— Je n'aime pas ce mot mais je n'en trouve pas d'autre, Monsieur le ministre, dit Racado. La pureté. Ces trois-là ressemblent à l'autre. Une limpidité de regard à vous dégoûter à jamais d'être né.

Rotz ne put s'empêcher de rire. Cette bouffée inattendue d'air frais l'avait mis de bonne humeur.

— Mais ce n'est pas drôle, Monsieur le ministre !

— Vous avez raison, commissaire, dit Rotz, ce n'est pas drôle.

En même temps il ouvrit le dossier Pharamond qu'il tenait à portée de main dans l'unique tiroir central de son bureau. Ce n'était pas la première fois de la journée qu'il interrogeait du regard la photo. Il ne baissait plus les yeux. Le face à face devenait familier. Il lui venait même l'impression que tous deux faisaient connaissance avec une sorte de respect. Une certaine confiance naïve commençait à se dessiner dans le regard bleu du jeune homme, et voilà qu'il s'en émouvait, cultivant avec précaution, malgré lui, cette étrange petite étincelle qui naissait au fond d'un recoin de son âme qu'il pensait avoir déserté à jamais. On le manœuvrait, il l'admettait, mais ce qui était nouveau, ce soir-là, c'était qu'il s'en accommodait et que cela ne lui déplaisait pas. Dans le jardin, sous ses fenêtres, le crapaud grogna furieusement.

— Je sais, je sais, dit-il, agacé.

— Comment, Monsieur le ministre ? s'étonna Racado.

— Ce n'est rien, c'est Judas. Continuez. Où les avez-vous trouvés ?

Racado décrivit les lieux.

— Ils ne se cachaient même pas, dit-il. Ils étaient arrivés à cheval, au petit galop.

— Venaient-ils de loin ?

— Je ne sais pas. Sans doute. Un sixième cheval portait leurs paquetages.

— Un instant, dit le ministre, en posant le téléphone sans raccrocher.

Il éprouvait le besoin de réfléchir en silence. Ainsi, il avait vu juste. Première étape : Saint-Benoît-sur-Loire, où il lui semblait que s'achèveraient les préliminaires du voyage. En revanche, les chevaux, cela l'étonnait. Comment n'y avait-il pas pensé ? Pas facile de sortir de sa peau de caïman malfaisant et de se refaire une âme d'adolescent. Il sourit. Quand on est un garçon de dix-huit ans, qu'on est l'héritier des rois, qu'on a décidé de s'en souvenir et de remonter le cours des siècles pour défier le troisième millénaire au seul motif du droit divin, on ne prend pas le train, ou l'autocar. On ne pratique pas l'auto-stop, comme un campeur. On ne s'installe pas au volant d'une voiture qui transite d'un péage d'autoroute à un autre. On ne se déshonore pas à user de la monnaie du temps. On ne chemine pas non plus à pied. Ce n'est pas un pèlerinage, une randonnée, c'est une conquête. Ensuite, l'âme affermie, le cœur trempé par une bonne et longue chevauchée, assuré d'être différent et inaccessible aux contagions, on peut enfin s'immerger dans le siècle et poursuivre sa route jusqu'au terme. Il voyait les choses de cette façon, Rotz. Après Saint-Benoît-sur-Loire, les événements se précipiteraient et le dénouement ne tarderait pas. On s'arrêterait un moment à Saint-Denis, à la basilique royale, mais le terme, naturellement, c'était Reims ! Ce ne pouvait être que Reims, sinon rien de tout cela n'avait de sens. Et cela avait-il un sens que ce Philippe Pharamond de Bourbon s'en allât se faire sacrer roi de France à Reims, et par qui, et comment, et pour quoi, de quelle façon, avec quels appuis, quelles complicités, pour quel destin ? Il avait bien son idée là-dessus, Rotz, laquelle ne présentait pas plus de sens commun que le reste, mais il s'y accoutumait peu à peu, doucement, presque heureux d'y être conduit en quelque sorte par la main. Quarante ans de manipulations politiques... Il songea au Président qui l'attendait à l'Élysée pour leur entretien quotidien en tête-à-tête. Quarante ans de complicité... Cette fois, il ne lui dirait rien.

— Allô ! Commissaire, excusez-moi, reprit-il au téléphone. Bon, où sont-ils, à présent ? Toujours dans leur île ?

— Non, probablement à l'abbaye. J'en attends la confirmation. On les avait perdus de vue à cause de la brume, une brume à couper au couteau, très localisée...

Le ministre écouta, prenant des notes. Le coup de la brume l'amusa. Le hasard faisait quand même bien les choses. L'ancien jésuite raconta sa visite au monastère, sa rencontre avec le frère Ulrich et ses moinillons de choc, et comment il avait roulé dans la farine ce Pikkendorff de bénitier, cet agent de la réaction vaticane. Il aimait aussi se faire mousser, Jacinthe, et il semblait bien accroché, avec ce qu'il fallait de haine pour ne plus lâcher le morceau.

— Parfait, parfait, dit Rotz. Et quand voyez-vous toute la bande ?

— Incessamment. Le frère Ulrich doit m'envoyer quelqu'un. Après, l'enfance de l'art, la routine. Je vous les tiens au chaud sur un plateau.

— Parfait, répéta Rotz. Rappelez-moi à partir de onze heures.

Ouvrant un petit coffre-fort mural dissimulé derrière une nymphe grassouillette de Boucher et dont il détenait seul la combinaison, il y enfouit le dossier Pharamond, ne conservant qu'un bout de papier où il avait noté un nom : Ulrich. Plus question de laisser traîner ce dossier dans un tiroir ou aux R.G. à la merci d'une indiscrétion. Quant à Racado...

Sa secrétaire particulière étant rentrée chez elle, et comme il désirait éviter de passer par un quelconque attaché de cabinet qui se poserait d'inutiles questions, il sonna l'huissier de service.

— Trouvez-moi l'annuaire téléphonique du Loiret, dit-il, et au trot.

Ce même soir, vers dix heures, après Vigiles, comme les moines regagnaient en silence leurs cellules pour se coucher, le frère Ulrich, ployant le genou devant Dom Bénézet, posa deux doigts sur sa bouche, signifiant par là qu'il demandait l'autorisation de lui parler. Dom Bénézet éprouvait une sainte horreur à l'égard des marques extérieures de respect naguère en usage dans les monastères. Il réprima un mouvement d'humeur.

— A cette heure ! Cela ne peut-il attendre demain matin ?

L'office du soir se récitait dans la crypte, qui était chauffée. Puis les moines traversaient le chœur pour rejoindre leurs logements. C'est là qu'Ulrich avait plongé, bloquant net le père abbé, qui, cette fois, marchait le dernier.

— Non, mon père, répondit le frère Ulrich. Dès maintenant et sans témoins.

Ces mots avaient été chuchotés à voix basse, mais le ton déplut au père abbé. Il soupira, résigné. Ce frère Ulrich, c'était sa croix.

— Puisque vous insistez, mon frère, dit-il, allons au parloir Saint-Joseph.

Ce parloir était un petit bureau sans fenêtre, à côté de la porterie, où l'abbé recevait ses visiteurs. En passant devant l'escalier qui conduisait aux fouilles, il remarqua

90

qu'un de ses jeunes moines s'était également attardé, planté, immobile, en haut des marches, à la façon d'une sentinelle. Au lieu d'être plongée dans l'obscurité, comme la règle l'imposait à cette heure, la porterie était éclairée, rideaux tirés et volets clos. Au standard se tenait un autre jeune moine qui égrenait imperturbablement son chapelet. D'ordinaire, on ne décrochait plus le téléphone après dix heures. Un répondeur prenait le relais. Dom Bénézet broncha.

— Mon frère Eudes, que faites-vous là ? Vous devriez être couché.

— Pardonnez-moi, mon père, répondit sans s'émouvoir le frère Eudes, ajoutant énigmatiquement : « Service de Dieu... »

Quant à Ulrich, les yeux baissés, il attendait, mais toute son attitude signifiait qu'il était le maître du jeu. Le regard de Dom Bénézet allait de l'un à l'autre, butant sur leurs visages impassibles.

— Finissons-en ! dit-il. Entrez.

Refermant la porte du parloir derrière lui, l'abbé demeura debout, ainsi que l'on use avec des importuns pour avertir que l'entrevue sera brève.

— Je vous écoute... Ah non ! Pas de ces façons !

Le frère Ulrich était tombé à genoux.

— Mon père, dit-il — et sa voix tremblait —, demain, je vous le demande, vous m'infligerez la pénitence qui convient et je m'y soumettrai. Mais cette nuit, c'est une messe pour le repos de l'âme du roi Philippe Ier que je... que nous sollicitons, parce que vous êtes le très révérendissime père abbé de Notre-Dame-de-Fleury, que cette messe qui figurait à la règle capitulaire de l'abbaye n'a pas été célébrée ici depuis deux cent huit ans et que des circonstances particulières, relevant du domaine du sacré, imposent qu'elle doit l'être sans tarder, par vous-même, en secret, devant le tombeau du roi Philippe, en présence de son héritier, qui est celui de tous nos rois, le prince Philippe Pharamond de Bourbon, en route pour

Reims, pour s'y faire sacrer, avec sa sœur Marie et ses trois compagnons. Ils sont vos hôtes, en toute discrétion, depuis la tombée de la nuit. La messe dite, vous ne les reverrez plus. Bien avant l'aube, ils seront loin.

Il avait parlé sans pauses, par crainte d'être interrompu, et surtout parce qu'il était soulevé hors de soi par une émotion contenue qui avait brisé les barrières de la réserve monastique. Dom Bénézet le dévisageait avec stupeur. Puis quelque chose passa entre eux, un de ces échanges de signes invisibles comme en ont parfois les contemplatifs, qui emporta les réticences de l'abbé.

— Relevez-vous, mon frère, et venez vous asseoir, dit-il en se laissant tomber lui-même sur une chaise.

Il marqua un moment de silence, les mains jointes à hauteur des yeux, méditant.

— J'exige votre loyauté, mon frère, reprit-il. Ce qui est du domaine du sacré peut l'être en même temps du politique. Ainsi en allait-il autrefois. Est-ce le cas ?

— En aucune façon, mon père, répondit Ulrich. Philippe Pharamond relève un droit qu'il tient de Dieu. Il n'a point le désir d'en user. Seulement celui de le transmettre après l'avoir rétabli. Dieu seul décidera de son emploi, quand il jugera le moment venu.

L'abbé eut un geste d'expectative.

— Tout cela est bien bon, mon frère, encore qu'à l'époque où nous vivons...

— Philippe ne se soucie pas de son époque, mon père. Celle-là ou une autre, quelle importance ? Il y est simplement de passage.

— Autre chose : à l'image de nos concitoyens, je pourrais, par indifférence, n'être point royaliste et avoir de la difficulté à vous suivre, et même à vous comprendre sur ce plan-là. D'ailleurs, suis-je royaliste ? Je ne le crois pas. Je ne me suis jamais posé la question. Est-ce que le royaume de Dieu ne suffit pas ?

— L'un est contenu dans l'autre, mon père. Ce n'est pas un problème de foi. Le principe royal ne repose pas sur la foi que l'on a ou que l'on n'a pas en lui. Il importe peu qu'on y croie ou que l'on n'y croie pas, que les incrédules soient légion tandis qu'autrefois ils n'existaient pas. Cela ne peut pas se peser. Dieu est Dieu, et le roi est roi.

— Et ce jeune homme est le roi ?

— Il l'est, mon père.

Dom Bénézet ferma les yeux. Ses lèvres remuaient en silence. Il priait. Ulrich avait retrouvé son calme. Il attendait sereinement.

— Où est ce jeune homme ? demanda enfin l'abbé.

— Avec ses compagnons, auprès du tombeau de Philippe Ier. Il veille.

— Nous veillerons ensemble. Frère Ulrich, vous célébrerez cette messe. Je l'autorise et j'y assisterai, par respect pour notre visiteur et pour ce qu'il représente. Vous ne pouvez m'en demander plus.

— Je ne vous le demande pas, mon père. Je l'implore, ou, si vous préférez, je l'exige.

L'abbé ne sourcilla même pas. L'humilité du ton laissait deviner qu'il y avait autre chose derrière cette sorte d'ultimatum et qui les dépassait tous les deux.

— Je veux bien vous entendre, dit patiemment Dom Bénézet. Mais pourquoi obéirais-je ? Qui pourrait m'y contraindre ?

— Vous convaincre, mon père. Vous êtes le très révérendissime père abbé d'un monastère contemporain des premiers rois mérovingiens. Votre basilique abbatiale est sépulture royale. Des milliers de prêtres moines se sont succédé en ces lieux où pendant quatorze siècles ils ont célébré des millions et des millions de messes qui forment une couronne de grâces divines d'une densité presque palpable, dont vous serez le dispensateur en célébrant vous-même cette messe et en le demandant au Seigneur.

L'abbé encaissa la leçon. On ne voyait plus les choses de cette façon, dans l'Église de France.

— Le jeune prince a besoin de vous, mon père, reprit le moine. Vous lui devez ces grâces divines.

— Admettons, dit Dom Bénézet. Encore que cette capitalisation de la grâce... Comme si j'étais une sorte de banquier.

— Vous détenez la clef, mon père. Moi, humblement, je ne l'ai pas.

— Et si je refusais encore, avez-vous un autre argument ?

— En effet.

Le frère Ulrich se leva de sa chaise, s'approcha du père abbé, et se penchant à son oreille, lui glissa quelques mots d'une voix à peine audible, comme si la pièce était truffée de micros. Dom Bénézet se recueillit un moment. Ce qu'il venait d'entendre faisait son chemin. Après le cœur, l'âme. Ce ne fut pas long.

— Eh bien, allons, dit-il avec gravité. Avez-vous fait dresser l'autel ?

— Tout est prêt, mon père. Nous avons aussi préparé votre mitre et votre crosse.

— Naturellement, vous saviez que j'obéirais.

— Je le savais. Pardonnez-moi.

Le même jeune moine montait toujours la garde en haut de l'escalier des fouilles. L'abbé lui adressa au passage un signe de tête paternel, marquant ainsi qu'il ne lui tenait pas rigueur de son indiscipline. Agenouillés à même le sol, les cinq jeunes gens se levèrent à l'entrée de Dom Bénézet. L'un se tenait en avant, seul au pied de l'autel, sa sœur légèrement en retrait, et les trois autres derrière, entourés d'une demi-douzaine de moines parmi lesquels l'abbé reconnut le frère Eudes et la plupart de ses novices. Il songea que le temps des générations perdues était peut-être achevé. Il nota aussi les sept chandeliers allumés, l'encensoir suspendu à son crochet, le missel ouvert à droite de l'autel de fortune, côté de l'épître, et l'étole blanche déposée sur le tombeau du roi, figurant le pallium d'autrefois. Le frère

Ulrich avait revêtu l'aube blanche sans ornements, signifiant par là qu'il s'en tiendrait à sa fonction de servant. S'étant habillé à son tour de la chasuble blanc et or, celle de Noël, de Pâques, de la Pentecôte, de l'Ascension, celle des fêtes de Jeanne d'Arc, de Saint Louis, de sainte Jeanne de France, ayant coiffé la mitre, saisi la crosse — liturgie, liturgie, théâtre ineffable... —, le très révérendissime père abbé se retourna vers l'assistance immobile. Inclinant légèrement la tête pour laisser filer son regard par-dessus ses lunettes de presbyte, calmement, dans le silence, il entreprit d'interroger le visage du prince qui lui faisait face. L'abbé savait reconnaître les hommes de foi. Il n'y avait pas une ombre de pose dans l'attitude du jeune Philippe. Celui-ci se tenait droit, les mains jointes, la tête haute, comme un gisant royal qui se fût soudain dressé. En même temps, il avait cette simplicité naturelle, faite d'humilité vraie et de confiance, de ceux qui se savent marqués d'un signe, lorsqu'ils se présentent devant Dieu. Un roi, nul doute. Un roi très chrétien... Malgré l'épaisseur des murs, la lourde chape de béton du plafond, l'enfouissement des lieux sous le chœur de la basilique, le tunnel et ses deux portes fermées, des échos affaiblis du Te Deum de Palestrina filtraient jusqu'à la salle des fouilles. Là-haut, dans l'église abbatiale, quelqu'un s'était mis à l'orgue, et Dom Bénézet se souvint qu'un de ses jeunes novices y avait montré des dispositions. En arrière du petit groupe des moines, à la frontière de la lumière dispensée par les sept chandeliers et par les cierges de l'autel, les sarcophages de l'ancienne nécropole souterraine formaient l'avant-garde des temps chrétiens. L'abbé parla. Longtemps après ces événements, il se demandait encore comment ces mots lui étaient venus, tout en ne se résolvant pas à admettre qu'ils n'étaient pas nés de lui-même et qu'ils lui avaient été inspirés...

— Monseigneur, mes frères, dit-il, le droit divin est un flux continu qui échappe au pouvoir des hommes. Il est éternellement transmissible chez ceux que Dieu a choisis. Il ne peut être interrompu, il ne l'a jamais été et ne le sera jamais. On peut couper la tête des rois, les chasser, les oublier, le droit divin court toujours, comme une grâce inemployée dont les effets s'accumulent. Mais vous êtes aussi un être de chair, Monseigneur. La royauté héréditaire commence là où commence l'homme, par la conception charnelle. Un roi est fait d'un autre roi, de toute la chaîne des rois avant lui, parmi lesquels celui qui repose ici depuis neuf siècles. Ainsi le corps du roi est-il le roi. A Reims, il recevait neuf onctions, et sa personne devenait sacrée. Allez à Reims, Monseigneur, et que Dieu vous ouvre la route. Amen.

La messe suivit son cours. L'abbé trouva marqués d'avance par des signets de couleur vive, d'une soie neuve qui avait été changée récemment, dans le missel, les textes propres aux oraisons pour le roi. D'une voix forte, il lut le premier, la collecte, qui se place juste avant l'épître : « *Quaesumus, omnipotens Deus : ut famulus tuus Pharamonus, rex noster, qui tua miseratione suscepit regni gubernacula...* Faites, Dieu Tout-Puissant, que votre serviteur notre roi Pharamond, qui par votre grâce a assumé le gouvernement du royaume, reçoive un accroissement de toutes les vertus ; qu'orné de leur éclat, il évite l'horreur du vice et puisse parvenir heureusement jusqu'à vous qui êtes la voie, la vérité et la vie. Par Notre-Seigneur Jésus-Christ, votre Fils... *Per Dominum nostrum Jesum Christum Filium tuum, qui tecum vivit et regnat in saecula saeculorum, amen.* »

Les deux autres textes étaient ceux de la secrète et de la postcommunion, l'un avant la préface et l'autre à la fin de la messe, précédant la bénédiction. Tous deux en appelaient à la grâce de Dieu « répandue sur notre roi Pharamond afin qu'elle le protège contre toutes les forces adverses, etc. ». L'abbé ne s'était jamais trouvé face à ces textes-là, enfouis depuis des éternités parmi d'autres oraisons pour la pluie ou le beau temps ou contre les tremblements de terre et les épidémies chez les animaux, entre les pages désaffectées de missels obsolètes mis au rebut par des générations d'évêques acharnés. Il éprouva un vif bonheur à redécouvrir mot à mot ces textes. On avait tout rejeté en bloc, pourquoi ne pas tout reprendre de la même façon ? Pourquoi les gens de ce pays ne demanderaient-ils pas à Dieu, comme naguère, de bénir leurs maisons, leurs bateaux, leurs chevaux, leurs chiens, leurs autos, leurs enfants, leurs femmes enceintes, leurs malades, leurs vieillards, leurs drapeaux, de guérir leurs cochons malades, d'épargner la grêle aux moissons, de protéger leurs forêts des incendies, et à plus forte raison de leur donner à nouveau un roi qui pût être aimé et respecté et rendrait un sens à l'ordre des choses...

Vint le moment de la bénédiction qui marque la fin de la messe. En se retournant vers l'assistance, juste après les dernières oraisons, Dom Bénézet eut l'impression qu'au fond de la salle des fouilles, en arrière des sarcophages, le mur s'était en quelque sorte déplacé, découvrant dans la pénombre de vastes étendues envahies de brume. Il se dit qu'il n'était plus jeune, que la cérémonie l'avait fatigué, à une heure où il était d'habitude couché. L'encens généreusement répandu à travers cet espace confiné devait avoir aussi modifié la perception de ce qui l'entourait. Il leva les deux bras vers le ciel.

— *Adjutorium nostrum in nomine Domini*, dit-il.

Il se fit un mouvement à travers les vapeurs d'encens, très loin en arrière des moines. L'abbé crut entendre des centaines de voix qui se mêlaient à celles des moines, murmurant ensemble les mêmes mots :

— *Qui fecit caelum et terram.*

Et pourtant c'était à peine perceptible. Il enchaîna :

— *Benedictio Dei omnipotentis...*

Selon l'usage, le célébrant marque ici une pause, et

c'est là que l'on s'agenouille pour recevoir la bénédiction, ce que firent les moines, le prince et ses compagnons, tandis qu'au fond de la salle courait un grouillement de cliquetis lointains, de raclements, de frottements de ferraille, comme si une armée entière s'agenouillait, en armures et cottes de mailles. Le ban et l'arrière-ban... L'ost du roi Philippe Ier... Cela dura peut-être une minute, deux minutes. C'est long, l'agenouillement d'une armée en campagne, cela se fait rang par rang, se propage comme une onde, il faut descendre de cheval et incliner les gonfanons jusqu'à ce que leurs pointes touchassent le sol, il faut que les trompettes se taisent et que les chevaliers se recueillent. Le temps s'était arrêté. Et puis le silence se fit. La vision sonore disparut, et plus tard, dans sa mémoire, même s'il vint à en douter, jamais l'abbé ne put oublier l'intensité de son émotion, quand de sa main levée en un signe de croix, il avait béni un chef d'armée en la personne de ce jeune homme blond, vêtu simplement, qui se tenait devant lui, le front baissé.

— ... *Patris, et Filii, et Spiritus Sancti descendat super vos, et maneat semper.*

— *Amen*, répondirent les moines, le prince et ses compagnons, mais cette fois ils étaient seuls.

La cérémonie se terminait. Le révérendissime père abbé regarda autour de lui avec étonnement. Il avait peine à retrouver ses esprits. En prenant congé des jeunes gens, il bredouilla : « Sire... » et en fut récompensé par un éblouissant sourire de Marie qu'il emporta comme un viatique pour retraverser le fil des siècles. Aux grandes orgues de la basilique, toujours étouffées par la distance, se jouait un hymne de gloire bien enlevé qui accompagnait la sortie, quand par une curieuse disposition d'acoustique, tandis que le frère Eudes, après avoir ouvert la première, ouvrait la seconde porte du tunnel, l'hymne s'interrompit brusquement. Parvenu en haut des marches de l'escalier, l'abbé jeta un coup d'œil surpris en direction du buffet d'orgue invisible dans l'obscurité. Aucune lumière n'éclairait le clavier. L'orgue ne respirait plus. Sa soufflerie était muette, qui d'ordinaire exhalait encore quelques soupirs après qu'on l'eut arrêtée. Les immenses tuyaux correspondant aux notes les plus graves ne vibraient plus et n'émettaient plus de ces sons en quelque sorte posthumes qui rôdent un moment autour d'un orgue quand on en a fait jaillir des fanfares. La nef était silencieuse et vide, plongée dans la nuit. Il y faisait froid. On s'y sentait seul. Traversant le chœur, l'abbé pressa le pas. Il avait hâte de se retrouver entre les quatre murs de sa cellule et de mettre de l'ordre dans ses pensées. Portant des cierges qui éclairaient leur marche, les novices formaient procession, trois devant l'abbé, trois derrière, comme une escorte.

Ayant fermé les volets de sa fenêtre qui donnait sur la cour intérieure envahie par une brume épaisse, à peine s'était-il couché, le chapelet entre les doigts, que le sommeil terrassa Dom Bénézet dès le deuxième Ave Maria de la première dizaine. Il s'endormit comme une masse et ne se réveilla que le lendemain.

Ils avaient faim. Ils étaient des êtres de chair, pas de purs esprits. L'intensité de cette longue journée, qui n'était point encore achevée, leur avait creusé l'appétit. Ils dévoraient comme on sait le faire à dix-huit ans. Un souper avait été préparé dans le petit réfectoire d'invités attenant au parloir Saint-Joseph. Un crucifix au mur, deux bancs et une longue table de bois où étaient disposés, sur des planches à trancher, un saucisson, un pâté, un poulet froid, un énorme pain de campagne dans lequel le frère Eudes taillait généreusement, ainsi qu'un grand pichet d'eau claire et un autre de gris-meunier, agréable piquette désaltérante des vignes de sable des bords de Loire. Ils mangeaient donc avec entrain, enfournaient des bouchées d'ogre, lampaient le vin à petites gorgées satisfaites tout en échangeant des regards heureux. Un feu crépitait dans la cheminée. Le feu est un symbole d'unité. Ils ne parlaient pas. Ce repas était en quelque sorte un prolongement de la messe. Il ne pouvait en être dissocié. Difficile à expliquer, en cette fin de siècle matérialiste, ce qu'exactement ils ressentaient. Se nourrir et y prendre plaisir peut en certaines circonstances relever du sens du sacré. Les moines contemplatifs le savent, et aussi les hommes du temps passé, les croisés cassant la croûte silencieusement sous les murs de Jérusalem, avant l'assaut, les pèlerins dans les hostelleries sur le chemin de Compostelle, ou encore le chasseur de la préhistoire qui lève les yeux vers les nuées en jetant à son clan affamé l'animal qu'il a enfin tué.

— Merci, Ulrich, dit Philippe, en repliant la lame de son couteau. A présent, je le sais. Nous irons jusqu'au terme.

— Ce qui suit sera différent. Tu as accompli le plus facile, dit le moine.

— Ne crois pas cela. Le plus difficile était de connaître avec certitude la volonté de Dieu. Maintenant, je la connais. Demain soir, je veux être à Saint-Denis.

« Je veux » : parole de roi. Le frère Ulrich avait rempli sa mission.

Sur la table qui avait été desservie, le frère Eudes déplia une carte au 1/50 000 de la forêt d'Orléans. Ulrich désigna de l'index un point précis qui se situait à peu près au centre de la forêt, dans sa partie la plus dense.

— On vous attend là, dit-il, au carrefour de l'étang de la Maladrerie, à trois heures du matin — il consulta sa montre —, c'est-à-dire dans deux heures et trente minutes. Vingt kilomètres. Des allées forestières toutes droites, propres au galop, même de nuit. Il ne vous faudra pas tout ce temps-là.

Odon de Batz se pencha sur la carte et la photographia de l'œil.

— Vu. Enfantin.

— Il y a une grande maison de garde un peu plus loin, reprit Ulrich. On ne la voit pas du chemin. Elle est désaffectée. Je la connais. J'y suis allé. Un ami s'en est fait attribuer la jouissance. Un homme très puissant, très riche, très désespéré. On vous y conduira. Vous pourrez y dormir, vous reposer. On y prendra soin de vos chevaux. On s'en occupera en votre absence et vous les retrouverez à votre retour. Une voiture vous emmènera vers Paris. Cet ami vous accompagnera. Tu vas être obligé de traverser le siècle, Philippe. Il n'y a pas d'autre moyen. Tu seras surpris. Tu n'as jamais voulu le regarder en face...

Il faisait allusion à ces randonnées en France, sac au dos, pour lesquelles Philippe et Marie, dans leurs quinzième et seizième années, disparaissaient de longues semaines. Ils quittaient la Suisse par des sentiers de montagne, à pied, s'enfonçaient dans le Jura profond, se perdaient en Bourgogne, en Auvergne, suivaient le cours d'infimes vallées ou bien marchaient de crête en crête. Leurs points de repère : les donjons en ruine, les clochers isolés. Ils se ravitaillaient dans les hameaux et dès qu'ils apercevaient quelque chose qui de loin ressemblait à une ville, ils fuyaient. Ils avaient été très heureux. Marie disait : « C'est beau, la France. » Et Philippe ajoutait : « Mais est-ce la France ? »

Le jeune homme ne fit pas de commentaires. Il était plongé dans ses pensées. C'est vrai qu'il avait toujours fui la réalité de ce temps. Une décision de sauvegarde, car il n'était pas si ignorant que cela. A entrer dans le mouvement du monde, il en viendrait à se détruire, lui-même et ce qu'il représentait. Contrairement à un faisceau d'apparences, ce siècle n'offrait pas d'espérance. Il ne fallait rien lui demander. Simplement garder la foi et transmettre...

— Il te reste tout de même un choix, dit le moine.

— Je sais. Le jour. Ou la nuit. Voyager de jour ou de nuit. Les distances ne sont pas longues. La nuit peut effacer bien des laideurs.

— Ça, mon cousin, fit Ulrich, ce n'est pas certain. Et maintenant, autre chose. Peut-être trouveras-tu sur ta route, à Saint-Denis, quelqu'un qui s'appelle Pierre Rotz.

— Nous savons qui c'est, dit Monclar, qui au hasard des cabines téléphoniques de village, le long de la Loire, et ce soir encore à la porterie (où veillait toujours l'un des novices), avait maintenu la liaison avec l'île. Faragutt nous a mis en garde. C'est le ministre de l'Intérieur et il a téléphoné à plusieurs reprises à Saint-Denis.

On se souviendra que ce vieil Irlandais jacobite, Faragutt, était le propriétaire de l'île. Amateur de génie de la télécommunication et insomniaque de surcroît, il était à l'écoute jour et nuit.

— Rotz a également téléphoné ici, à l'abbaye, poursuivit le frère Ulrich. C'était peu après votre arrivée. Il m'a demandé personnellement. Il s'est nommé, il a précisé sa fonction et il m'a offert sur un plateau son homme de main, un certain Racado, que j'avais déjà repéré avec ses gros souliers de défroqué, et qui dort en ce moment à poings fermés sous nos pieds dans une cave douillette et chauffée où nous lui avons offert l'hospitalité pour la nuit, d'ailleurs sans lui demander son avis. Je ne comprends pas le jeu de ce Rotz. Il a eu des phrases étranges. De temps en temps il faisait taire un certain Judas. Il m'a dit qu'il avait l'impression de retrouver la foi. Difficile à croire, de la part d'un homme aussi dangereux. Mais sa voix semblait sincère, avec des accents de jeunesse. Il m'a aussi parlé de la basilique royale de Saint-Denis, de l'état d'abandon de l'ossuaire. La conversation s'est bizarrement terminée. Il a cité

Chateaubriand : « Pharamond ! Pharamond ! Nous avons combattu avec l'épée... »[1]. Et puis il a raccroché. Qu'est-ce qu'il a voulu nous faire comprendre ? Je me creuse la tête. Ami ? Ennemi ? Je pencherais pour la première hypothèse. Enfin, méfie-toi quand même...

Ils se levèrent. Josselin quitta la pièce pour aller préparer les chevaux, et Marie, d'un geste plein de grâce, à deux mains, déploya sa longue chevelure blonde par-dessus le col de la cape noire qu'elle venait de jeter sur ses épaules.

— Vous êtes très belle, Madame, dit le frère Ulrich.

Puis se tournant vers Philippe :

— Sire, nous ne nous reverrons pas de sitôt. On m'appelle à d'autres besognes. J'étais votre premier relais, celui dont procèdent les autres. Désormais, rien ne vous arrêtera. Il me reste à vous dire en particulier quelque chose dont on m'a chargé et qui est à vous seul destiné. Venez.

Ce que le frère Ulrich avait à dire ne demanda pas plus d'une minute. Lorsqu'ils revinrent du parloir Saint-Joseph où ils étaient allés s'isoler, Philippe avait les larmes aux yeux, mais chacun, en le regardant, sut que c'étaient des larmes de joie.

— Allons ! maintenant, dit-il. Et il ajouta : « A cheval ! », comme dans un roman de cape et d'épée, car tout roi qu'il fût devenu, il avait toujours dix-huit ans et le panache des mots lui plaisait.

Ulrich leur souhaita bonne route, donna l'accolade monastique aux garçons et embrassa Marie sur les deux joues.

— Dans la forêt, galopez sans crainte. Ne retenez pas vos chevaux. La forêt est domaine bénédictin, fief religieux de l'abbaye qui y tenait de nombreuses dépendances. Certes, la Révolution est passée, mais pour vous, Sire, rien n'a changé. La bénédiction que vous

---

1. *Les Martyrs,* livre VI.

avez reçue du très révérendissime père abbé vous est protection et sauvegarde...

Et ce fut, en effet, une galopade effrénée. « Allez ! Allez ! » criait Marie quand l'allure se ralentissait. Les renards piquaient le nez dans leurs terriers. Des oiseaux aux yeux rouges s'enfuyaient vers la cime des arbres et des ramiers déchiraient l'air pour aller se perdre dans les nuages. Une harde qui nomadisait par là détala, apeurée, se jetant sur un groupe de viandards sauvages (le déshonneur des braconniers), un boucher et trois repris de justice, à l'affût derrière leur camionnette, phares braqués. Trois cerfs, cinq biches, joli massacre en perspective. Au moment de tirer, le boucher, saisi de stupeur, laissa échapper son arme, tandis que les trois gibiers de potence, leur fusil tombé des mains, se cachaient le visage derrière leurs coudes levés. Au front du plus grand des cerfs, une vieille et noble bête qui s'était portée en avant pour protéger les siens, une croix brilla intensément, plantée au milieu des ramures qui formaient comme un golgotha d'autres croix incandescentes. La croix de saint Hubert, naturellement. Les viandards n'en avaient jamais entendu parler. Cela ne leur rendit pas la foi, qu'ils n'avaient sûrement jamais eue, et d'ailleurs, cette nuit-là, la bénédiction de l'abbé ne s'étendait pas à leurs personnes. Faute d'explication adaptée à leurs misérables petites cervelles, et furieux de rentrer bredouilles, ils se remontèrent le moral à coups de gnôle à 60 degrés et finirent sanglants et tout à fait morts, sur la route, leur voiture aplatie contre un arbre providentiel. Seul le boucher en réchappa. On mit sur le compte d'un traumatisme crânien son histoire de croix phosphorescente, d'autant plus qu'il ajoutait : « Et juste avant, j'avais entendu des chevaux. On aurait dit une armée... »

Au monastère, une fois le portail de la cour refermé à deux battants, et tandis que la petite troupe de cavaliers s'éloignait à travers le village, l'escouade de novices de choc s'affaira à différentes besognes. Vaisselle lavée, rangée, miettes balayées dans le réfectoire d'invités. Furent également escamotés, dans la salle des fouilles, chandeliers, cierges et autel de fortune. Le frère Eudes déconnecta le central et le brancha sur le répondeur automatique, lequel, si on l'interrogeait, répétait : « Les moines prient pour vous, rappelez demain matin à huit heures, les moines prient pour vous... » Ce n'était d'ailleurs pas vrai. La récitation des Matines avait été supprimée pour la plus grande satisfaction du puissant seigneur des ténèbres, et au surplus, cette nuit-là, les bons moines de Saint-Benoît, Ulrich et novices exceptés, dormaient plus profondément que d'habitude.

Les novices, à leur tour, se couchèrent. Seul éveillé, dans sa cellule, agenouillé devant la croix qui était l'unique ornement du mur, le frère Ulrich priait. Il avait bouclé sa valise posée sur la couverture rêche de son étroite paillasse de moine, et grand ouvert la fenêtre pour entendre les bruits du dehors. Il faisait froid, aussi avait-il remonté son capuchon sur sa tête. Vers quatre heures du matin, une voiture s'arrêta devant la porterie. Un murmure presque imperceptible, comme seuls sont capables d'en produire certains moteurs fabriqués à la pièce. C'était une longue limousine noire, avec une plaque diplomatique. Ulrich décrocha son crucifix, qui lui avait été donné par le pape, le fourra dans sa valise, éteignit la lumière et sortit. Le frère Eudes l'attendait à la porterie. Pour casser l'émotion qui les gagnait, au lieu de l'accolade monastique, Ulrich lui donna une petite bourrade amicale.

— Vous nous rejoindrez un jour, mon frère, je m'y engage. D'ici là, oubliez, priez, servez Dieu.

Le frère Eudes referma la porterie à clef, et la voiture, glissant sans bruit, prit la route en direction du sud.

Le bol de café fumait. Des tartines beurrées l'accompagnaient. Tout cela était posé sur un tabouret, près du lit. C'est l'odeur du café qui réveilla Racado. Se pouvait-il qu'il eût dormi là, tout habillé ? Avisant le soupirail vitré et garni de barreaux qui s'ouvrait au ras du sol, sur la place, d'où il pouvait voir son hôtel, juste en face, il s'aperçut qu'il faisait jour. Il regarda sa montre. Huit heures. Une cloche sonnait. Il avait été enfermé. Et pourtant la serrure de la porte était libre, la clef disposée à l'intérieur. Il trouva sans peine, à deux pas, le petit escalier soigneusement balayé qui conduisait au couloir de la porterie. Il se souvenait de l'avoir descendu la veille au soir, de son plein gré. On était venu le chercher comme convenu, à l'hôtel, environ une demi-heure après son coup de téléphone à Rotz. Un de ces jeunes moines, la boule à zéro, économe de ses paroles, avec un regard du dedans qui donnait irrésistiblement envie de lui démolir le portrait. Le moine lui avait dit : « Entrez là. Vous y serez mieux pour attendre. Inutile qu'on vous voie à la porterie. Je viendrai vous chercher tout à l'heure. Ce ne sera pas long. » Ensuite il s'était endormi. Comme ça, avec ses godasses aux pieds. Et cependant il n'avait rien bu, rien mangé qu'on ait pu droguer. D'ailleurs on ne lui avait rien offert...

Le frère Côme avait réintégré le standard.

— Qu'est-ce que c'est que ces magouilles ? attaqua aussitôt Racado.

Le portier cligna des yeux, étonné. On aurait dit qu'il examinait le mot magouilles entre des pincettes.

— Quelles magouilles, Monsieur le commissaire ?

L'ex-jésuite eut un haut-le-corps.

— Mais enfin ! Pourquoi ai-je dormi là, dans cette cave ?

— Ce n'est pas à moi qu'il faut le demander, Monsieur le commissaire. Et d'ailleurs, ce n'est pas une cave, mais une cellule de retraitant. Vous n'y étiez pas bien ?

— Que s'est-il passé pendant mon sommeil ?

— Encore une fois, je n'en sais rien, Monsieur le commissaire. Comme tous nos frères, je dormais. On se couche tôt, on se lève tôt.

— Et vous n'avez rien entendu ?

— Pas un bruit.

Pour sa part, il lui avait bien semblé percevoir un piétinement de chevaux, depuis sa cave, aux petites heures, mais était-ce rêve ou réalité ?

— Y avait-il de la brume, cette nuit ?

— Ce ne serait pas impossible en cette saison, mais comment vous répondre ? Je vous l'ai dit, je dormais.

— En somme, vous ne savez rien ?

Le portier soutint son regard, et, cette fois, ne cligna pas des yeux.

— Rien. C'est la vérité.

Il y avait blocage quelque part, mais où ? Pourquoi ?

— Appelez-moi le frère Ulrich, s'il vous plaît.

Un léger sourire se dessina sur les lèvres du portier, qui avait au moins un motif d'être satisfait.

— Il nous a quittés à l'aube. Définitivement, j'imagine... Mais les novices sont toujours là.

Le ton ne laissait aucun doute. Cette dernière constatation n'avait pas l'air de l'enchanter. Le frère Côme n'ajouta aucun commentaire. Racado en tira la conclusion : on avait neutralisé sa balance.

— Bon, dit-il. Faites venir le frère Eudes.

— Impossible, Monsieur le commissaire.

— Et pourquoi ?

— La communauté est entrée en retraite de carême depuis ce matin, huit heures. Les moines ne peuvent plus recevoir de visites. Moi-même, je vais devoir vous quitter. Je dois fermer la porterie. Notre premier exercice de la matinée...

On ne la lui faisait pas, à Racado. Il n'avait pas été jésuite pour rien.

— Le carême ? Vous êtes en avance de dix jours !

— Ainsi en a décidé le révérendissime père abbé.

— Naturellement, on ne peut pas le voir, lui non plus ?

— Naturellement. Il a donné des ordres.

— Je pourrais peut-être l'appeler au téléphone ?

— Le téléphone ne répondra plus. Vous laisserez un message.

— Ça va, j'ai compris, fit Racado. Quant à vous, vous n'avez vraiment rien à me dire ?

— Vraiment rien, Monsieur le commissaire.

Racado l'assassina du regard, et qui a déjà vu une huître refermer d'un coup ses coquilles quand on l'a attaquée au couteau peut se faire une idée ressemblante du visage du frère Côme en cet instant. Le commissaire sortit en claquant la porte, qui fut aussitôt bouclée derrière lui. Un avis affiché sur cette porte, avec de jolies enluminures à l'ancienne, informait les visiteurs et les amis de l'abbaye que les moines avaient entamé leur retraite de carême, qui durerait, selon l'usage, jusqu'au Samedi Saint, minuit...

— Je leur en foutrai, moi, des retraites !

Il était blême de rage. On l'avait joué ! Son flair de flic ne le trompait pas. Mais qui avait tiré les ficelles, en fin de compte ? Là, il flottait complètement. Il s'était cru le plus malin et on l'avait eu dans les grandes largeurs. Eh bien, il changerait de méthode ! Quelque chose d'expéditif. Plus de dentelle. C'était la guerre ! Une guerre personnelle. Il ne s'embarrasserait pas de comparses, ni les siens, ni ceux d'en face.

De sa chambre, à l'hôtel du Labrador, il commença par appeler son ministre et tomba sur un attaché de cabinet qui répondit que M. le ministre était en conférence pour toute la matinée et qu'on ne pouvait le déranger. Devait-on lui laisser un message ? « Dites-lui que les jumeaux ont filé... », ce qui fit sourire intérieurement Rotz lorsqu'on lui eut passé le message sur un papier plié en quatre, en pleine réunion de préfets, dont les participants, stupéfaits, s'aperçurent que le ministre était devenu presque aimable, ce qui ne lui arrivait jamais. Se posèrent toutefois des questions, lesquelles demeurèrent sans réponse, le préfet de la Seine-Saint-Denis, bombardé à Mayotte dans la journée, et celui du département de la Marne (chef-lieu : Châlons, sous-préfecture : Reims), nommé haut-commissaire de France en Kanaky, un cadeau...

L'ancien jésuite téléphona ensuite à l'hôtel de la Madeleine où gîtaient ses deux limiers, auxquels on transmit la communication au bistrot du rez-de-chaussée où ils arrosaient consciencieusement leur café.

— Prenez la voiture et venez me chercher. On rentre.

Ils le trouvèrent qui les attendait devant la porte du Labrador, sa valise à la main. La voiture de service avait piteuse mine, borgne d'un phare, une aile froissée, les roues enrobées de boue. Le commissaire contempla le désastre et sa mauvaise humeur redoubla.

— C'est bien vous qui conduisiez ? demanda-t-il à l'inspecteur A. Mes compliments.

Puis s'adressant à l'inspecteur B. :

— Et c'est vous qui prétendez avoir l'oreille fine, n'est-ce pas ? Alors ? Qu'avez-vous entendu, cette nuit ?

— Mais rien, Monsieur le commissaire principal, rien du tout.

Racado les enveloppa tous les deux d'un regard chargé de dégoût. Il explosa :

— Des chevaux ! Il fallait entendre des chevaux,

imbéciles ! Je ne peux pas être le seul, cette nuit, à avoir entendu des chevaux ! Qu'est-ce que vous foutiez ?

A. et B. échangèrent un coup d'œil inquiet. Le commissaire perdait-il la raison ?

— On dormait, Monsieur le commissaire principal. On a bien essayé de faire des rondes à deux reprises, mais il y avait tellement de brume, dehors, qu'on n'y voyait pas à cinquante centimètres. Quant aux chevaux...

Ils esquissèrent le même geste d'impuissance.

— On va voir ça ! dit l'ancien jésuite en aspirant un bon coup d'air frais. Vous allez frapper à toutes les portes, sonner à toutes les sonnettes du patelin. Une seule question : les chevaux. Et si oui, à quelle heure ? Je vous donne vingt minutes. Exécution.

Cela ne donna rien.

— Des chevaux, expliqua l'inspecteur A., ils n'en voient plus qu'à la télé. Pour de vrai, il n'en est pas passé ici la queue d'un depuis vingt ans, depuis la dernière bénédiction annuelle, sur le parvis, de l'équipage de chasse à courre de je ne sais plus quel baron. Aujourd'hui, ça ne se fait plus. Les curés font la fine bouche.

— Vous êtes nuls, dit Racado.

Façon pour lui de tirer un trait. Désormais, il agirait seul. Rencogné au fond de la voiture, il n'émergea de son silence qu'à hauteur de la porte d'Orléans.

— La brume, dit-il, comme s'il reprenait à haute voix le cours direct de ses pensées. La brume...

C'était — mais qui le sait ? — la plus belle partie de la forêt, la plus dense, la plus profonde, la plus haute et majestueuse, la plus secrète. La forêt française n'offre qu'à de rares exceptions cette impression d'éternité. Il suffit d'un seul visiteur indigne, et il y en a le plus souvent des milliers, pour que la forêt, debout mais trahie, perde ce caractère de sanctuaire où l'homme, s'il sait écouter son âme, accède aux mystères de la création. Ici, personne ne venait jamais, par une sorte de miracle. Ils en avaient tout de suite pris conscience, et aussitôt mis leurs chevaux au pas. Il y eut, sur leur droite, un bruit d'ailes qui frappaient l'eau, et la flèche sombre d'un vol de canards traversa un rayon de lune et se perdit plus loin, dans la nuit. Une odeur de vase se mêlait à celle de la mousse trempée, du bois mort, des feuilles tombées.

— L'étang de la Maladrerie, dit Odon de Batz. Le carrefour ne doit pas être loin.

Ils avançaient, saisis de respect, sous le couvert de grands hêtres centenaires dont les hautes branches bruissaient presque imperceptiblement, avec, parfois, des craquements, comme ceux d'articulations engourdies. Seules les forêts à feuilles caduques vivent véritablement. Le dépouillement qui leur est imposé chaque hiver après les frénésies du printemps et les flamboiements de l'automne est plus conforme à la dignité. La forêt fait une cure d'humilité, se retire du mouvement des choses avant le triomphe de la résurrection. En cela elle est d'essence divine.

— Une lumière, annonça Monclar, qui chevauchait en tête.

Deux hommes, à pied, les attendaient. Le premier tenait au poing une lanterne qu'il élevait, bras tendu. Il était vêtu d'un costume de velours côtelé noir aux revers écussonnés et coiffé d'une casquette plate de garde-chasse. Le second, tête nue, les cheveux blancs, portait un costume identique, mais sans écussons.

— Je suis votre hôte, dit ce dernier sans se nommer. La maison n'est pas loin. Suivez-moi.

Par courtoisie, ils mirent pied à terre tous les cinq. Le chemin obéissait à des dispositions particulières qui ne devaient rien au hasard. Sur environ cinq cents mètres, une succession de lacets dans la forêt coupait toute amorce de perspective, si bien que vu de l'allée forestière le chemin se perdait immédiatement à travers la végétation, comme s'il ne menait à rien et qu'on avait abandonné le projet de le faire déboucher quelque part. Après quoi il filait en droite ligne jusqu'à une maison sans grâce qui semblait abandonnée.

— C'est le meilleur camouflage, dit le vieux monsieur, tandis qu'ils émergeaient du dernier tournant et marchaient vers la maison. D'ailleurs l'endroit ne figure plus sur les cartes, quelles qu'elles soient, même le cadastre. J'y ai veillé. La maison de garde n'est qu'un paravent. L'ancienne maladrerie bénédictine se trouve derrière. C'est là que je me suis installé.

Un deuxième garde en velours noir les accueillit sur le seuil et emporta les paquetages. Un troisième conduisit les chevaux à l'écurie.

— Entrez, dit le vieux monsieur.

Sous la lampe qui brillait au fronton de la maison, son visage apparut en pleine lumière. Monclar était celui des cinq le plus au fait des choses de ce monde. Ce visage, il le connaissait, celui d'un des plus puissants industriels d'Europe, peut-être la première fortune de France.

— Mais vous êtes... commença-t-il.

Il se mordit les lèvres. Leur hôte ne s'était pas nommé lui-même.

De plain-pied avec la cour pavée, la pièce où ils se trouvaient était une grande pièce toute simple, sobrement meublée, murs et plafonds crépis de blanc, sans poutres ni pierres apparentes, ni jointoiements léchés ou autres chichis de décorateur, et sans autres prétentions que celle de ses dimensions, qui étaient vastes, et la présence au centre du plus grand côté d'une haute cheminée où flambaient d'énormes bûches.

Le vieux monsieur dit à Monclar :

— Je suis celui auquel vous pensez, en effet. Laissons cette identité de côté, voulez-vous.

Puis se tournant vers Philippe :

— J'appartiens à la réalité. A ce qu'il y a de plus dur et de plus matériel dans cette réalité. Je la façonne tous les jours, à grande échelle. C'est ma fonction. Or votre présence, Monseigneur, comme votre voyage, votre retour, sont de nature irréelle, parce qu'ils font appel à des sentiments d'ordre spirituel qui ne sont plus partagés par personne. Pour vous rejoindre, Monseigneur, et avoir l'honneur de vous servir, il me faut donc moi-même m'échapper de la réalité. Par tout ce qui reste en moi de l'intime perception du sacré, je crois en vous de toutes mes forces, c'est-à-dire en ce que vous représentez. Mais l'homme que je suis, au sein de cette réalité, ne saurait me suivre sur ce terrain. Ne le prenez pas en mauvaise part, Monseigneur, mais cet homme-là n'y penserait même pas. Ou sans doute hausserait-il les épaules. Alors, oublions-le...

Philippe fit signe qu'il avait compris. Il aurait bien été en peine d'y ajouter un mot, tant l'émotion lui serrait la gorge.

— Vous devez être fatigués, tous les cinq, dit le vieux monsieur, changeant de ton. Avez-vous faim ? Avez-vous soif ?

— Nous avons soupé à l'abbaye. Je crois que nous allons avoir besoin de sommeil.

— Une question encore, Monseigneur. Demain, qu'avez-vous décidé ? Faire la route de jour, ou de nuit ?

Philippe n'hésita pas.

— De nuit.

— Vous ne voulez pas voir les choses en face ?

La même remarque qu'Ulrich. Philippe eut un petit sourire mélancolique.

— Qu'y gagnerais-je ? De me mettre à mon tour à hausser les épaules ?

— Pardonnez-moi, dit le vieux monsieur, soudain saisi de compassion devant cette fragilité si ingénument avouée. Venez près du feu un instant, Monseigneur.

Voyez-vous cette plaque de cheminée aux armes royales, les trois lys de France ? Lorsque je l'ai achetée il y a une dizaine d'années, en achevant de restaurer cette maison, je ne vous connaissais pas, je n'avais jamais entendu parler de vous, je ne soupçonnais même pas votre existence. A la Maladrerie, je vis seul. Je n'y reçois jamais personne, et il me plaisait justement, certains soirs, en rêvant devant mon feu, de rendre à ce simple objet sa véritable signification symbolique. Vous ne l'ignorez pas, Monseigneur : ces plaques de cheminée qui ornaient tant de foyers français témoignent de l'antique principe sacré : le roi est partout chez lui.

Il ajouta : « Vous êtes chez vous, Sire... »

Philippe eut du mal à s'endormir, cette nuit-là, et pourtant il tombait de fatigue. Un jour, il devait y avoir trois ans de cela, à Pully, en Suisse, villa Pharamond, son père avait fait sceller dans la cheminée du salon une plaque semblable, aux armes royales, qui représentait la seule chose qu'il avait pu sauver de la vente forcée de sa dernière maison en France, un modeste relais de chasse qu'avait fait construire en Béarn Antoine de Bourbon, roi de Navarre. Puis le prince, après avoir allumé le feu, avait esquissé un curieux pas de danse devant la cheminée, une sorte de petit menuet caricatural. « Tu vois, Philippe, avait-il dit, le roi est partout chez lui et moi je me reçois chez moi... » Le ton était celui de l'humour triste. Robert de Bourbon se moquait souvent de lui-même. Ainsi parvenait-il à ne pas trop désespérer. De temps en temps, sur ces choses-là, il s'exprimait avec sérieux, mais il fallait le deviner, car il s'efforçait de ne pas le montrer, comme s'il n'y croyait qu'à moitié, et que ma foi, dans ce qu'il disait, il y avait à prendre et à laisser. A Philippe et Marie de traduire. Pour sa part, il n'en laissait rien, pas une once, pas une miette de droit

114

divin, mais il ne l'aurait jamais avoué. Ce même soir, ayant cessé de jouer le danseur devant le feu, il avait commencé, faussement grave, après une dernière pirouette : « Mon petit Pharamond, assieds-toi, ou plutôt non, tiens, reste debout, là, devant moi. Je vais te parler du roi, puisque roi, naturellement, tu le seras, dans trois ans ou dans trois mille ans. Cours élémentaire de royauté, cinquième leçon : le pays... »

Aussitôt, Philippe rameutait toutes ses facultés d'attention. Il savait qu'en ces moments-là, sous le ton mifigue, mi-raisin, se disaient les choses essentielles. Et le prince avait continué : « Le roi règne sur le pays avant de régner sur le peuple. Le peuple, d'ailleurs, ça fait peuple. Louis XIV disait *mes peuples,* ce qui avait quand même une autre gueule. D'autre part, et note-le bien, tu me le copieras cent fois, même si tu n'y comprends rien, ne régner que sur la population d'un royaume, c'est renoncer à l'aspect cosmique de la royauté. Je te vois venir, petit ignorant ! J'ai dit *cosmique,* pas *comique...* » Et puis, peu à peu, le ton changeait. Le prince ne persiflait plus. Le roi démuni instruisait son fils dans le salon d'une villa de cinq pièces, près de Lausanne : « Le vrai roi, Philippe, écoute-moi, se veut roi des champs et des forêts, des lacs et des montagnes, des moutons et des sangliers, des biches et des truites. Le vrai roi est partout chez lui. Ce n'est pas une question de propriété : le roi ne possède pas son pays dans la dispersion des meubles et des immeubles ; il est en soi-même le pays dans l'unité de l'incarnation. La royauté ne repose pas sur l'avoir, mais sur l'être. Fermez le ban, et fin de la cinquième leçon... »

« Pauvre père, songea Philippe en se remémorant cette scène, il fallait toujours qu'il finisse par une facétie. C'était plus fort que lui. C'était trop fort pour lui. Encore s'en tenait-il prudemment aux lacs, aux montagnes, aux truites, aux moutons. Déjà, ça ne passait pas facilement. Et que dirait-il, à ma place : les usines, les autoroutes, les fusées, la bombe atomique, les sous-marins nucléaires, les H.L.M., les banlieues, les supermarchés, les... les... les... Ô Seigneur, qu'est-ce que je viens faire là-dedans ? »

Dans la chambre voisine, Marie ne dormait pas non plus. Le privilège des vrais jumeaux. Leur force. Devant Dieu, ils se relaient. Quand l'un souffre, quand l'un flanche, quand l'un doute, l'autre prie.

Marie priait.

A la question qu'il venait de poser, Philippe entendit nettement la réponse. Le Seigneur dit :

— Ma volonté.

Une seconde après, Philippe dormait.

La République a été proclamée le 21 septembre 1792. La tête du roi est tombée le 21 janvier 1793. Le 3 août de la même année, la reine Marie-Antoinette est transférée à la Conciergerie. Son procès s'ouvre le 13 octobre, au Palais de Justice. Le 16 octobre à midi quinze, elle monte à son tour à l'échafaud, « avec légèreté et promptitude, sans avoir besoin d'être soutenue, quoique ses mains fussent toujours liées », selon un témoin du temps. On connaît son dernier mot, l'un des plus beaux qui existe dans notre langue. « Dans sa hâte à accueillir la mort comme une sœur bien-aimée », ayant marché sur les pieds du bourreau, elle lui dit :

— Monsieur, je vous en demande pardon.

Enfin, à la prison du Temple, livré au cordonnier Simon, le malheureux Louis XVII achève sa descente aux enfers. Les princes sont loin et divisés, les prêtres traqués et massacrés, l'émigration impuissante. Les décharges publiques débordent de cadavres de suppliciés déversés à pleines charrettes. C'est la Terreur. Hormis les haines, les ambitions, les jalousies féroces qui démocratiquement la déchirent, que pourrait craindre la Convention triomphante ? Rien ni personne, à une exception, cependant : un symbole.

Ce symbole se présente sous la forme d'un minuscule flacon de 42 millimètres de longueur, 29 de largeur en son fond et 16 à la hauteur du col. Il est en verre, mais peu transparent, empli d'une substance rougeâtre, le col en revanche blanchâtre, puisque vide. Sa grosseur est celle d'une figue. Son bouchon, un taffetas rouge. Selon l'historien religieux Dom Marlot, qui l'eut en main au XVIIᵉ siècle, si l'on y applique l'odorat, « il sent tout à fait le baume le plus exquis… » Le liquide que contient le flacon se compose de deux substances. L'une, résineuse et très odorante, est un baume de couleur rouge, peut-être d'origine alchimique, et nul ne sait quand, ni par qui, ni avec quoi il a été élaboré. L'autre, avec lequel on le lie, est tout simplement le saint chrême, mélange d'huile d'olive consacrée et d'un autre baume parfumé, dont l'usage remonte au roi Saül, et qui sert aux onctions lors de certains sacrements. L'ensemble forme une sorte de liqueur qui n'est pas entièrement liquide, mais un peu desséchée. Seul l'archevêque de Reims avait le privilège d'y puiser avec une aiguille d'or, et jamais le niveau n'en baissait en dépit des emprunts successifs. C'est Froissart qui l'écrit.

Le flacon est enchâssé dans un reliquaire d'or en forme de colombe, bec et pattes de corail, sertie dans une patène de vermeil cerclée de pierres précieuses. Une chaîne d'argent permet de la porter au cou. Il s'agit de la sainte ampoule, confiée depuis le IXᵉ siècle à la garde des moines de l'abbaye de Saint-Remi, aux portes de Reims. La colombe du reliquaire symbolise l'origine miraculeuse de la sainte ampoule transmise par tradition orale depuis le règne de Clovis et mise en forme au IXᵉ siècle par l'archevêque Hincmar de Reims dans le troisième volume de ses *Scriptores rerum Merovingicarum*. Selon la version d'Hincmar, saint Remi, archevêque de Reims, se trouva sérieusement dans l'embarras au moment de baptiser le roi Clovis, à la Noël 498. Il y avait tant de gens pressés les uns contre les autres dans l'église et devant la porte, que le clerc qui devait apporter le chrême aux fonts baptismaux ne parvenait pas à se frayer un chemin à travers la foule. C'est alors qu'une colombe plus blanche que neige descendit du ciel et vola par-dessus les têtes, tenant en son bec une ampoule qu'elle déposa dans la main du saint évêque. L'odeur suave de ce saint chrême effaça celle des cierges et de l'encens et frappa tous les assistants. L'*ordo* de Reims, qui codifie la liturgie du sacre, comporte un verset qui se chante pendant que le roi se prépare à recevoir les onctions : *Saint Remi, ayant reçu le chrême du ciel, consacra dans un déluge sacré l'illustre nation française et son noble roi, et les enrichit de la plénitude du Saint-Esprit...*

Depuis, pas de sainte ampoule, pas de roi. On ne s'en passa que pour Henri IV, sacré à Chartres. Reims et la sainte ampoule se trouvaient aux mains de la Ligue. Il y fallut l'assentiment de tous les évêques présents. Cent soixante-cinq ans plus tôt, aux heures les plus noires du royaume où deux rois se déclaraient en même temps roi de France, Charles VII et Henri VI d'Angleterre, la possession de la sainte ampoule donna lieu à de furieux combats dans la région de Reims. L'objet sacré, pris et repris, resta aux mains des Français. Jeanne d'Arc y veilla. On sait la suite. Il faut enfin citer ce passage de saint Augustin qui fonde tout le symbolisme chrétien du sacre. Au chapitre VI de *La Cité de Dieu*, l'évêque d'Hippone écrit : « *Il nous faut considérer comme un grand mystère cette huile dont Saül fut sacré et ce chrême qui lui donne le nom de Christ...* »

Pas de sainte ampoule, pas de roi.

C'est de quoi, justement, s'avisent les tueurs de rois, massacreurs de prêtres, tombeurs de Dieu, représentants de la Nation, régicides, conventionnels. Dans les cathédrales dévastées, on célèbre la déesse Raison. Les symboles vénérables d'un ordre quatorze fois séculaire ont été noyés sous des flots de sang. Nous ne sommes qu'en septembre 1793. La haine a encore de beaux jours devant elle. Et voilà qu'à la Convention, où l'on ne croit ni à Dieu ni à diable, surgit cette étrange question : qu'est devenue la sainte ampoule ? Dans l'anéantissement des symboles, il semble qu'on l'avait oubliée.

Et qui soulève ce lièvre ? Qui en débat précipitamment ? Qui réclame la constitution sur-le-champ d'une commission d'enquête assortie du droit de vie et de mort ? Fouché, surnommé le Mitrailleur de Lyon. Carrier, le monstre de Nantes. Ruhl, ancien pasteur protestant, tueur de curés en Alsace. Hébert, la haine faite homme, l'imprécateur du Père Duchêne, et ceux qu'on appelle les *enragés,* parmi lesquels Chaumette, Hanriot, Ronsin, des individus qui comptent leurs victimes par milliers et furent les premiers artisans violents de la déchristianisation du pays. Et ce sont eux, les esprits forts, les sans-Dieu, qui devraient plutôt se taper les cuisses à l'idée que l'on pût croire encore à de si ridicules balivernes, et qui vont, précisément, par une sorte d'acte de foi confondant, faire voter, toutes affaires cessantes, par la Convention, la destruction de la ci-devant sainte ampoule, « *monument honteux, créée par la ruse perfide du sacerdoce pour mieux servir les ambitions du trône, etc., etc.* » ! Réconfortant, si l'on y songe. En effet, n'est-il pas surprenant de s'en prendre à une relique à qui l'on nie tout pouvoir ? S'acharner à vouloir la détruire, n'est-ce pas craindre sa puissance ? Ces fronts bas n'ont pas de ces subtilités, mais peut-être les défroqués, Fouché et Ruhl, sont-ils conscients de cette anomalie... C'est Ruhl, justement, qui est chargé de la besogne.

Le décret de la Convention est daté du 16 septembre 1793. Ruhl ne se met en route pour Reims que dans les premiers jours d'octobre. Tout pressé qu'il était d'en finir au plus tôt avec « ce hochet sacré des sots », il a pris son temps. On ne sait trop ce qu'il magouille. Il fallait d'abord la retrouver, cette sainte ampoule, s'assurer qu'il n'y avait pas supercherie, ni tromperie sur la marchandise, et sans mettre la puce à l'oreille des derniers suppôts de la tyrannie. Parmi le clergé constitutionnel de Reims, si peu nombreux qu'il se comptât, peut-être certains prêtres jureurs n'avaient-ils juré que du bout des lèvres et il en suffisait d'un seul pour soustraire à la juste vengeance du peuple le symbole haï des tyrans. Pas question de se faire refiler une sainte ampoule de pacotille ! On ne trompe pas le peuple souverain ! On a tranché la tête du vrai roi, il faut écraser la vraie sainte ampoule. Ruhl se méfie de tous et de chacun. Il dépêche des émissaires secrets à Reims, des agents du type Racado, choisis parmi les plus vicieux coquins au service du comité de Salut public qu'il a présidé quelques mois. On débusque les derniers moines de Saint-Remi qui se terrent dans des soupentes, accoutrés d'habits laïcs. Dans les rangs du clergé non jureur, tout ce qui n'est pas mort a émigré, archevêque et vicaire général en tête. On force quand même la retraite de quelques malheureux curés qui n'ont pas suivi le mouvement à temps. Tout cela dans l'ombre, en finesse, avec promesse de vie sauve ou de passeport. On ne veut pas tuer. On veut savoir.

Enfin, Ruhl *sait*. Il n'est pas possible — on ne dispose d'aucun document là-dessus — de se faire une idée précise de la nature des faits qui lui sont oralement révélés par un courrier qui arrive de Reims au galop le 3 octobre, ni du montage qu'il en a tiré, mais cela le satisfait pleinement. Il se met en route sur-le-champ. Il ne passe pas inaperçu. Il est habillé en perroquet tricolore, le ventre ceint d'une écharpe bleu blanc rouge qui lui remonte par-dessus l'estomac, coiffé d'un extravagant chapeau sur lequel flotte une forêt de plumes tout aussi tricolore que le reste de sa personne et qui grandit sa taille d'une bonne quarantaine de centimètres : l'uniforme des représentants spéciaux de la Convention en mission dans les départements. Il a pris place dans une calèche. Priorité à tous les relais de poste. Un parti de housards de la République l'escorte, des diables en guenilles, effroyablement moustachus, avec des pierres précieuses aux oreilles pillées dans les châteaux de Vendée. Le 16 vendémiaire de l'an II, 7 octobre 1793, c'est dans ce mirobolant équipage, propre à frapper les imaginations, que le représentant Ruhl, au grand galop de ses chevaux, déboule sur la ci-devant place Royale de Reims, à un jet de pierre de la cathédrale, au milieu d'un concours de populace à qui l'on a promis depuis la veille du beau spectacle républicain. Il n'est pas encore blasé, le peuple. Il lorgne vers la guillotine dont les bois sont montés en permanence depuis l'avènement de Robespierre. Il espère des flots de sang. Il ne recevra que des flots de mots. Mais quel théâtre !

On a dressé un escalier de fortune sur le flanc d'un socle vide dont la dédicace, gravée à l'or, a été martelée au burin et rendue définitivement illisible. Mais chacun sait, à Reims, que sur ce socle se dressait naguère la statue équestre du roi Louis XV. Les tambours des sections battent la générale. Environné de piques portées par les sans-culottes de l'escorte qui ayant été à la peine — c'est exténuant de chasser les suspects — sont naturellement à l'honneur, le chapeau à voiles tricolores fend la foule en majesté comme un vaisseau de haut bord. On se passe le nom du puissant personnage : Ruhl ! Ruhl ! Les mégères des premiers rangs lui adressent des regards brûlant d'amour. La foule est convenablement noyautée. On crie : « Vive la Répulique ! Vive la Nation ! A bas les tyrans ! » Mais, soudain, les mégères grondent. Elles ont reconnu un pauvre petit vieillard qui se glisse, apeuré, tendant le dos, dans le sillage du grand homme. Il a beau s'être affublé d'un vêtement civil tout râpé, ses cheveux blancs en couronne, comme ceux d'un tonsuré, l'ont trahi. Seraine ! Mais c'est Seraine, curé constitutionnel de la ci-devant basilique Saint-Remi ! Il s'était fait oublier. On ne le voyait que rarement, errant dans son église déserte.

Jureur ou pas, quelle différence ? Il a juré pour sauver sa peau, oui ! Mais que fait-il là ? Provocation ! On hurle : « A mort les prêtres ! A bas la religion ! » Une femme lui crache au visage, tente de le gifler, tout étonnée de se voir réprimandée, calmement mais fermement, par un sans-culotte de l'escorte qui interpose sa pique entre la foule et le pauvre bonhomme en criant haut et clair : « Laissez passer le citoyen Seraine, par ordre du citoyen représentant Ruhl ! » Ruhl s'est retourné. Voyant Seraine en difficulté et pour bien marquer qu'il l'a pris sous sa protection, il le place à son côté et lui couvre l'épaule de son écharpe. On peut s'arrêter un instant sur ce geste. C'est exactement le geste du prêtre abritant de son étole quelque malheureux pourchassé.

L'un suivant l'autre, ils ont gravi l'escalier de bois. Sur la plate-forme du socle où caracolait le roi Louis XV, dit le Bien-Aimé, s'est campé le représentant Ruhl, torse bombé, poing sur la hanche, posant pour la postérité. Humble et soumis, le petit Seraine s'est immobilisé sur les derniers degrés de l'escalier. Tout est prêt pour l'allégorie. En bas, les derniers cris hostiles s'étranglent. Puis le silence, de rang en rang, jusqu'au fond de la place, sur cette foule qui attend depuis le matin et pressent un grand moment... Un troisième personnage s'est approché, ceint d'une écharpe plus modeste. Celui-là, on le connaît. C'est le citoyen Galloteau-Chapron, maire de Reims, ancien séminariste ayant reçu les ordres mineurs, mais il a su le faire oublier par son zèle républicain et les têtes qu'il a fait tomber. Dans cette sorte de contre-messe, il tient en somme le rôle du sous-diacre. Ruhl se penche vers Seraine. Il lui adresse un signe convenu. On a soigné la mise en scène. Seraine tire de sa poche un objet qui brille au soleil et le tend au conventionnel. Pour ce faire, de là où il est placé, Seraine doit lever très haut ses bras. Le geste est tout à fait théâtral : la Superstition, domptée, livrant ses hochets à la République. Et voici l'élévation. Entre les mains du représentant Ruhl, le hochet est présenté au peuple qui en frémit de saisissement. A Reims, nul ne l'avait jamais vu depuis le sacre de Louis XVI, en 1775, mais chacun était capable de le décrire : une colombe d'or sertie de vermeil et cerclée de pierres précieuses. Il appartenait à l'imaginaire de la ville. On a reconnu le reliquaire qui contient la sainte ampoule.

Ruhl fait signe qu'il va parler. Accroupi au pied du socle, l'écritoire sur les genoux, un plumitif de la mairie s'affaire afin que nul n'oublie jamais les mots augustes qui furent prononcés.

— Citoyens de Reims ! La Convention m'a chargé, par décret du 16 septembre dernier, de surveiller dans les départements de la Marne et de la Haute-Marne l'exécution de la loi du 23 août. L'article premier de cette loi veut que les vieillards se fassent porter sur les places publiques pour prêcher la haine des rois et l'unité de la République. C'est pourquoi moi, qui suis un vieillard qui ai en exécration les rois, les despotes et tous les ennemis de la liberté et de l'égalité, je me suis transporté sur la place ci-devant royale, aujourd'hui nationale, pour prêcher la haine des tyrans. Mieux encore, pour joindre l'utile au précepte, la pratique à la théorie, je vais briser, en présence des autorités constituées et du peuple nombreux assemblé, sous les acclamations répétées de « Vive la République une et indivisible », je vais briser, dis-je, le monument honteux créé par la ruse perfide du sacerdoce pour mieux servir les ambitions du trône, en un mot je vais briser la sainte ampoule sur le piédestal de Louis le Fainéant, quinzième du nom...

Le maire sous-diacre lui tend un marteau. Les cris s'arrêtent. On entendrait voler une mouche. Le citoyen Seraine baisse la tête, l'air accablé. La Superstition vaincue courbe le front devant la Lumière. Ruhl a ouvert le reliquaire. Il a éventré la colombe, et cette fois la foule mugit. Il montre l'ampoule au peuple. Elle est bien de teinte rougeâtre. La tradition avait dit juste. Ruhl a levé son marteau. Seule trace visible de la statue, une jambe du cheval royal, tronquée à hauteur du genou, lui sert d'enclume. Un coup, deux coups, le flacon résiste. « Ah ! Ah ! dit Ruhl d'une voix caverneuse où frémit toute la haine du monde, j'étais trop doux. Pas de pitié pour les rois ! » La foule gémit de plaisir et le marteau s'abat. L'ampoule éclate. Quelques fragments tombent au pied du socle. L'ancien pasteur s'acharne. Il pilonne méthodiquement le verre brisé. Les tambours battent. Le peuple hurle. Et tandis que le citoyen maire recueille dans une feuille de papier un petit tas de poussière de verre, Ruhl, tourné vers la foule, comme un lutteur qui a vaincu, entame sa péroraison.

— La tête du tyran est tombée, et toutes celles qui voudront s'élever au-dessus du Français redevenu libre doivent tomber de même. Ô peuple immense et généreux, tu ne verras plus désormais l'insidieuse farce du sacre d'un brigand heureux ! Tout ce qui a trait à ce sacre, tout ce qui entretenait le fanatisme du peuple pour ses oppresseurs, en lui faisant croire que le ciel avait choisi des mortels plus favorisés que lui pour le mettre au fer, tout cela droit disparaître. Tout cela a disparu. La sainte ampoule n'existe plus !

La foule trépigne. Les chevaux des housards se cabrent et les cavaliers en profitent pour hisser jusqu'à eux, à pleins bras, des filles révulsées de plaisir, l'œil chaviré, qu'ils embrassent à bouche que veux-tu. « Vive la République ! Vive Ruhl ! A mort les tyrans ! A mort les prêtres ! » Les mégères des premiers rangs déchirent leurs corsages douteux avec des gestes convulsifs, offrant leurs mamelles palpitantes au dieu de la République couronné de plumes comme un coq et qui les regarde avec mépris. C'est donc ça, le peuple ? Il le savait, Ruhl ! Il n'était pas ancien pasteur protestant pour rien, ministre d'une religion du discours, averti qu'à se servir agilement du verbe on finit par tout obtenir de la foule, même le plus laid, naturellement. La haine et l'amour ne font plus qu'un. C'est la fête de la République, la fête de la confusion. Seraine en a profité pour disparaître. Nul ne l'a plus jamais revu jusqu'au retour des Bourbons. Il avait près de cent ans. Le citoyen Galloteau-Chapron, maire de Reims, l'air emmanché de quelqu'un qui feint, fila aussi dans la tourmente, un petit paquet plié dans sa poche, non sans avoir contresigné à la hâte le procès-verbal du secrétaire de mairie, conservé à la Bibliothèque nationale, où il était dûment précisé que la fiole de verre brisé avait été bel et bien reconnue comme ayant contenu autrefois une liqueur rouge inodore et complètement desséchée, dont il ne restait rien de liquide à ce jour.

Nul ne prêta non plus attention à un petit homme maigre et gris, vêtu de gris, d'allure neutre, qui se faufilant à quatre pattes à travers les jambes des chevaux, les hampes de pique des sectionnaires et les jupes des tricoteuses, se fraya un chemin jusqu'au premier rang, au pied du socle de la ci-devant statue, et enfouit prestement dans sa poche, sans être vu, les fragments de la sainte ampoule tombés de l'autel républicain. Il s'appelait Amaury, laboureur vigneron de son état. Amaury n'était pas un prénom, mais un nom patronymique, comme Tibérien, à Saint-Denis. Et comme Tibérien, également, un enfant l'accompagnait.

Descend enfin l'escalier de bois, la mine plus énigmatique que glorieuse, les plumes chiffonnées par le vent et par l'enthousiasme des harpies qui en arrachent des brins au passage pour s'en faire des scapulaires, le très puissant conventionnel Ruhl, représentant du peuple en mission. Il dicte un message à la Convention, qu'un housard dépêchera à bride abattue : « La sainte ampoule n'existe plus. Ce hochet sacré des sots et cet instrument dangereux dans les mains des satellites du despotisme a disparu. Recevez-en, mes collègues, les débris, avec le reliquaire qui la contenait, de même que le procès-verbal qui en constate l'anéantissement éternel. Salut et fraternité. »

Plutôt que de monter à l'échafaud dans le tumulte démocratique et sanglant qui agitait la Convention, le représentant Ruhl, régicide, se suicida comme un Romain le 1er prairial, an IV, 1795.

Il ne laissait aucun testament, pas la moindre note manuscrite, aucune famille en ligne directe, seulement une nièce bien-aimée, qui avait fait le voyage de Reims, où elle partageait sa chambre, car elle ne le quittait jamais.

Ainsi naquit l'énigme de la sainte ampoule, au demeurant tout à fait oubliée. Un roman policier...

Dès le premier retour de Louis XVIII, à l'automne 1814, se posa la question du sacre. Le roi en confia les préparatifs à François Joseph Belanger, architecte royal chargé des fêtes et des cérémonies, qui se trouva, en quelque sorte, devant une table rase. Il ne restait quasiment plus rien de l'inestimable trésor des sacres que représentaient les insignes du pouvoir, désignés sous le nom d'*insignes de Charlemagne* et traditionnellement déposés, de roi en roi, soit à la cathédrale de Reims, soit à la basilique Saint-Denis. La Révolution avait fait le ménage. Détruites, fondues, partagées entre coquins, disparues à tout jamais, la couronne dite de Charlemagne, ainsi que les cinq couronnes d'or qui avaient servi au sacre des Bourbons, d'Henri IV à Louis XVI, et bien d'autres de sacres antérieurs ! Fondus comme vulgaires lingots le sceptre de vermeil et la main de justice d'Henri IV qui avaient été redorés à l'intention du roi Louis XVI, lequel les tint chacun dans sa main, à Reims, le 18 juin 1775 ! Évaporé, le sceptre de Dagobert, épargné lors du sac de Saint-Denis mais volé deux ans plus tard en 1795, au Muséum où il avait été expédié, sans que sa trace fût jamais retrouvée ! Envolés sur la croupe des ânes les manteaux de sacre fleurdelisés, les camails d'hermine ; dispersées, dévoyées, bradées lors des ventes de 1798, les agrafes d'épaule de ces mêmes manteaux, appelés fermaux, qui étaient aussi des objets sacrés, le fermail de Dagobert, le fermail de Charlemagne, le fermail de Saint Louis, ceux de Charles V, d'Henri II ! Fondus, vendus, brisés, dessertis, pendus à des oreilles de gueuse ou enfilés aux doigts des scélérats du Directoire, les anneaux des rois que l'archevêque de Reims leur passait au quatrième doigt de la main droite, symbolisant le mariage de la France et de son roi ! Anéantie, toute cette « pourriture dorée de la royauté », les dalmatiques, les gants, les tuniques, les camisoles, et l'admirable croix, dite de Philippe Auguste, qui contenait, selon la foi du temps, un morceau de la Vraie Croix reçue de l'empereur de Constantinople...

La liste de ce qui avait été sauvé fut courte.

D'abord, l'évangéliaire de Bohême, en caractères cyrilliques du XIIe siècle, propriété du cardinal de Lorraine, archevêque de Reims, en 1547, et qui servit, à dater de cette année-là, au serment solennel de tous nos rois. Belanger le retrouva par miracle dans un cabinet de débarras de la mairie de Reims. Ce n'était plus qu'un objet mutilé, martyrisé. La reliure ornée de pierres précieuses et de quatre émeraudes inestimables symbolisant les évangélistes en avait été arrachée, partagée comme le furent les vêtements du Christ. Belanger fit aussitôt part de sa découverte au roi. Le gros Louis XVIII, qui ne passait pas pour un cœur sensible, versa des larmes d'émotion au souvenir du serment qui avait été prêté sur ce livre, en sa présence, quarante ans plus tôt, par son frère le roi Louis XVI. En 1999, qui est l'année de ce récit, l'évangéliaire écorché se trouvait encore enfermé dans le coffre du conservateur de la Bibliothèque municipale de Reims, qui en a la garde et la propriété légale.

En second lieu, l'épée, dite de Charlemagne, traditionnellement appelée « Joyeuse ». Elle appartenait au trésor de Saint-Denis et faisait le voyage de Reims, sous forte escorte, en compagnie des éperons royaux, à chaque nouveau sacre de nos rois. Le pommeau, composé de deux coques d'or figurant des oiseaux, ainsi que la garde de l'épée ornée de rectangles encadrant chacun un fleuron, sont des éléments héraldiques carolingiens du Xᵉ siècle. Les deux extrémités, ou quillons, de la garde, en forme de dragons ailés aux yeux de lapis-lazuli, datent de la seconde moitié du XIIᵉ siècle. Le tout est en or massif. L'arme avait été restaurée, ou pour le moins remontée à partir d'éléments antérieurs, à l'occasion du sacre de Philippe Auguste en 1179. L'embout d'argent doré du fourreau est clouté de pierres précieuses issues de sa première origine, un gros saphir cabochon, quatre améthystes, un grenat, un cristal de roche et deux topazes d'Allemagne. L'ensemble a été resserti pour le sacre d'Henri II. Ravoisier, armurier de Louis XVI, procéda au démontage de l'épée pour passer la lame à la meule et la fourbir. Telle quelle, de roi en roi, symbole tombé, objet de musée, l'épée de Charlemagne est conservée au Louvre. Elle est l'insigne le plus ancien de la monarchie française.

On ignore comment « Joyeuse » échappa à la cupidité des commissaires qui présidèrent au sac de Saint-Denis. Peut-être une intervention personnelle de l'abbé Grégoire, conventionnel, ou encore du peintre David, conventionnel aussi, régicide, par égard pour l'exceptionnelle qualité artistique de l'objet ? On peut y voir aussi le doigt de Dieu protecteur posé sur l'épée de nos rois. Il n'y a pas lieu de faire la fine bouche ou l'esprit fort. La nature même des faits rapportés tout au long de ce récit inciterait plutôt là-dessus à une certaine humilité. Avec une réserve, cependant. Enfermée dans sa vitrine blindée, exposée au regard vide des foules moyennant un ticket d'entrée, l'épée de Charlemagne gît comme morte, dévitalisée, comme ces perles qui s'éteignent parce qu'elles ne sont plus portées. Désacralisée, « Joyeuse ». C'est-à-dire éloignée de Dieu...

Également au musée du Louvre, les éperons du sacre de Philippe Auguste, ou plus certainement de son fils, le roi Louis VIII le Lion, père de Saint Louis. Ornés de petits dragons au long cou et de boules de feuillage d'or, avec des boucles à tête de lion, ils subirent aussi, de roi en roi, plusieurs remises en état. Restaurés en prévision du couronnement de Napoléon, Dieu ne permit pas qu'ils y figurassent. Ainsi, de « Joyeuse », pour son honneur.

Restait aussi, dernier de la liste, le calice de la communion des rois, le calice du sacre, dit de saint Remi. Utilisé pour la première fois lors du sacre de Saint Louis, à Reims, il était accompagné d'une patène d'or détruite à la Révolution. Décoré d'arcatures rayonnantes ornées d'émaux translucides, de pierres fines gravées en creux et de perles, il porte en latin la mention suivante : QUICONQUE DÉROBERA CE CALICE A LA CATHÉDRALE DE REIMS SERA FRAPPÉ D'ANATHÈME... Là aussi, on a le choix : le respect pour un objet d'une aussi inestimable valeur, ou la puissance de l'anathème. L'un et l'autre ne sont pas incompatibles. Le calice du sacre échappa au vandalisme, expression que l'on doit à l'abbé Grégoire, et reprit sa place après la Révolution au trésor de la cathédrale. Lors de la séparation de l'Église et de l'État et de la spoliation des biens du clergé en 1906, il devint propriété de la ville, exposé au musée du Tau installé dans l'ancien palais de l'archevêché.

Du trésor des sacres, l'architecte François Joseph Belanger, préparant le couronnement de Louis XVIII, ne put donc retrouver et réunir que ces quatre objets : l'évangéliaire, l'épée, les éperons, le calice. Deux d'entre eux étaient symboles royaux et *insignes de Charlemagne*, l'épée et les éperons, consacrés par l'usage et par la tradition. Les deux autres, de nature religieuse, appartenaient à la liturgie du sacre. Mais il manquait la sainte ampoule…

Pas de sainte ampoule, pas de roi.

Louis XVIII partit une seconde fois pour l'exil dont il revint au bout de cent jours, après le choc de Waterloo, remettant le sacre à plus tard. La situation intérieure ne s'y prêtait pas. Belanger reprit néanmoins ses recherches. En 1818, elles étaient si peu avancées — aucun témoin ne s'était spontanément déclaré — qu'il dépêcha à Reims, en qualité d'enquêteur royal, un ancien procureur du roi, M. Jean-Baptiste Dessain de Chevrières. Celui-ci conféra avec le nouvel archevêque, avec les moines survivants de Saint-Remi, les notables, interrogea les témoins du temps, parmi lesquels des républicains qui avaient retourné leurs vestes et qui criaient « Vive le Roi ! » après avoir hurlé « Mort au tyran ! » précisément ce jour-là où le conventionnel Ruhl avait réduit la sainte ampoule en miettes.

Des miettes… Mais elles s'étaient multipliées ! Et même des ampoules entières, ou tout au moins leur contenu, qu'il fût réel ou supposé, tangible ou hypothétique ! Des légendes s'étaient formées, courant la ville et les couvents. Il n'en revenait pas, Dessain de Chevrières, procureur du roi ! L'enquête dura plusieurs semaines. Il fallait plaider le faux pour dégager le vrai au milieu de ce fatras, écarter les témoignages de notables qui voulaient se dédouaner, ou simplement d'illuminés qui sortaient des saintes ampoules de leur poche et avaient vu des colombes voleter autour du citoyen Ruhl et opérer in extremis quelque substitution miraculeuse. A Paris, le roi s'impatientait. Ne furent retenues, finalement, que quatorze déclarations consignées en double exemplaire, par écrit, le 25 janvier 1819, à l'archevêché, lors de la séance de clôture de la commission d'enquête.

D'abord un immense espoir ! Le témoignage de Louis Legoix, fils de Nicolas Legoix, orfèvre de l'abbaye de Saint-Remi, décédé depuis les faits, lequel aurait été appelé, peu avant que les moines fussent chassés, « pour relâcher les quatre vis qui tenaient la sainte ampoule fortement attachée au reliquaire ». En même temps, le dernier grand prieur de Saint-Remi, Dom Jacques Antoine Lecuyer, décédé lui aussi depuis les faits, lui avait confié sa ferme intention « de retirer la sainte ampoule du reliquaire et d'y substituer une fiole qui n'était pas bien ressemblante, mais impossible, en si peu de temps, d'en trouver une dont la ressemblance approchât davantage... » La sainte ampoule avait été sauvée ! Hélas non. Lorsque Ruhl eut convoqué, place Royale, pour authentifier l'objet avant le coup de marteau sacrilège, l'orfèvre Nicolas Legoix, ce dernier, douloureusement étonné, fut obligé de constater que c'était bien la sainte ampoule que Ruhl s'apprêtait à détruire. Un autre moine, neveu du prieur, par deux lettres et une attestation jointes au dossier, confirma que son oncle, Dom Lecuyer, « lui avait exprimé à plusieurs reprises, avant sa mort, son chagrin et son regret de n'avoir pu donner suite à son projet de soustraire la sainte ampoule... par crainte d'exposer à la mort ses confrères qui se cachaient encore à Reims ».

Plus de sainte ampoule.

Mais voici le témoignage de Seraine, un revenant, l'ancien curé constitutionnel de Saint-Remi, celui-là même qui, tremblant de peur, face à la foule qui l'insultait, avait livré le reliquaire à Ruhl, place Royale, le 7 octobre 1793. Sa déposition surprend, d'autant que nul ne s'y attendait : « Le 6 octobre 1793, soit la veille du jour fatidique, M. Philippe Hourelle, marguillier et officier municipal de la ville, vient me voir vers les trois heures de l'après-midi pour m'annoncer le bris de la sainte ampoule ordonné par le citoyen Ruhl le lendemain. Après avoir constaté que remplacer la fiole était impossible, nous décidions, tous les deux, d'en extraire autant de baume que nous le pouvions. Nous allons ensemble, à l'église, pour prendre la fiole, et nous nous retrouvons à la sacristie après en avoir verrouillé les portes. J'ouvre le reliquaire et j'extrais l'ampoule qui est placée dans le ventre de la colombe. La petite fiole est de verre, de couleur rougeâtre, d'environ un pouce et demi de hauteur. Avec l'aiguille d'or qui se trouvait dans le reliquaire, j'en détache la plus grande quantité possible dont je pris la plus forte partie et remis la plus faible partie à M. Hourelle, dans l'espérance de jours plus heureux. J'en fis un petit paquet sur lequel j'écrivis la mention : *Morceaux ou Fragments de la Sainte Ampoule*. Je replaçai ensuite la fiole dans le ventre de la colombe et la renfermai dans le reliquaire que je dus déposer le lendemain, les larmes aux yeux, entre les mains du citoyen Ruhl... »

En même temps, sous les yeux du procureur de Chevrières, il a déballé son petit paquet de baume desséché. La commission commence par se méfier. Elle a de bonnes raisons pour cela. Seraine était prêtre jureur, Hourelle officier municipal de Reims, en 1793, en pleine Terreur ! Sinon républicains de cœur, au moins ralliés de bonne volonté. Qu'ont-ils donc à se faire pardonner ? Survient un troisième témoin, M. Jean Lecomte, juge au tribunal. Hourelle, avant de mourir, lui aurait confié toute l'histoire, ainsi qu'une partie du baume qui était en sa possession. Le reste a été perdu. Les trois fils d'Hourelle, tout marris, s'en excusent auprès de la commission. Mais ils attestent le rôle joué par leur père et la conservation des parcelles données par lui au juge Lecomte. La situation devient confuse, en dépit du prieur Baudart, de l'abbaye de Saint-Nicaise, qui a vu de ses yeux, en 1805, le dépôt de la famille Hourelle. Mais est-ce celui du juge Lecomte ? On s'y perd.

En revanche, l'abbé Seraine marque des points. Voici Étienne Huet, maire des Mesneux, un village des environs de Reims, qui a reçu les confidences de Seraine en 1803. Un certain Marcel Povillon, qu'on ne connaît ni d'Eve ni d'Adam, a vu ce même petit paquet que Seraine lui aurait montré, en 1794, et encore en 1803. L'ont vu également le sieur Nicolas Menouville, il y a dix-sept ans, et aussi le moine Gouillart, ancien bénédictin de Saint-Remi, qui est à peu près gâteux et ne se souvient plus quand. La déposition de l'abbé Bertin, curé de Saint-Remi en 1819, finit par emporter à peu près la conviction de la commission. Il a vu, lui aussi, le fameux paquet, et atteste que Seraine et Hourelle étaient sincères. Et encore un certain Bouré, ancien vicaire de Seraine, qui surgit d'on ne sait quelle retraite pour déclarer qu'il a lui aussi reçu de son curé quelques parcelles du saint baume, mais ne précise pas en quelle année. Si l'on y ajoute la déposition d'un vieux bonhomme du nom de Louis Champagne-Prévoteau qui affirme qu'au bris de la sainte ampoule, alors qu'il se trouvait à côté de Ruhl (que faisait-il là ? en quelle qualité ? s'interrogea le procureur du roi), il avait reçu sur sa manche deux esquilles qu'il avait pieusement conservées, et celle d'un témoin d'une trentaine d'années, Amaury, un vigneron, qui raconte comment, étant enfant, il se tenait auprès de son père lorsque celui-ci avait prestement ramassé, au pied du socle de la statue, quelques fragments éclatés où adhérait un peu de baume rouge, cela faisait, au bout du compte, un nombre étonnant de petits paquets : cinq. Et toujours une question sans réponse : pourquoi, dès 1815, et même dès 1814, à la première Restauration, aucun des cinq dépositaires, Seraine en tête, ne s'était-il précipité pour s'en aller prévenir le roi que le baume du sacre avait été sauvé ?

Le temps pressait. A Paris, l'architecte royal qui avait succédé à Belanger, décédé sur ces entrefaites, poussait les préparatifs du sacre, non à Reims, mais à Paris, église Sainte-Geneviève (aujourd'hui le Panthéon), car Louis XVIII, devenu impotent, pouvait à peine se déplacer. Après avis de la commission, le procureur Dessain de Chevrières décida d'authentifier le dépôt Seraine, ainsi que les bribes d'autres provenances, les dépôts Lecomte, Bouré, Champagne-Prévoteau et Amaury. On s'était contenté de refuser le paquet de verre brisé proposé par les enfants de Galloteau-Chapron, l'ancien maire républicain, qui tentaient de réhabiliter leur père. Ils avaient péché par excès de zèle : à la pesée, on s'était aperçu qu'il y avait là, pour le moins, les débris de quatre ou cinq fioles de la grandeur de la sainte ampoule. Le 11 juin 1819, réunis en la basilique Saint-Remi, les dépositaires des cinq reliques les remirent solennellement entre les mains de l'archevêque, chaque paquet restant séparé des autres et identifié par une étiquette. Le tout fut placé, et même attaché, à l'intérieur d'un coffret de fer-blanc scellé, dans le tombeau de saint Remi. Seraine, Bouré, Lecomte et Champagne-Prévoteau manifestèrent beaucoup d'émotion en se séparant de ces dépôts pour lesquels ils avaient risqué leur vie. On remarqua la relative indifférence d'Amaury, et quand l'archevêque de Reims, surpris, lui en fit la remarque à la sortie, évoquant la mémoire de son père et les risques que celui-ci avait pris, le jeune homme répondit évasivement et prononça le nom de Ruhl, mais sans donner d'explication.

On sait que le sacre de Louis XVIII, toujours remis d'année en année, n'eut pas lieu. Il y avait à cela plusieurs raisons, le coût de la solennité dans un pays ruiné par vingt ans de guerre, et surtout les progrès inquiétants de la maladie du roi. On a parlé aussi de son incrédulité voltairienne à l'égard de la sainte ampoule. C'est douteux. Les portraits du roi en costume du sacre étaient prêts. On en avait déjà répandu dans tout le royaume. Une dernière explication a été plus rarement avancée. Elle a trait aussi à un excès d'incrédulité, mais dans le sens opposé. En dépit des conclusions de la commission Dessain de Chevrières, peut-être le roi doutait-il encore de l'authenticité du dépôt Seraine ? Aussi persista-t-il à hésiter, laissant la mort décider à sa place.

Charles X n'eut pas de ces scrupules. Il passa outre. Le 22 mai 1825, jour de la Pentecôte, dans la chapelle des dames de la congrégation Notre-Dame, la cathédrale étant occupée par les préparatifs du sacre, Mgr de Latil, archevêque de Reims, se fit apporter et ouvrir le coffret enfermé dans le tombeau de saint Remi. Le chancelier archiépiscopal nota dans son procès-verbal que « nous avons retiré des cinq paquets où elles étaient contenues les parcelles de ce baume précieux dont saint Remi se servit au sacre de Clovis. Après quoi, nous avons séparé des esquilles de verre les restes du même baume qui pouvaient y être attachés, et après avoir, avec précaution, réduit le tout en poudre, nous l'avons, avec soin, mêlé au saint chrême solennellement consacré par nous le Jeudi Saint, puis nous l'avons transvasé dans la nouvelle fiole, laquelle nous avons placée dans le nouveau reliquaire offert par Sa Majesté... »

Le dernier roi de France fut sacré le 29 mai 1825. Parmi les nouveaux insignes royaux, fabriqués pour l'occasion, d'une magnificence grandiloquente, les extravagants manteaux à traîne et les déguisements d'opéra de la cour, figuraient au moins, ce jour-là, l'épée de Charlemagne, « Joyeuse », les éperons du roi Louis VIII, le calice du sacre et l'évangéliaire mutilé de Bohême. Il faut croire que ce ne fut pas suffisant.

Charles X était un roi pieux. Ce ne fut pas un grand roi. Chateaubriand, qui était à Reims, a jugé que ce sacre était la représentation d'un sacre, non un sacre. Il a vu passer « les carrosses dorés pleins de courtisans qui n'ont pas su défendre leur maître, et cette tourbe est allée à l'église chanter le Te Deum ; et moi je suis allé voir une ruine romaine et me promener dans un bois d'ormeaux... Il n'y a plus de main assez vertueuse pour guérir les écrouelles, plus de sainte ampoule assez salutaire pour rendre les rois inviolables... » Charles X régna cinq ans. Pour la troisième fois de son existence, à la fin de juillet 1830, âgé de soixante-treize ans, le vieux roi prit le chemin de l'exil et s'en alla mourir à Goritz, éloigné de tous et de tout, aux confins de l'extrême Autriche.

Trop massif et volumineux pour être rendu au tombeau de saint Remi, le reliquaire d'or, dit de Charles X, avec la nouvelle sainte ampoule, fut déposé au trésor de la cathédrale de Reims, où il changea peu à peu de nature et devint un objet de visite. A l'ouverture du musée du Tau, en 1970, aménagé dans les ruines de l'ancien palais archiépiscopal détruit lors des bombardements de la guerre de 14-18, il prit place dans une vitrine blindée où on peut encore le voir aujourd'hui moyennant le paiement d'un ticket d'entrée. L'État en est propriétaire.

En 1978, à l'occasion de travaux de recherche sur les sacres, on s'aperçut qu'il n'existait aucune représentation d'aucune sorte de la nouvelle sainte ampoule enfermée dans le reliquaire. On décida de la photographier. En fut chargé l'archiviste de l'archevêché, l'abbé Jean Goy, et comme c'était un prêtre d'une espèce devenue assez rare, qui avait le sens du sacré, il eut la curiosité révérencielle de dévisser le bouchon de la fiole pour en vérifier le contenu.

Elle était vide !

Seules quelques traces desséchées adhéraient çà et là sur le verre...

La sainte ampoule du reliquaire de Charles X était vide. Le musée du Tau, où elle était conservée, n'est pas un lieu habité par la grâce. L'explication du phénomène ne pouvait être que naturelle. On crut que le baume s'était desséché jusqu'à se rétracter complètement, ce qui n'aurait pas été étonnant après cent cinquante-trois ans d'enfermement dans la fiole sans nouvel apport de saint chrême ainsi que cela se pratiquait au moins deux ou trois fois par siècle lors du sacre de nos rois. Puis on sut qu'elle avait été vidée. Mais quand ? Par qui ? Pourquoi ? Et l'on retrouve l'abbé Jean Goy...

Le 5 janvier 1979, quelques semaines après sa première découverte, l'abbé Goy fut appelé à l'archevêché de Reims pour inventorier des papiers qu'on avait trouvés dans un coffre qui n'avait pas été ouvert depuis longtemps. Il y avait aussi une sacoche de cuir contenant une série de documents originaux concernant la sainte ampoule, notamment le procès-verbal du procureur Dessain de Chevrières, ainsi que celui du chancelier témoignant de la translation du saint baume effectuée en 1825 par l'archevêque de Reims, Mgr de Latil. L'abbé mit également la main sur un texte latin plus récent, calligraphié, sans en-tête, sur du papier découpé au ciseau, hâtivement, avec, en bas, à gauche, le sceau sec de l'archevêque. En voici la traduction :

L'an du Seigneur 1906, le 7e jour de décembre, en la vigile de l'Immaculée Conception de la B.V.M., à la 6e heure après midi, au siège de l'archevêché où fut apportée l'ampoule contenant le saint chrême dont les Rois de France avaient coutume d'être oints en l'église métropolitaine.

Em. et Rev. Seigneur Louis Joseph Luçon, archevêque de Reims, pour soustraire à la perte ou à la profanation ce chrême insigne venu du ciel, comme le rapporte la tradition, ouvrit avec révérence l'ampoule susdite, soigneusement; il en retira ce qu'il put extraire de l'huile coagulée depuis longtemps et il remit l'ampoule dans le reliquaire. Ensuite il transféra les particules extraites dans une autre ampoule de verre que, la fermant convenablement avec un sceau de cire de couleur rouge et un ruban de soie de couleur rouge, il marqua de son empreinte pour la conserver et la reconnaître en des temps plus favorables.

Pour accomplir cela, furent présents et témoins : M. Eugène Cauly, vicaire général et protonotaire apostolique, M. Henri Froment, chanoine et archiprêtre de l'église métropolitaine, et M. Jean Dupuit, vicaire de la même église. En foi de quoi, etc. Suivaient les signatures.

La fiole ne fut découverte que cinq jours plus tard, le 10 janvier 1979, après une exploration en profondeur du coffre où elle semblait avoir été cachée, ou plus simplement oubliée sous un fatras de vieux dossiers. Contenue dans une sorte de bourse de cuir jaune qui n'avait pas été fabriquée pour cet usage, c'était une petite bouteille de verre blanc, fermée par un bouchon, dit à l'émeri, d'environ six centimètres de hauteur.

Que s'était-il passé, en 1906, pour justifier de telles précautions ?

Une année funeste, douloureuse, pour l'Église catholique de France, déshonorante pour de nombreux Français. Les inventaires, l'expulsion des religieux, la saisie des biens du clergé, de tous les biens du clergé, bâtiments, collèges, presbytères, évêchés, de toutes les églises et de tout ce qui se trouvait à l'intérieur, gigantesque opération conduite par deux républicains forcenés, Waldeck-Rousseau et le « petit père » Combes, résolus d'achever enfin, une bonne fois, l'œuvre antichrétienne de la Révolution. Une certaine France mourut, cette année-là. Des colonels brisèrent publiquement leur épée plutôt que de charger les foules catholiques agglutinées devant les portes des édifices religieux. On vit de vieux messieurs, des jeunes gens, des femmes, combattre à mains nues des régiments soigneusement sélectionnés à partir des garnisons les plus anticléricales. Des nonnes furent jetées à la rue, sommées de se vêtir en civil et de se laisser pousser les cheveux. Dans les hôtels-Dieu sécularisés, on préféra priver les malades de soins pour ne pas les confier plus longtemps à des infirmières religieuses en cornette. La police traîna par les mains et par les pieds des prêtres qui refusaient de céder leur église. Beaucoup étaient en surplis, l'étole au cou. Des milliers de moines prirent le chemin de l'étranger. On décrocha les crucifix de tous les prétoires, les hôpitaux, les salles de classe, on supprima Dieu et l'Évangile de toutes les prestations de serment, on mit en joue les sacristains qui s'obstinaient à sonner le tocsin pour appeler les fidèles à la résistance. Tous ceux qui avaient un peu d'honneur, en France, furent saisis d'un immense chagrin. Refusant d'obéir aux ordres, des centaines d'officiers démissionnèrent, des juges, même des commissaires de police, des préfets, et parmi eux, naturellement, un grand nombre de royalistes. Bon débarras ! Les loges maçonniques pavoisaient. La lessive se faisait toute seule. D'une pierre deux coups : la religion chrétienne et le roi.

Quelques années plus tôt, déjà, le radicalisme républicain avait montré plus que le bout de l'oreille. Devant l'extraordinaire succès de l'exposition des bijoux de la couronne qui avait été imprudemment organisée en 1884, la République avait commencé à se méfier. Ne fallait-il pas y voir la permanence d'une foi royaliste ? Elle n'avait pas tort, la République. En 1873, l'amendement Wallon qui l'instituait, en quelque sorte par surprise, n'avait été adopté que par une seule voix de majorité, et l'on peut se demander quel était le centriste irresponsable, homme de marais, de marécage, et payé de quelle faveur, qui avait fourni l'appoint de sa voix et signé la mort d'une certaine France ? La République prit donc des mesures en faisant voter par les Chambres ce qu'on a appelé la loi d'aliénation, soutenue par Sadi Carnot et Jules Grévy. L'immortel député Meullon, rapporteur de ladite loi, annonça clairement la couleur, et contre qui et dans quel but les joyaux de la couronne devaient être vendus aux enchères : « La conservation de ces pierreries ne peut avoir d'intérêt que pour ceux qui en escomptent l'emploi pour une tête à déterminer plus tard. Mais une démocratie sûre d'elle-même et confiante dans l'avenir a pour devoir de se défaire de ces objets... »

La vente eut lieu, en trois vacations, en avril et mai 1887. S'y opposer revenait à être désigné du doigt comme monarchiste et royaliste par les barbus radicaux, et, déjà, cela ne pardonnait pas. Il n'y eut donc, pour protester, que le président de la joaillerie française, et encore cela fut-il fait au nom de l'art, point à celui des symboles. Ainsi fut mise à l'encan la parure de la France, bradée et sous-estimée pour servir quelques coquins, à l'exception toutefois du « Régent » et d'une dizaine de très rares pièces qui prirent le chemin du musée du Louvre. Tout fut démantelé, desserti, scindé, les montures brisées comme autant de témoins gênants. On n'avait pas pu, naguère, trancher la tête du dernier roi. On s'acharna donc sur sa couronne, celle du sacre, laquelle ne méritait pas tant d'honneur, si l'on écoute Chateaubriand et pourtant ! Les pierres qui l'ornaient furent dispersées entre des acheteurs anonymes et sans qu'on leur en eût indiqué la provenance, de telle sorte qu'elles ne pussent être à nouveau rassemblées pour recomposer l'objet haï : la couronne. La monture en fut brisée, rompue en cent morceaux que des émissaires mandatés par le président du Conseil s'en allèrent jeter, de nuit, en différents égouts de Paris...

Compte tenu de ce précédent, Mgr Luçon, cardinal archevêque de Reims, avait donc, en 1906, toutes les raisons de se montrer soucieux du sort de la sainte ampoule. Assiégé par la troupe dans son palais du Tau, de rouge vêtu, en surplis brodé, aux autorités venues l'en chasser, il répondit qu'il était là chez lui depuis le sacre de Clovis et ne céderait que devant la force. Il sortit entre deux gendarmes, une custode pendue à son cou, où se trouvait le Saint-Sacrement exposé dans sa chapelle privée, et la bourse contenant la sainte ampoule dans sa poche, bénissant sur le seuil du palais la foule immense qui l'acclamait. Dieu et le roi quittaient ensemble l'archevêché...

Dans la même sacoche où il avait trouvé les papiers concernant la sainte ampoule, l'abbé Goy, toujours en janvier 1979, en découvrit un dernier, daté, celui-là, du 16 octobre 1937. Scellé aux armes du cardinal Suhard, archevêque de Reims, ce procès-verbal témoignait, sous la plume du chancelier, que Son Éminence le cardinal avait brisé les sceaux de la fiole qui contenait le baume de la sainte ampoule utilisé pour les onctions des rois, prélevé quelques parcelles de ce baume pour le mêler au saint chrême destiné à la consécration de l'autel majeur de la cathédrale, le surlendemain. Après quoi, de nouveaux scellés avaient été apposés aux armes de Son Éminence...

1937 ! En plein Front populaire, il y avait quelque crânerie liturgique, comme une sorte de pied de nez sacré, à oindre d'un saint baume royal l'autel d'une cathédrale qui était par ailleurs propriété de l'État et portait à son fronton, non loin de l'ange au sourire, la devise républicaine. Sachant quel genre d'homme était le cardinal Suhard, on ne peut croire qu'il y avait là de l'humour. Ce fut en tout cas la dernière fois, à Reims, et aussi en France, que Dieu et le roi marchèrent la main dans la main...

Depuis 1937, l'oubli. L'ensevelissement hors des mémoires sous des tas de vieux papelards. C'est en effet par hasard et sans que nul l'eût cherché, sans que nul s'en fût souvenu, que ce qui restait du saint baume fut découvert par l'abbé Goy en janvier 1979. On est frappé par l'absence d'émotion, hormis celle de l'excellent abbé, et par l'indifférence proprement laïque avec lesquelles fut accueillie l'extraordinaire trouvaille. En langage d'aujourd'hui : un bide. Car enfin, si c'était le baume miraculeux de saint Remi, celui de l'onction de plus de soixante rois de nos trois dynasties françaises, s'il s'agissait véritablement du baume de la sainte ampoule, cela méritait peut-être, pour le moins, une sacrée messe d'action de grâce, en présence des Bourbons, des Orléans, des Parme, des Deux-Siciles, des Séville, des Busset, des Challus, des Bragance, des Luxembourg, de tous ces fantômes frileux de la plus ancienne race royale, avec translation solennelle de la relique, à la fin de la cérémonie, là où on l'avait trouvée quatorze siècles auparavant, dans le tombeau de saint Remi !

Au lieu de quoi : la crasse et stupide indifférence. La petite bouteille, à moitié vide, fut aussitôt replacée dans sa bourse de cuir jaune et la bourse dans un des coffres, celui que l'on n'ouvrait jamais parce qu'il ne contenait que des vieilleries auxquelles plus personne ne s'intéressait, une sorte de rebut du sacré, dans la salle forte de l'archevêché. A partir de 1979, date de son dernier scintillement de vie entre les mains de l'abbé Goy, vingt années de mortel oubli lui tombèrent dessus comme une chape plombée, qui faisaient suite à quarante-deux autres années d'un aussi effrayant détachement. Autres temps, autres lunes... S'en était allé le sens du sacré. Depuis 1937 et l'intervention du cardinal Suhard, jusqu'en 1999, six archevêques s'étaient succédé à Reims, et à l'exception de Mgr Felix Amédée, qui n'occupa le siège archiépiscopal que trois mois, dans les circonstances que l'on verra, aucun de ces princes de l'Église, héritiers de saint Remi, ne prêta la plus mince attention à la petite bouteille cachetée où gisait la destinée royale ! L'eussent-ils fait qu'ils auraient aussi trouvé un minuscule reliquaire d'argent, de la longueur d'un demi-doigt, enveloppé de papier de soie et retenu dans un des plis de la bourse de cuir jaune.

L'abbé Goy avait également découvert ce reliquaire, en 1979, à la suite d'autres recherches. Il renfermait un morceau de verre opalin de facture très ancienne, incurvé selon la courbure de la première sainte ampoule, auquel adhérait un peu de baume rougeâtre d'une relative épaisseur et d'une consistance moins desséchée. Par un procès-verbal retrouvé aussi par l'abbé Goy et daté du 8 janvier 1844, Mgr Guerry, vicaire général de Reims, après une enquête serrée, le reconnaissait comme « authentique fragment » de la fiole brisée par Ruhl en 93, quoique ajoutant, curieusement, qu'il était « de provenance inconnue ». L'abbé Goy précisait encore que si le procès-verbal n'avait vraisemblablement pas quitté les archives archiépiscopales, le reliquaire d'argent, en revanche, avait à nouveau disparu pour n'être restitué à l'archevêché, cette fois définitivement, mais toujours de façon anonyme, qu'en juillet 1910, avec son sceau de cire cachetée de 1844 qui permit au cardinal Luçon d'en confirmer l'authenticité et de le déposer dans la bourse de cuir jaune à côté de la sainte ampoule sauvée en 1906.

Ce baume entouré d'un certain mystère ne fut donc point utilisé lors du sacre de Charles X, ni dans le transvasement de 1906...

Un après-midi de février de cette même année 1999, le T.G.V. en direction de Reims et Nancy commença par stopper dix minutes après son départ aux confins de Gagny et de Neuilly-Plaisance, dans les solitudes bétonnées du plateau d'Avron. Dans la voiture de première classe n° 3, un voyageur habitué de la ligne fit observer à son voisin, sur le ton de la résignation, qu'on devait encore avoir saboté l'un ou l'autre des aiguillages qui précédaient l'entrée du train sur la voie à grande vitesse.

— Une demi-heure de retard au minimum, dit-il. C'est un des paramètres obligatoires du trajet. Il faut en tenir compte pour les rendez-vous. Cela arrive une ou deux fois par semaine. On ne peut pas mettre des flics partout.

— En effet, répondit laconiquement le moine, que le sujet ne semblait guère intéresser.

Dom Felix se replongea dans la lecture de son bréviaire pour laquelle lui aussi avait pris du retard, songeant que celui de son train lui permettrait peut-être de réciter les vêpres à temps. Chacun avait remarqué, dans le wagon, cette haute et maigre silhouette en habit de moine, avec capuchon taillé en pointe, scapulaire tombant des épaules sur la poitrine et sur le dos, « le grand scapulaire noir de l'Ordre » cher à Huysmans, ceinture de cuir et sandales aux pieds. On voyait rarement des bénédictins de ce style-là dans les trains. Comme aux temps incertains du Haut Moyen Age, ils se bouclaient dans leurs monastères. Celui-là était tonsuré, portant encore, malgré son âge, une couronne de cheveux blancs immaculés, drus mais taillés ras. Avec cela, une allure presque un peu hautaine pour un moine et un regard noir impérieux qui n'engageait pas à la conversation, mais quand il était entré dans le wagon, gare de l'Est, certains passagers avaient salué instinctivement de la tête, tandis qu'une jeune fille, pâle d'émotion, esquissait une génuflexion. Enfin il avait à l'annulaire droit un large anneau à chaton, gravé d'un sceau en creux sur lequel louchait son voisin, lequel aurait été bien en peine d'y reconnaître un chapeau de cardinal à l'ancienne, avec cordons et glands. S'apercevant qu'on l'observait, Dom Felix fit pivoter le chaton de la bague, discrètement, à l'intérieur de sa main. Au même moment l'on entendit une série de crépitements violents. Deux vitres du wagon s'étoilèrent.

— Lance-pierres et boulons, expliqua le voyageur. Heureusement, les portes sont bloquées. Ils ne peuvent pas entrer.

— En effet, approuva Dom Felix d'un ton neutre, sans lever le nez de son livre.

Dehors, dans la demi-pénombre d'hiver, des silhouettes casquées couraient le long de la voie, avec visière et bouclier. Il y eut quelques explosions sourdes, suivies de nuages de fumée à une trentaine de mètres de la voie.

— Ah bon ! dit le voyageur. Les C.R.S. Il devait y avoir une patrouille à bord du train.

— Eh bien, c'est parfait, fit le moine, par simple souci de politesse, et sortant une orange de son sac de voyage, il entreprit de la peler, sans jeter le moindre coup d'œil à la fenêtre.

Au bout d'une quarantaine de minutes, le train repartit.

— On a de la chance, constata le voyageur. La semaine dernière, c'étaient des cocktails Molotov.

— Fâcheux, en effet, dit patiemment le moine, tout en pensant : mais est-ce qu'il va me fiche la paix !

— Et il y a un mois, continua plaintivement le voyageur, ils sont arrivés à pénétrer dans le wagon. C'était un jour sans flics (il y avait des jours sans flics sur la ligne comme en d'autres temps des jours sans viande). Ils n'ont même pas pris notre argent. Ils se sont contentés de nous cracher dessus et de lacérer les bagages. Un vieil homme qui tentait de protester s'est retrouvé la figure en sang. Avant de partir, ils ont barbouillé le wagon d'inscriptions. J'ai reçu un jet de peinture au visage et j'ai dû me faire soigner. Tenez, j'ai encore un œil tout rouge. Je dois y mettre des gouttes cinq fois par jour...

Dom Felix posa brusquement son bréviaire sur ses genoux.

— Ensuite ? demanda-t-il d'une voix glaciale.

L'homme à l'œil rouge bredouilla, cherchant dans le regard du moine un réconfort qui manifestement ne venait pas.

— Ensuite... Ensuite... Mais tout de même, où va ce pays ?

— Et d'abord, répliqua Dom Felix, de quel pays parlez-vous ?

Ce n'était pas une question. Le ton n'admettait pas de réponse et le voyageur se tint coi, perdu dans le vide de ses pensées. Effaçant son interlocuteur de sa vue et de son esprit, Dom Felix se replongea dans sa lecture à voix muette, qu'il accompagnait d'un mouvement des lèvres. Quand le haut-parleur annonça Reims, avec les excuses d'usage pour le retard, il se leva, boucla son sac et s'achemina à grandes enjambées vers la sortie du wagon, apparemment sans remarquer qu'on s'écartait sur son passage avec une déférence tout à fait inhabituelle dans un train. La jeune fille de tout à l'heure se

147

porta à sa rencontre, ainsi qu'un jeune homme qui était assis près d'elle.

— Voulez-vous nous bénir, mon père ? demanda-t-elle sur le ton le plus simple, comme si c'était chose naturelle dans une voiture de chemin de fer.

Aux pieds du grand vieillard en noir ils fléchirent tous deux le genou, tandis que les portes automatiques du train s'ouvraient.

— Ayez confiance, dit seulement le moine, en traçant sur eux le signe de croix.

Le regard de Dom Felix n'était plus du tout impérieux, au contraire empreint de douceur, de compassion, d'affection. Il posa tour à tour sa main sur leur tête, un instant, puis descendit les trois marches du wagon en déclinant une aide qui s'offrait, et se mêla à la foule, sur le quai, qui se dirigeait vers la sortie. Le front collé à la vitre du train, les deux jeunes gens le suivirent des yeux jusqu'à ce qu'il eût disparu.

A l'endroit convenu, juste devant la station de taxis, Dom Felix retrouva celui qui l'attendait. C'était également un jeune homme, de vingt-cinq ou vingt-six ans, naturellement élégant, d'allure sportive, le visage volontaire, l'œil assuré de ceux pour qui la vie était une route droite et bien tracée. Son nom comptait dans la ville de Reims.

— Je suis Jean-Pierre Amaury, mon père. Avez-vous fait bon voyage ? Pas d'incidents ?

— Juste le courant des choses. Vous êtes-vous assuré que l'archevêque serait chez lui ?

— Il m'attend. J'ai demandé le rendez-vous à mon nom.

— Lui avez-vous parlé de moi ?

— Je m'en suis gardé. J'ai suivi les instructions à la lettre.

Une lueur de gaieté passa dans les yeux du moine.

— Il va être surpris, ce bon Étienne, dit-il. Il me

148

croit complètement gâteux au fond d'un mouroir pour évêques. A Rome on ne l'a pas détrompé.

Puis, redevenant sérieux :

— Avez-vous...

Il hésita, jetant un coup d'œil autour de lui.

— Avez-vous l'objet ? reprit-il.

Amaury écarta le col de sa gabardine, désignant une légère bosse qui faisait onduler sa cravate.

— Autour de mon cou. Sous ma chemise. Je suis allé le chercher tout à l'heure dans mon coffre, à la Banque de France. J'ai attendu qu'elle soit fermée. Je suis passé par une porte dérobée. Le directeur est un ami.

— Il me semble, remarqua Dom Felix, que vous portez aussi un harnais sous votre veste. Vous êtes donc armé.

Le jeune homme fit signe que oui.

— Toutes ces précautions sont-elles bien nécessaires ? demanda le moine.

— Sans doute pas. Mais tout de même, autrefois, quand nous avons découvert l'existence de cet objet et qu'il est venu en notre possession, il y a eu dans notre famille deux ou trois morts violentes inexplicables. C'était au milieu du siècle dernier, c'est vrai, et depuis, rien que des morts tout à fait normales, duels, champs de bataille, déportation, pelotons d'exécution, accidents de cheval. Admettons, mon père, que je me suis armé pour affirmer la valeur du symbole.

Le moine sourit. Ce genre d'élan juvénile lui plaisait. Amaury héla un taxi.

— Va pour le taxi, dit Dom Felix. Cela m'aurait fait du bien de marcher un peu, ce n'est pas loin. Mais inutile d'attirer l'attention en remontant toute la place Drouet d'Erlon à six heures du soir.

Le chauffeur ignorait où se trouvait l'archevêché. Ce mot-là n'évoquait rien pour lui. Son autoradio gueulait une espèce de rock oriental et à son rétroviseur se balançait un Mickey coiffé d'un keffieh, modèle de symbiose culturelle. Jean-Louis Amaury perdit patience.

— Le Palais de Justice, vous savez où c'est ? Eh bien, l'archevêché, c'est juste à côté, rue du cardinal de Lorraine !

Louis II de Guise, cardinal de Lorraine, archevêque de Reims, qui tenait la ville des sacres et la sainte ampoule pour la Ligue... Qu'est-ce que ce nom-là pouvait bien éveiller dans la cervelle broyée au décibel de cet excellent citoyen français qui fonçait au volant de son taxi en débitant des injures rythmées dans une langue incompréhensible ? Il ne s'était jamais posé la question. Survint quelque chose d'étonnant. Entre deux balancements du Mickey, par le truchement du rétroviseur, le regard du chauffeur et celui du vieillard en noir se croisèrent. Il ne fut pas échangé un mot. L'homme coupa aussitôt sa radio, modéra la vitesse de sa voiture, s'appliquant à son volant pour ne plus jeter ses passagers l'un contre l'autre dans les tournants, et le reste du trajet s'accomplit en un divin silence ouaté. Rue du cardinal de Lorraine, juste devant l'archevêché, il sauta le premier de son taxi, en fit le tour par-derrière selon l'usage des chauffeurs de bonne maison, ouvrit la porte et respectueusement la tint tandis que Dom Felix descendait, esquissa une sorte de salam hérité d'ancêtres bédouins, refusa le prix de sa course en signifiant qu'on l'offenserait, porta lui-même le sac de voyage du moine jusque dans le hall d'entrée de l'archevêché et s'en retourna dignement, aussi fier que s'il avait servi quelque seigneur de grande tente. La demoiselle d'âge mûr de la réception s'en leva de saisissement.

— Nous avons rendez-vous avec Monseigneur, dit Amaury.

— Qui dois-je annoncer ?

— Jean-Pierre Amaury.

Mais c'était le moine que la demoiselle regardait, intriguée.

150

— Je suis avec M. Amaury, dit-il.

Quelques mots brefs au téléphone et la demoiselle enchaîna :

— Monseigneur vous attend. Je vais vous conduire.

— Inutile de vous donner cette peine, dit Dom Felix. Si c'est toujours le grand bureau du premier, sur le jardin, je connais le chemin.

La bouche de la demoiselle ne s'était pas encore refermée qu'ils étaient déjà dans l'escalier.

— Mon Dieu ! que c'est devenu moche, murmura le vieillard. Mais où sont passés les portraits des archevêques ? Nombre d'entre eux étaient cardinaux. Toute cette pourpre impressionnait. Où sommes-nous, à présent ?

Sur le palier, ils s'orientèrent. Les bureaux étaient vides à cette heure, portes ouvertes. Il y avait des photocopieuses, des machines à imprimer et des entassements de papiers. Sauf la présence de crucifix, tout cela donnait plutôt l'impression d'être le siège d'un parti politique au lendemain d'une élection perdue. Avisant une porte à double battant, à demi fermée, Dom Felix dit :

— C'est là.

Il frappa.

— Entrez, Monsieur Amaury, fit une voix.

Le moine entra.

Mgr Étienne Wurt, archevêque de Reims, qui s'était levé courtoisement pour aller au-devant de son visiteur et lui tendait déjà la main, la laissa retomber, inerte, tenta d'émettre quelques mots, s'étrangla, puis finit par articuler :

— Éminence... Éminence... Mais que faites-vous là ? Comment se peut-il ? On vous croyait... Mais quel...

Il ne parvenait pas à terminer ses phrases. Dom Felix entreprit de l'aider.

— Quel âge puis-je avoir, c'est cela que vous vous

demandez ? Quatre-vingt-quinze ans. Quatre-vingt-seize le mois prochain. Bien vivant. L'esprit frais.

D'un geste machinal, Mgr Wurt desserra sa cravate, pour se donner de l'air. Tirant les syllabes l'une après l'autre comme s'il les sortait d'un puits profond et les détachant pour bien se pénétrer de l'inconcevable vérité qu'elles exprimaient, il prononça lentement :

— Son Éminence le cardinal Felix Amédée de Sav...

Le moine le coupa d'un geste.

— Laissons tomber cela, Monseigneur, dit-il. Appelez-moi « mon père ». Pour ma part, si vous l'acceptez, je vous appellerai « Étienne », comme autrefois, puisque c'est moi qui vous ai ordonné, il y a, il y a...

— Il y a trente-sept ans, juste avant le concile. Trois mois au siège archiépiscopal de Reims, et après, je ne vous ai jamais revu ! Ni moi, ni d'autres, d'ailleurs... Mais je ne vous ai pas oublié. Qu'êtes-vous venu me demander ?

Il s'était ressaisi, le petit archevêque. Avec son costume gris tout triste assorti aux murs de la pièce, sa cravate bleuâtre choisie sans goût — mais un évêque peut-il, ou se doit-il, par sa fonction sacrée, de faire preuve d'un goût assuré dans le choix de ses cravates ? —, il ressemblait à un chef de bureau des P. et T. s'apprêtant à naviguer à l'estime entre des écueils administratifs. Ses yeux se plissèrent. Il se méfiait.

— Demander ? répondit de son haut le moine. Demander quoi ? Imposer suffira.

« Il n'a pas changé ! » grinça mentalement l'archevêque en essayant chrétiennement d'introduire un peu de charité dans le torrent hostile de ses pensées. Cet effort louable l'épuisa. Il se laissa tomber dans son fauteuil pivotant skaï et métal. L'onction, celle des apôtres, l'onction sacerdotale issue des Douze et transmise, ne l'avait-il pas reçue, séminariste obscur et besogneux, des mains de Felix Amédée, cardinal de Reims, prince de l'Église par droit de naissance, ce qui avait toujours plongé Étienne Wurt dans une soupe épaisse de perplexité urticante qu'il repoussait, se la rappelant, comme un plat définitivement indigeste. Bien que l'évêché fût mal chauffé, il s'épongea le front de son mouchoir.

— Asseyez-vous, je vous prie, mon père. Asseyez-vous, Monsieur Amaury. Vous m'avez un petit peu manœuvré, n'est-ce pas ?

Le jeune Amaury fit un geste, signifiant qu'il n'était plus le maître du jeu. Mgr Wurt se tourna vers le moine. Il croisa ses petites mains replètes et laissa filer son regard vers la haute silhouette en noir, clignant des paupières, comme face au soleil lorsqu'on lutte contre l'éblouissement. Il tenta de refaire surface.

— Imposer quoi ? demanda-t-il, paraphrasant piteusement le moine.

Le moment est venu de dire un mot de cet étrange prélat, cardinal devenu simple moine, précepteur et aumônier des princes. Cardinal, il l'était depuis fort longtemps, benjamin des Éminences, nommé par le 258e pape, Pie XII, alors qu'il n'avait pas quarante ans. Que n'avait-on écrit fielleusement, à l'époque, et colporté dans les officines vaticanes ! Évêque de salon, courtisan, vendu au clan Pacelli, flattant les manies nobiliaires de Pie XII... Ne devait-il pas son élévation précoce à la pourpre cardinalice, comme on disait en ces temps véritablement préhistoriques, à sa seule haute naissance ? Bien que de nationalité française par un caprice géographique frontalier doublé d'une dérivation généalogique, il était en effet allié à la famille royale italienne, dont il portait le nom d'origine, et comptait parmi ses arrière-grand-tantes deux princesses vertueuses et effacées qui auraient dû l'une et l'autre devenir reine de France si la mort ne les en avait privées, Marie-Josèphe de Savoie, épouse du comte de Provence, le futur Louis XVIII, et Marie-Thérèse de Savoie, épouse du comte d'Artois, futur Charles X. D'une grande humilité personnelle, il n'en faisait pas état. N'avait-il pas, dans les années soixante, gommé définitivement son patronyme qui donnait des haut-le-cœur aux réformateurs, se contentant désormais de ses deux prénoms : cardinal Felix Amédée. Jean XXIII, qui ne l'aimait pas, s'en était débarrassé en l'expédiant au siège de Reims où il avait été mal accueilli par le clergé qui se méfiait d'un ci-devant de fraîche date et ne voyait qu'ambition et calcul dans l'amputation volontaire de son nom. Il n'avait pas tenu trois mois, exactement deux mois et vingt-six jours, heureux que le concile lui donnât l'occasion de s'échapper. Lors de la première session de Vatican II, il assista à toutes les réunions, mais on n'entendit pas le son de sa voix. En 1962, il disparut, oubliant même, dans sa hâte, de remettre au secrétaire d'État sa démission du siège archiépiscopal de Reims. D'un obscur prieuré bénédictin perdu dans les îles Féroé, il expédia une carte postale au pape, authentifiant son « dévouement filial et respectueux » de son sceau sec de cardinal. Jean XXIII trouva le procédé cavalier. Le cardinal Felix Amédée réapparut à Rome, sous Paul VI, pour la quatrième et dernière session du concile, en simple bure noire de moine, ce qui passa pour une affectation, peut-être même pour les signes d'un léger dérèglement cérébral : on se souvenait de la carte postale. Il n'ouvrit pas plus la bouche qu'au cours de la première session et se contenta d'écouter, le menton sur le poing, ou bien le front dans les mains. Sollicité de prendre la parole au moins une fois, il se défila. Le lendemain il avait bouclé sa valise et sans attendre la clôture solennelle, sauté dans l'avion de Copenhague, tête de ligne pour les Féroé. Il se fit oublier. On l'oublia. La curie lui adressa quelques lettres qui demeurèrent sans réponse. Paul VI y alla, sans plus de succès, d'une missive paternelle et irritée. Le Vatican dépêcha un émissaire aux Féroé. Il avait filé en Écosse, à Iona. On l'abandonna à son sort. Mais cardinal il était, et cardinal il entendait rester. En 1978, il fit à deux reprises le voyage de Rome, pour l'élection de Jean-Paul Ier, ensuite pour celle de Jean-Paul II. Il s'aperçut qu'on ne l'attendait pas et piqua une formidable colère dans les bureaux d'accueil du conclave, ce qui manquait peut-être de logique, mais pas de détermination. Ce fut sa seule entorse au silence qu'il s'était imposé depuis vingt ans. Il voulait voter. Il vota. Il refusa tout contact avec d'autres revenants de son espèce, mais tout de même, fait exceptionnel, il demanda audience au pape polonais, lequel le reçut, selon son désir, en pleine nuit, sans témoin, longuement, et sans que l'entrevue figurât sur l'agenda de Sa Sainteté. Puis il disparut à nouveau, et cette fois définitivement. Mort au monde. Mort pour l'Église : atteint par la limite d'âge, il n'eut plus l'occasion de voter...

Tel était le haut vieillard, cardinal, moine bénédictin, lequel, à la question posée par le malheureux archevêque qui luttait depuis cinq minutes contre une panique incontrôlée, répondit :

— Mais le sacre ! naturellement. Et sans vous, mon pauvre Étienne.

Indifférent à la mine égarée de Mgr Étienne Wurt, Dom Felix reprit, imperturbable :

— Tenez-vous prêt à prendre vingt-quatre heures de vacances. Je vous en préciserai le moment. Vous quitterez Reims. Le temps que durera votre absence, vous n'en serez plus l'archevêque. Par arrangement de la Providence, cette fonction ne m'a point été enlevée, même si je n'ai jamais pris avantage de cet inexplicable oubli de Rome à l'égard de ma situation canonique. Trouvez-vous une maison amie hors des limites du diocèse, ou un hôtel, comme vous voudrez. On vous y conduira discrètement et on vous ramènera de la même façon. Ainsi serons-nous assurés que l'engagement que vous allez prendre séance tenante sera par vous respecté. Quand vous en reviendrez, je ne serai plus là et vous n'entendrez plus parler de moi. Vous n'entendrez d'ailleurs parler de rien. Pour vous, ni pour personne, il ne se sera rien passé. J'ai seulement besoin de deux choses qui sont en votre possession, l'une indispensable et de caractère temporel, l'autre essentielle et de nature sacrée. La première est la clef de la cathédrale. Si ma mémoire est bonne, on la ferme à sept heures et demie du soir pour l'ouvrir à sept heures et demie du matin. L'horaire n'a pas changé ? Parfait. La deuxième est la sainte ampoule. Votre réponse, Étienne ?

La réponse eut du mal à se frayer un passage. Mgr Wurt présentait tous les symptômes d'une agitation cérébrale désordonnée. Sa bouche s'ouvrait et se refermait sans émettre le moindre son. Cet étrange discours lui eût été tenu par quelqu'un d'autre qu'il en aurait tout de suite conclu qu'il était en présence d'une sorte de fou et pris les mesures qui s'imposaient, mais devant le cardinal Felix Amédée, il perdait tous ses moyens. Son raisonnement patinait. Il tenta de faire un tri dans ce qu'il avait entendu : 1) On le chassait ni plus ni moins de son diocèse pendant vingt-quatre heures. 2) On occupait sa cathédrale pendant une nuit, après l'en avoir éloigné. 3) On semblait se soucier comme d'une guigne de ce qu'il en pensait et tenir d'avance pour acquis son acquiescement à ce qu'on lui demandait. 4) Et là, l'esprit de l'archevêque de Reims vacillait : s'il avait bien saisi le sens de ces extravagances, elles conduisaient au sacre d'un roi... C'est à ce moment-là que son cerveau rembraya et qu'il retrouva l'usage de la parole.

— La sainte ampoule... La sainte ampoule... Mais où est-elle, cette sainte ampoule ? Est-ce que, vraiment, je devrais le savoir ? Je n'en ai pas la moindre idée.

Riant nerveusement, encore secoué, mais content d'être remonté sur sa bête, il ajouta :

— Et pourquoi n'attendriez-vous pas sagement, mon père, qu'une colombe vous l'apporte suspendue à son délicat petit bec ?

Il comprit qu'il aurait mieux fait de se taire. Dom Felix le toisait d'un regard glacial.

— Est-ce à Monseigneur l'archevêque de Reims que je m'adresse ? dit-il.

L'autre baissa les yeux, essuyant machinalement ses mains moites sur son pantalon.

— Et Monseigneur l'archevêque de Reims ignore-t-il, reprit le moine, qu'il doit la primauté de son siège archiépiscopal au seul sacre des rois de France et à leur onction par le saint baume que l'évêque Remi tenait de la volonté divine ?

Mgr Wurt bredouilla, tentant désespérément de se rappeler si ce sujet avait jamais été abordé depuis qu'il servait le diocèse de Reims. Il dut s'avouer que non.

— Je... Je respecte la tradition, mon père, naturellement... Mais doit-on la fonder sur une légende ?

— Une légende ? Vraiment ?

Dom Felix poussa un soupir de résignation. Son regard s'adoucit. Sa voix se fit patiente. Ainsi procède-t-on lorsqu'on veut expliquer une évidence à un enfant particulièrement bouché.

— Étienne, mon fils, mon frère... Pouvez-vous me citer une preuve de la Résurrection ?

— Le témoignage des apôtres.

— Y ont-ils assisté ?

L'évêque se tassa dans son fauteuil skaï et métal. La situation lui échappait. Il s'entendit répondre docilement :

— Non. Ils ont constaté la disparition du corps. Puis le Christ leur est apparu...

— Ensuite, la foi a fait le reste, compléta le moine avec entrain. La leur, la vôtre, la mienne... Étienne, mon frère, vous avez eu tort de persifler tout à l'heure. Pourquoi ne pas croire à la colombe divine ? Lors du sacre de Clovis, de nombreux témoins l'ont vue, la sainte ampoule suspendue, comme vous dites, à son délicat petit bec. La foi a fait le reste, tout simplement.

Tout simplement ! Entendre cela ! De la bouche d'un cardinal, fût-il à la retraite depuis cent ans ! Rechute de Mgr Wurt, qui contemplait, le regard flottant, ce vieillard têtu et altier bloqué dans ses certitudes d'un autre âge. Le comble, c'est qu'il se sentait désarmé, démuni, à court d'arguments ! Que répliquer à un revenant ? On ne formait plus les prêtres à cet exercice inutile. Il y avait pas mal de temps, déjà, lorsqu'un cas semblable se présentait, que l'Église catholique passait outre, en force, sans souci des morts et des blessés. Mais là, les rôles étaient inversés. L'évêque eut un geste d'impuissance, signifiant qu'il jetait l'éponge, prêt à admettre, pour en finir, tout ce qu'on voulait lui faire avaler.

Dom Felix leva les sourcils et changea de ton, marquant qu'il n'avait plus de temps à perdre.

— On ne peut rien me cacher, Étienne. Vous avez raison, finissons-en. Une dernière fois, où est la sainte ampoule ? Je préférerais que vous me la remettiez de bonne grâce.

— Sincèrement, mon père, je n'en sais rien. A l'archevêché, je suppose. Il faudrait fouiller les archives. Mon prédécesseur ne m'a transmis aucun document ni aucune précision à son propos.

Et comme c'était la vérité, il ne savait plus quelle tête faire.

— Cela ne m'étonne pas de lui, constata sèchement le moine. Eh bien, moi, je vais vous le dire. La sainte ampoule se trouve à l'intérieur d'une vieille petite bourse de cuir jaune, dans la salle forte du sous-sol, au fond d'un coffre que je vous indiquerai. Procurez-vous les clefs, je vous prie.

— Il me faut prévenir le chancelier. A cette heure, il doit être chez lui.

— Eh bien, faites-le ! Qu'attendez-vous ? Mais pas un mot de la sainte ampoule. Inventez n'importe quel prétexte.

Mgr Wurt se précipita sur son téléphone. Il avait cessé

de réfléchir, emporté définitivement par l'incohérence de la situation. La conversation achevée, il annonça :

— Il nous rejoint. Ce sera l'affaire de dix minutes.

Tirant son chapelet de dessous son scapulaire, Dom Felix, paisiblement, traça un premier signe de croix et entama sa récitation, remuant les lèvres sans bruit. Devant ce mur de silence, Mgr Wurt affecta de compulser quelques papiers qui se trouvaient sur son bureau. A la troisième dizaine de chapelet, Dom Felix s'interrompit.

— Je sais à quoi vous pensez, Étienne. D'abord que je n'ai pas toute ma raison, ce qui serait peu aimable à l'égard de M. Amaury qui me fait l'honneur de m'accompagner sans se poser cette question. C'est un argument qui a déjà été avancé contre moi, autrefois. Passons... Ensuite vous vous demandez pourquoi vous vous laissez mener par le bout du nez alors que rien ne vous y oblige et que je n'ai aucun titre à vous l'imposer. Je me trompe ?

— C'est à peu près cela, mon père, reconnut l'évêque. Mais je ne vous l'aurais pas dit de cette façon. Je n'avais pas l'intention de vous faire de la peine.

Apparut un peu de vraie charité chrétienne dans les regards qu'ils échangèrent. Surpris lui-même de le constater, Mgr Wurt recommença à se méfier. Dom Felix ne le quittait pas des yeux.

— Et avec le renfort de votre chancelier, vous vous apprêtez à me signifier, toute réflexion faite, votre refus définitif. Comme je ne puis vous y forcer...

L'évêque déclara qu'en effet c'était bien là son intention, mais qu'il ne fallait y voir aucun manque de respect filial, au contraire...

— Suffit ! coupa le moine en se levant, dépliant sa haute taille avec une vivacité de jeune homme. Je n'ai pas de moyen de contrainte, en effet. Mais j'ai mieux. Je vais vous convaincre. Venez par là, je vous prie.

Il l'entraîna près de la fenêtre qu'il ouvrit toute

grande sur l'air froid de la nuit. De l'autre côté de la rue du Cardinal de Lorraine, d'autres fenêtres faisaient face, très hautes, dépourvues de rideaux, découpant du vide sur du vide et du noir le plus profond sur l'obscurité de la nuit tempérée par l'éclairage public : le musée du Tau. L'ancien palais des archevêques et ce qu'il restait des immenses galeries où se tenait autrefois le banquet royal, le repas solennel et liturgique de la majesté royale, au sortir de la cérémonie du sacre... C'était l'hiver. La ville se repliait sur elle-même. Le bruissement continu de la circulation, avec ses reprises de moteur quand les feux verts passaient au rouge, donnait l'impression d'une agonie, lorsque le moribond lutte encore et s'agite. Les antennes de télé prenaient le relais, coupant la ville de la vérité. La ville était déjà morte, mais nul, parmi ses habitants, ne le savait...

Assis à l'écart dans un coin de la pièce, piqué droit sur une chaise, Jean-Pierre Amaury s'efforça de ne rien entendre de ce qui se disait et qui ne lui était pas destiné. Dom Felix avait posé ses mains sur les épaules de Mgr Wurt, et penché à son oreille, dans une attitude de fraternité, lui parlait à voix très basse. Cela ne dura même pas une minute. S'il y avait quelque risque à ce qu'ils fussent entendus par d'autres, le bruit de la rue l'eût empêché. Le bourdon de la cathédrale sonna huit heures. Dans l'immense église fermée, nul ne priait. Le Saint-Sacrement gisait, solitaire, dans une sorte de garde-manger vaguement ornementé, relégué dans une chapelle latérale. On comptait sur les doigts des mains, dans le royaume, les monastères qui s'apprêtaient à veiller. Mgr Wurt écoutait. Incrédule, il se fit répéter ce qui venait de lui être dit, puis il voulut tomber à genoux, mais Dom Felix le releva.

Au même moment la porte s'ouvrit et le chancelier entra. C'était un prêtre d'une quarantaine d'années, copie en plus jeune de son archevêque. Il portait une cravate verte et semblait tout à fait courroucé d'être dérangé à cette heure où il tenait d'ordinaire réunion chez lui avec quelque commission de laïcs tout farauds de partager enfin le pouvoir spirituel après des siècles de servitude. C'était un prêtre de bureau.

— Que se passe-t-il, Étienne ? demanda-t-il d'un ton assuré.

— Pas Étienne : Monseigneur, répliqua brutalement l'archevêque.

L'abbé battit des paupières, foudroyé. Il se passait, en effet, quelque chose qui lui échappait. Et que faisait là ce grand moine antédiluvien, antipathique et anguleux ? Il se dirigea d'autorité vers la fenêtre et la referma.

— Il fait froid, dit-il.

— Rouvrez-la, ordonna l'archevêque.

Le Rubicon franchi fut vivement repassé en sens inverse par l'abbé. Quand ce fut fait, Mgr Wurt demanda :

— Avez-vous apporté les clefs ?

— Les voici, dit l'abbé, avec un regard d'animal de cirque que le dompteur a renvoyé dans son coin à coups de fouet.

Ses yeux exprimaient une intense surprise.

— Allons ! dit l'archevêque. Monsieur Y., vous nous précédez.

N'ayant jamais été appelé « Monsieur » jusqu'à ce jour par nul évêque ni confrère, l'abbé courba la tête sous l'outrage. A l'habitude, on utilisait plutôt son prénom : Fabrice. Il avait de jolis cheveux châtains coupés mode par un copain coiffeur de la place Drouet d'Erlon. Ainsi ne se faisait-il pas remarquer par quelque affectation de mauvais goût risquant de rappeler son état.

Mgr Wurt referma la fenêtre. Ensuite ils descendirent à la queue leu leu, tous les quatre, l'escalier qui conduisait au sous-sol.

La salle forte de l'archevêché de Reims témoignait éloquemment de la grande pauvreté de l'Église de France. Il y avait quelques vases précieux, en petit nombre, des calices, des ostensoirs, disposés sur un rayonnage ; pas de quoi composer un trésor. On s'y protégeait plutôt du feu que des vols. Dans une penderie, sous des housses, des chasubles d'or et d'argent tissées autrefois dans les couvents et qui avaient échappé aux grandes braderies sauvages des années soixante et soixante-dix. Elles se trouvaient reléguées là parce qu'on ne s'en servait plus. Il eût été difficile, en effet, d'imaginer Fabrice, par exemple, affublé d'une de ces merveilles sur lesquelles des dizaines de bonnes sœurs s'étaient crevé les yeux. Pour le reste, deux grands coffres modernes contenant les archives contemporaines, dossiers, titres de propriété, notamment, de l'Association diocésaine, seule juridiquement reconnue par l'État. Provenant des archives anciennes, quelques raretés ecclésiastiques avaient été conservées, la presque totalité du fonds ayant été transmise une quinzaine d'années plus tôt aux Archives départementales de la Marne, mieux outillées pour les préserver. Enfin, repoussé dans un coin, poussiéreux, la peinture écaillée, se trouvait un coffre démodé qui n'eût pas résisté longtemps à des cambrioleurs débutants. Ce coffre ne renfermait plus que des vieilleries auxquelles personne ne s'intéressait, une sorte de rebut du sacré… Dom Felix pointa son doigt.

— C'est celui-là !

Curieusement, sa vétusté donna quelque fil à retordre au chancelier. La serrure n'avait pas été graissée depuis longtemps et les rouages de la combinaison grinçaient furieusement. Quand l'avait-on ouvert pour la dernière fois ? Vingt ans plus tôt, en 1979, lors des découvertes de l'abbé Goy. La porte finit par céder avec des craquements d'outre-tombe, libérant des plaques de rouille qui se répandirent sur le sol en poussière.

— Laissez-nous, à présent, Monsieur Y., ordonna Mgr Wurt. Attendez-nous au rez-de-chaussée. J'ai bien dit : au rez-de-chaussée. Pas dans le couloir du sous-sol. Vous reviendrez quand je vous appellerai.

Dom Felix remercia l'évêque d'un coup d'œil et le pauvre Fabrice s'en fut avec un goût de bile dans la bouche. Le coffre comportait trois rayonnages encombrés de paperasses jaunies attachées en liasses avec des ficelles. Le moine n'hésita pas une seconde. Il choisit le rayon du milieu. Creusant de sa grande main décharnée une brèche dans le mur de papiers, il y pêcha successivement deux objets qu'il eût trouvés les yeux fermés. D'abord une petite sacoche à rabat toute craquelée, du genre appelé aujourd'hui porte-documents, ensuite une bourse de cuir jaune à lacet comme on en fabriquait au début du siècle quand francs-or et louis avaient cours. Dom Felix vérifia le contenu de la sacoche.

— Tout y est, dit-il à Mgr Wurt : 1819, 1825, 1844, 1906, 1937. Le procès-verbal de la commission Dessain de Chevrières en 1819, celui du cardinal de Latil en 1825, de Mgr Guerry en 1844, du cardinal Luçon en 1906, lors des inventaires, enfin le procès-verbal du cardinal Suhard en 1937. Prenez le temps de les lire attentivement avant de les enfermer à nouveau après que nous y aurons joint le nôtre. Ils attestent la permanence du symbole royal fondamental. Je vous engage d'ailleurs à leur trouver, ainsi que pour le contenu de cette bourse, un lieu plus sûr et plus secret hors de portée d'un quelconque chancelier, et même d'un archevêque, qui sait ? Si vous n'en disposez point, je ne saurais trop vous conseiller, lors d'un prochain voyage à Rome, mais sans le crier sur les toits, d'aller consulter de ma part le frère Ulrich, à la Maison Saint-Athanase...

L'évêque sursauta. On n'aimait point entendre prononcer ce nom-là dans les hautes instances de l'Église de France.

— Ils ne vous mangeront pas, dit le moine en souriant.

Puis reprenant son visage grave, il ajouta :

— A vous, maintenant, Monseigneur. Puisque vous êtes encore l'archevêque de Reims, et que vous le redeviendrez, il vous appartient d'ouvrir cette bourse et de reconnaître ce qu'elle contient. Quant à notre ami Jean-Pierre Amaury, il sera notre témoin et notre chancelier et voudra bien noter par écrit, à partir de maintenant, tout ce qui sera constaté et accompli.

Mgr Wurt avait saisi dans sa paume la bourse de cuir jaune, la même qui avait quitté le palais du Tau, siège de l'archevêché, en 1906, au fond d'une poche de la soutane pourpre du cardinal Luçon. Ses mains tremblaient en desserrant le lacet. Puis de ses doigts malhabiles, maîtrisant à peine son émotion — il avait bien changé, Étienne... —, il parvint à extraire de la bourse la petite bouteille de verre blanc bouchée à l'émeri et scellée aux armes du cardinal Suhard.

— Il faut l'ouvrir aussi, Monseigneur, dit le moine. Nous remplacerons ce sceau par les nôtres et le procès-verbal en fera foi.

Des morceaux de cachet brisé se répandirent sur le sol. Le bouchon résista un instant. Mgr Wurt, avec précaution, porta le col de la bouteille à son œil.

— Elle est vide ! mon père. Elle est vide, dit-il d'un ton désespéré.

Tirant une longue aiguille d'or du sac de voyage qui ne l'avait pas quitté, Dom Felix entreprit d'explorer minutieusement l'intérieur de la bouteille. Il n'en ramena qu'une poussière infime, de couleur vaguement rougeâtre, quelques grains microscopiques que le contact de l'air dispersa sans en laisser la moindre trace. Dom Felix demeura imperturbable. Il ne semblait même pas étonné. Il se borna à faire remarquer que le procès-verbal du cardinal Suhard mentionnait une bouteille pleine à moitié, que lui-même ne l'avait pas ouverte lors de son bref passage à l'archevêché de Reims en 1962, que l'abbé Goy, prêtre insoupçonnable, sur lequel il était renseigné, n'y avait pas touché non plus en 1979, se contentant d'en révéler l'existence… Rien de tout cela n'avait l'air de véritablement l'émouvoir.

— Et maintenant, conclut-il, elle est vide. N'avais-je pas raison tout à l'heure, Monseigneur, de vous conseiller de vous méfier ? Chancelier, vicaire général, coadjuteur, archevêque, il nous importe peu de savoir qui est le coupable et quand, d'ailleurs nous n'en avons pas le temps. Je ne crois même pas à un acte d'hostilité radicale comparable à celui de Ruhl en quatre-vingt-treize, quelque chose qui témoignerait au moins d'une sorte de foi retournée. Plutôt une manifestation de mépris à l'égard des vieilles coutumes et des anciennes croyances reléguées au rang de superstitions primitives. On en a vu bien d'autres durant ces vingt dernières années. L'imbécile borné qui a fait cela n'a même pas agi par méchanceté. Il suivait le mouvement du temps, voilà tout. C'est ainsi que je vois les choses. Il a dû vider la sainte ampoule dans un lavabo, sans remords, comme on s'est débarrassé de tant d'autres symboles sacrés, par bêtise. Nous ne la retrouverons pas.

Cela ne semblait pas l'attrister. La vivacité de son regard noir écartait tout sentiment de découragement. Il rectifia.

— Du moins pas celle-là… Mais êtes-vous certain, Monseigneur, que cette bourse ne contient rien d'autre ?

— Rendez-vous compte par vous-même, mon père.

En effet, on en voyait le fond.

— Cherchez encore, insista Dom Felix. Passez bien votre doigt entre les plis. Peut-être quelque chose y est-il resté coincé…

Mgr Wurt s'exécuta. Son visage reprit soudain des couleurs.

— Seigneur Dieu ! s'exclama-t-il. Ce devait être collé au cuir.

Et il fit glisser dans le creux de sa main un minuscule reliquaire d'argent de la longueur d'un demi-doigt, ressemblant à un médaillon à fermoir, mais avec plus d'épaisseur. Deux initiales microscopiques étaient gravées au poinçon sur le couvercle. En l'approchant au plus près, on pouvait lire : R.A.

— Il n'y a pas de miracle, expliqua Dom Felix. Le cuir, en pourrissant, est devenu collant dans les plis, et même en ouvrant la bourse et en la retournant, ce petit objet, très léger, y reste adhéré. J'avais déjà remarqué cela en 1962. C'est pourquoi il a échappé à notre tueur de symboles, trop pressé. Et maintenant, à vous, Jean-Pierre.

Déboutonnant le col de sa chemise, Jean-Pierre Amaury y plongea sa main et fit passer par-dessus sa tête un cordon de nylon auquel était suspendu un autre reliquaire d'argent exactement semblable au premier et marqué d'initiales identiques.

— R.A., dit-il. Raoul Amaury, mon aïeul en ligne directe à la huitième génération. Lorsqu'il était enfant, il avait accompagné son père, le vigneron Pierre Amaury, place Royale, le 7 octobre 1793, et se tenait avec lui au pied du socle de la statue de Louis XV quand Ruhl brisa la sainte ampoule. Il en avait recueilli un morceau, ainsi que de petits fragments. C'est lui qui a fait fabriquer plus tard ces reliquaires.

— Mais pourquoi deux ? interrogea l'évêque. Et pourquoi ont-ils été séparés ?

— Nous vous l'expliquerons, répondit le moine. Mais auparavant, Monseigneur, ouvrons-les.

Tirant de son sac de voyage une étole blanche brodée à ses armes cardinalices, Dom Felix la baisa, selon l'usage, et se la passa autour du cou. On ne manipule pas des reliques comme de vulgaires objets matériels. Dans un coin de la salle forte se trouvait une ravissante petite crédence Louis XV aux pieds dorés joliment contournés, rescapée de la chapelle privée de l'ancien palais de l'archevêché. On avait oublié de la vendre et on l'avait reléguée là parce qu'elle eût effectivement détonné dans l'oratoire misérabiliste des bureaux administratifs épiscopaux de la rue du Cardinal de Lorraine. Le sac du moine contenait d'autres trésors, notamment une nappe d'autel brodée de dentelles, une pure merveille qu'il déploya sur la crédence poussiéreuse, puis il y déposa les reliquaires, et joignant les mains, se recueillit. Ensuite il les ouvrit, l'un et l'autre, et tira de chacun d'entre eux un morceau de verre opalin, incurvé, de la grosseur d'une petite coquille de moule et dont la concavité renfermait une quantité non négligeable de baume rougeâtre. A l'aide de son aiguille d'or, par percements précautionneux, il en éprouva la consistance. Le baume n'était pas desséché. Il n'était pas non plus solidifié. Il semblait avoir conservé son onctuosité originelle, comme si, selon les anciennes légendes, il n'avait point perdu cette propriété particulière de se reconstituer au fur et à mesure des emprunts et des altérations du temps. Enfin, saisissant dans chacune de ses mains l'un et l'autre morceau de verre, il en observa minutieusement les cassures, comme s'il s'agissait de pièces de puzzle. Satisfait de son examen, il les rapprocha jusqu'à les faire se joindre. Les deux morceaux coïncidaient parfaitement. Leur ensemble figurait nettement une portion courbe de verre d'une quarantaine de millimètres de longueur et d'une dizaine de millimètres de largeur d'où l'on pouvait déduire sans erreur la forme de la fiole brisée d'où ces morceaux jumeaux provenaient.

Reposant les deux reliques sur la nappe, Dom Felix joignit à nouveau les mains, remercia Dieu silencieusement et dit à Mgr Wurt qui se tenait à son côté : « La sainte ampoule ! mon frère Étienne. La véritable, la vraie, l'insigne... Le baume de saint Remi. Le baume du sacre de nos rois depuis le premier d'entre eux... »

Il sourit, un élan de gaieté dans le regard, comme s'il venait de jouer un bon tour à quelqu'un.

— Le tueur de symboles a manqué son coup...

L'évêque ne fit pas de commentaire. Il attendait les explications promises.

— C'est compliqué et simple à la fois, reprit le moine. En dépit des conclusions de la commission Dessain de Chevrières acceptées hâtivement par Charles X, il a toujours plané quelque doute sur l'authenticité du dépôt de l'abbé Seraine. Louis XVIII avait été peut-être bien inspiré de s'en méfier. La substitution du contenu de la sainte ampoule par Seraine la veille de l'arrivée de Ruhl à Reims résiste mal à l'examen. Le seul témoin prétendument oculaire, Hourelle, marguillier de la paroisse Saint-Remi, était mort bien avant l'enquête. On a donc dû se contenter d'un témoignage de seconde main, celui de son ami le juge Lecomte, auquel il se serait confié. Il en est de même de tous ceux à qui Seraine en aurait parlé, en leur remettant, pour deux d'entre eux, quelques parcelles de *sa* sainte ampoule. Mais aucun de ceux-là n'a été témoin du transvasement. C'est donc sur la seule parole de Seraine que son dépôt est authentifié par la commission Dessain de Chevrières. Curé constitutionnel, prêtre jureur, traître à l'Église, républicain, pourquoi aurait-il pris tant de risques ? N'aurait-il pas plutôt inventé cette histoire de substitution pour rentrer en grâce, se faire pardonner, obtenir une prébende à la fin de sa vie, ou simplement se donner de l'importance ? On ne saura jamais la vérité, mais il y a tout lieu de croire que le malheureux Charles X, à Reims, a reçu les saintes onctions avec du baume de perlimpinpin, ce qui expliquerait sa médiocre fin... On a prétendu aussi, et la légende a été tenace, jusqu'à parvenir en son temps aux oreilles du général de Gaulle, que c'est le conventionnel Ruhl lui-même qui aurait procédé à un transvasement avant de détruire la sainte ampoule, s'assurant d'une carte maîtresse dans les intrigues de la Convention. D'autres tenaient le dauphin, caché quelque part hors du Temple, lui s'adjugeait la sainte ampoule. Dans les deux cas, une fable... Et pourtant, c'est bien à Ruhl que l'on doit le sauvetage inespéré d'au moins l'une des deux parcelles qui sont contenues dans ces reliquaires. Mais je préfère, Monseigneur, que Jean-Pierre Amaury vous raconte cela lui-même. Il s'agit de sa propre famille...

— Une seconde, je vous prie, interrompit Mgr Wurt. Dites quelque chose, n'importe quoi, à haute voix.

Il sortit, referma la porte, puis vingt secondes plus tard réapparut.

— Je n'ai rien entendu. Nous pouvons parler tranquillement. Je préférais m'en assurer. Dieu me pardonne, je n'ai plus confiance.

— Au contraire, Dieu vous en saura gré, dit Dom Felix. Et maintenant, Jean-Pierre, nous vous écoutons.

— Ainsi que vous l'avez dit, mon père, commença le jeune Amaury, c'était bien la véritable sainte ampoule et son véritable contenu que Ruhl a détruits en 1793, mais il l'a fait d'une certaine façon. D'abord, un petit coup de marteau prudent, comme s'il craignait de la pulvériser, et qui laissa l'ampoule intacte. Puis un second, un peu plus sec, qui eut pour effet de casser net la fiole en trois ou quatre morceaux, proprement. Les tambours battaient. La foule hurlait. Il y avait des mégères, au premier rang, qui se dépoitraillaient comme des folles. Derrière, on se poussait du col, on trépignait. Beaucoup avaient bu. Personne n'était dans son état normal. La surexcitation de tous était telle que nul n'aurait été capable de décrire à la seconde près ce qui se passait en réalité. C'est pourquoi nul ne remarqua que Ruhl glissait prestement dans sa manche l'un des morceaux de verre brisé, tandis que l'autre tombait aux pieds d'un petit bonhomme insignifiant, Pierre Amaury, accompagné de son jeune fils Raoul, qui l'enfourna vivement dans sa poche. Puis Ruhl s'acharna sur ce qui restait, réduisant le verre en poussière. Dans la foule, c'était le délire. En langage contemporain, on dirait que Ruhl faisait du cinéma. Les deux morceaux rescapés, les voici. Celui de Ruhl, et le nôtre. Ils étaient tous deux, autrefois, en possession de ma famille. Les reliquaires ont été fabriqués en 1840, par les soins de Raoul Amaury, qui a laissé, ainsi que son père, un récit détaillé de ces événements...

— Pour la première relique, dit l'évêque, tout est clair. Votre aïeul l'avait recueillie lui-même. Mais pourquoi ne pas l'avoir remise entre les mains du procureur Dessain de Chevrières, en 1819, ainsi que le roi le demandait ?

— Par méfiance. Raoul Amaury en avait d'abord apporté des fragments tombés du morceau principal. Puis il a vu comment cela tournait, l'imposture de l'abbé Seraine, les témoignages non contrôlés... Alors il a gardé le reste. Il n'a pas eu confiance.

— Et ensuite ?

— Ensuite il a continué à se méfier. De génération en génération, dans ma famille, nous avons hérité de sa prudence. Il semble que nous ayons eu raison.

— Mais Ruhl ? Étant donné ce qu'on sait de lui, pourquoi aurait-il agi ainsi ?

— Pour Nelly.

— Nelly ? répéta l'évêque, surpris.

— Nelly Ruhl, poursuivit le jeune Amaury. La nièce du conventionnel. La propre fille de son frère. Dans les débordements de la Révolution, elle était tombée dans les bras de Ruhl ; et Ruhl, qui portait trente ans de plus qu'elle, cherchait constamment à la surprendre par quelque action inattendue pour effacer leur différence d'âge. C'est classique. Le temps s'y prêtait. Elle en profita. Pour elle, il versa le sang plus qu'un autre. Des

170

têtes tombèrent pour l'étonner, simplement parce qu'elle l'avait demandé. Ainsi se débarrassa-t-elle de son père, qui était venu lui reprocher sa conduite. Elle assista à l'exécution, en grande toilette, au premier rang. Ruhl la couvrait d'or, de bijoux, qu'il pillait ou qu'il détournait. Lors de la fête de la déesse Raison, elle défila, à moitié nue, dans la cathédrale de Paris, au bras de Collot d'Herbois. Et pardonnez-moi, Monseigneur, elle recevait chez Ruhl en chasuble, servant le vin de Champagne dans des calices volés. Elle ne le quittait jamais. Elle était à Reims avec lui et c'est bel et bien pour l'épater que Ruhl subtilisa, ce jour-là, l'un des morceaux de la sainte ampoule. Ensuite, on ne sait ce qui se passa entre eux. Toujours est-il que le lendemain, Ruhl repartit seul pour Paris et Nelly s'attarda quelques jours à Reims, puis disparut sans laisser de traces. Raoul Amaury, qui était un enfant, n'avait pas les yeux dans sa poche. Dans la déclaration qu'il a laissée, il raconte, et cela sous serment, comment il avait vu Ruhl faire glisser la relique dans sa manche. C'était aussi un enfant courageux. Ayant remarqué, dans la calèche où avait pris place le conventionnel, la présence d'une jeune femme très belle, dès qu'il le put, le lendemain, il se présenta à l'hôtel du département et demanda à voir « la citoyenne qui était avec le citoyen représentant Ruhl ». Elle le reçut. Elle était seule. Il raconte qu'il avait très peur. En fait, il risquait sa vie. Il avait vu ce qu'il ne fallait pas voir et Nelly Ruhl l'avait deviné. Elle n'eut aucun mal à le faire avouer, mais sur le reste, il demeura muet. Puis brusquement, elle lui dit : « Eh bien, oui ! c'est moi qui l'ai. En quoi cela t'intéresse-t-il, morveux ? » Raoul Amaury avait douze ans. Plus tard, revivant cette scène, il affirme sa certitude que Nelly, en quelque sorte, sciemment et volontairement, l'avait fait dépositaire d'un secret. Sur les motifs qui inspiraient la jeune femme, il reconnaît son ignorance et parle seulement de la grâce de Dieu. Nelly lui demanda son nom. Il le lui dit. En le congédiant, elle déclara : « Je te retrouverai un jour, petit ! » Mais ce n'était pas une menace... en effet, elle le retrouva. En janvier 1840 — il avait alors soixante ans —, à Reims où il habitait, il reçut un billet signé Nelly le priant de venir sans délai à Paris, au couvent des visitandines. Non, elle ne s'était pas faite religieuse, quand même pas ! et nullement en odeur de sainteté. Simplement, devenue vieille et malade, mais disposant encore de quelques ressources, elle y avait pris pension. On l'avait depuis longtemps oubliée et elle vivait sous un autre nom. Sur sa vie depuis la Révolution, elle ne fit aucune confidence à Raoul. En revanche, à propos des horreurs auxquelles elle avait été mêlée, elle s'étendit complaisamment, déclarant que si c'était à refaire, elle se gênerait encore moins. Puis, soudain, elle lui avait dit : « Les médecins me donnent trois mois. Je n'ai nullement l'intention de me confesser, ni de mourir de façon édifiante. Pourquoi le ferais-je ? Il ne faut pas se moquer de Dieu. Je me suis tellement amusée... » Elle avait ajouté, pour conclure, en tirant une petite boîte d'un tiroir et en la remettant à Raoul : « Et je vais encore m'amuser ! Tiens, petit ! Je te l'avais promise. C'est pour cela que je l'avais conservée... » Mais elle ne s'amusait pas du tout. Son regard exprimait tout au contraire une incoercible émotion. Elle avait fait signe qu'on la laisse, et Raoul s'en était allé. Revenu à Reims, il compara les deux morceaux de la sainte ampoule brisée, celui qui était déjà en sa possession et celui qu'il tenait de Nelly. Ils s'adaptaient l'un à l'autre parfaitement...

Mgr Wurt avait écouté en silence, l'étonnement peint sur le visage. S'adressant à Dom Felix, il lui donna cette fois son titre, marquant qu'il s'en faisait une caution.

— Éminence, si vous ne m'aviez dit vos convictions et les hautes raisons qui les animent, j'aurais peine à admettre pour vrai ce que je viens d'entendre. Ainsi cette épouvantable créature aurait servi le dessein de Dieu ?

— Comme nous le servons nous-mêmes à présent. Ce

qui est sacré se transmet. Dieu y veille. Les relais ne manquent jamais et ce sont les plus inattendus qui témoignent de la volonté divine. Y a-t-il un autre point sur lequel nous pourrions vous éclairer ?

— En effet, dit Mgr Wurt. Après tant de précautions et d'années de silence, pourquoi, en 1843, avoir prévenu l'archevêché de l'existence de ces reliques, puisqu'elles y furent authentifiées et qu'un procès-verbal en fait foi ?

La question s'adressait à Jean-Pierre Amaury.

— Le secret était lourd à porter, répondit-il. Raoul Amaury approchait de sa mort. Avant de passer le relais à son fils, il avait le besoin de s'entendre dire par une autre autorité que la sienne, par une autorité religieuse, que sa mission avait un sens. Mgr Guerry, le vicaire général de l'époque, était un brave homme, solide et bon, digne de confiance. C'était un ami de la famille et il estima plus prudent de nous laisser la garde de ces reliquaires, plutôt que de les conserver à l'archevêché. Cela explique aussi la mention « Provenance inconnue » qui figure au procès-verbal signé par Mgr Guerry en 1843. La piste était définitivement brouillée. Sous Louis-Philippe Ier, roi des Français, mais non roi de France, il y avait aussi des tueurs de symboles...

— Et pourtant, fit observer l'évêque, en 1910, en pleine République radicale laïque, voilà que vous sortez des catacombes au plus mauvais moment pour remettre au cardinal Luçon, qui ignorait tout de cette affaire, l'une des deux reliques en votre possession. Pourquoi une ? Pourquoi pas les deux ?

— Toujours par prudence, Monseigneur, dit le jeune homme. Il fallait diviser les risques. Le cardinal Luçon, en 1906, chassé de son archevêché, avait prouvé de quoi il était capable. On pouvait se fier à lui, peut-être pas à ses successeurs. Voilà pourquoi mon arrière-grand-père avait conservé un reliquaire, celui que j'ai apporté. Il n'en avait rien dit à personne, pas même au cardinal Luçon. Cela aurait fini par se savoir...

— Sans doute, conclut laconiquement Dom Felix. Nous prendrons nous-mêmes des dispositions pour sauver et transmettre ce que nous avons reçu. Mais auparavant, Monseigneur, si vous le voulez bien, nous allons ensemble procéder au mélange du baume pour qu'il ne fasse désormais plus qu'un...

Mgr Wurt eut un geste d'excuse, portant ses mains sur sa cravate bleuâtre défraîchie et les revers fanés de son petit costume gris. Dom Felix sourit avec indulgence.

— Cela n'a peut-être pas tant d'importance que cela, Monseigneur, dit-il d'une voix amicale. Vous parliez tout à l'heure de catacombes. En un certain sens, nous y sommes. Combien vous reste-t-il de prêtres, Étienne, au diocèse de Reims ?

— Cent vingt-deux.

La précision tragique de ce nombre... L'évêque n'avait pas hésité. C'était son chagrin.

— Et il y a dix ans ?

— Trois cent vingt-cinq. Les vieux meurent...

— Combien en avez-vous ordonné, cette année ?

— Un seul, mon père.

— Vous voyez, les catacombes... Le royaume de France n'est plus de ce monde. Tenez, Monseigneur, choisissez. Vous trouverez là ce qu'il vous faut.

Il désignait une demi-douzaine d'étoles anciennes suspendues à des portemanteaux. Mgr Wurt saisit la plus simple, d'une broderie si délicate qu'on en distinguait à peine les motifs, puis, l'ayant considérée, se ravisa et jeta son dévolu sur une lourde étole d'or aux pans aussi larges que ceux d'une veste et décorés de vierges et d'agneaux éclatant en soleils flamboyants, tout ce qu'il y avait de plus ostentatoire, de plus coûteux, de plus contraire et attentatoire aux pudeurs liturgiques de ce temps... D'un geste décidé il la baisa et se la passa autour du cou. Dom Felix fouilla dans son sac et en retira deux autres objets qu'il déposa sur la crédence. L'un était une patène d'or, le second une fiole en argent figurant une colombe dont la tête était le bouchon.

— Je l'ai apportée d'Écosse, dit-il. Un de nos frères avait été joaillier de la reine, autrefois. Il s'est inspiré du premier reliquaire...

Dom Felix ouvrit un petit livre relié de cuir bleu, fleurdelisé d'or, qu'il tint fermement entre ses mains.

— Nous réciterons ensemble, dit-il à Mgr Wurt, les prières de la bénédiction du saint chrême. Elles conviennent à la situation présente.

Puis, lisant :

— *O Redemptor, stans ad aram, immo supplex infulatus pontifex, debitum persolvit omne, consecrato chrismate*[1].

A quoi Mgr Wurt répondit :

— *O Redemptor, consecrare tu dignare, Rex perennis patriae, hoc olivum, signum vivum, jura contra daemonum*[2]...

Suivit une longue litanie de saints dont ils n'exceptèrent aucun, ni saint Sinice, ni saint Rigobert ; ni sainte Eutropie, ni saint Maurille ; ni, naturellement, saint Remi, auquel fut adressée nommément une oraison particulière tirée du rituel royal des sacres que le vieux moine, les yeux fermés, récita, car il la savait par cœur, et cela depuis fort longtemps...

— Le bienheureux Remi ayant reçu du ciel le saint chrême sanctifia l'illustre race des Francs en même temps que son noble roi et les enrichit complètement du don du Saint-Esprit. Par un don singulier de la grâce, il apparut comme une colombe et elle apporta du ciel au pontife le divin chrême. Priez pour nous,

---

1. Ô Rédempteur, suppliant, debout à l'autel, l'évêque, en habits sacrés, va s'acquitter de son office en consacrant le saint chrême.
2. Ô Rédempteur, daignez la consacrer vous-même, ô Roi du monde éternel, cette huile, symbole de vie, qui triomphe des démons...

bienheureux saint Remi. Afin que nous soyons dignes des promesses du Christ...

Cette fois, lisant, il reprit :

— Je t'exorcise, huile, créature de Dieu, par le Père Tout-Puissant qui a fait le ciel et la terre et la mer et tout ce qu'ils contiennent. Que soient extirpés et bannis loin de toi toute la force de l'ennemi, toute la puissance du démon, tout assaut et toute illusion mensongère de Satan...

Prière qu'acheva l'archevêque de Reims, suivant des yeux le passage que Dom Felix lui indiquait du doigt :

— Qu'ainsi tu procures à celui que marquera ton onction l'adoption divine par l'Esprit-Saint. Au nom de Dieu le Père Tout-Puissant et de Notre-Seigneur Jésus-Christ, son Fils unique, qui, étant Dieu, vit et règne avec lui en l'unité du même Saint-Esprit. Amen.

Au clocher de la cathédrale voisine, le gros bourdon se mit en branle, un coup, deux coups, une volée... D'autres cloches suivirent l'une après l'autre, d'abord le petit bourdon, ensuite le son clair et joyeux de tout le carillon à la fois. L'évêque jeta un coup d'œil à sa montre, surpris. A cette heure-là, d'ordinaire, la cathédrale étant fermée et la sacristie bouclée, nul ne pouvait avoir accès au tableau électrique du clocher. Sur le parvis battu par la pluie, parmi les rares piétons qui passaient, aucun ne leva le nez vers cette sonnerie de bronze qui tombait soudain du ciel. La ville était habitée par des sourds. Un jeune homme, pourtant, s'arrêta, prêtant l'oreille, intrigué. Puis son visage s'éclaira.

— Vous souvenez-vous du rituel de l'exorcisme du saint baume, Monseigneur ? demanda Dom Felix.

L'évêque lui lança un regard perdu. Fouillant désespérément sa mémoire, il crut se souvenir qu'on soufflait, mais comment ? Et qui se serait avisé de croire que le souffle d'un évêque pût encore chasser le démon ? Quel prélat aurait osé, même en secret, même solitaire, se livrer à ces puérilités ?

176

— Avez-vous la foi, mon frère Étienne ?

Mgr Wurt acquiesça. Malgré la lourde porte de la salle forte, le gros bourdon de la cathédrale menait la danse des cloches dans sa tête. Sur ses épaules l'étole d'or pesait de tout son poids.

— Eh bien, soufflez ! Trois fois. Trois fois en forme de croix.

Penché sur les morceaux de verre jumeaux, gonflant les joues, l'évêque souffla, une première fois au nom du Père, une deuxième au nom du Fils, et la troisième, du Saint-Esprit. Puis Dom Felix en fit autant. Ensuite, se passant tour à tour l'aiguille d'or, évidant minutieusement chacune des deux parcelles rescapées, grattant le verre à blanc, comme un os, ils transvasèrent la totalité du baume dans le corps du nouveau reliquaire. Après quoi, l'opération terminée, Dom Felix rouvrit le petit livre de cuir bleu qu'il avait marqué d'un signet.

— Que le mélange de ces huiles procure à celui qui en recevra l'onction, faveur et protection divines en vue de son salut dans les siècles des siècles, amen.

Enfin, s'agenouillant, ainsi qu'il est commandé depuis l'aube de la monarchie franque, il baisa la sainte ampoule retrouvée, et à trois reprises la salua, chaque fois sur un ton plus élevé, comme un cri de joie, comme un cri de guerre, quelque chose de formidablement vivant qui faisait vibrer sa voix.

— *Ave ! Sanctum Chrisma* [1] *!*

— *Ave ! Sanctum Chrisma !* répéta Mgr Wurt.

Tous deux redescendirent sur terre, et Dom Felix, sans cérémonie, fit glisser la colombe d'argent dans sa poche.

— C'est là qu'elle sera le mieux. Amaury veillera sur moi. Je n'ai pas confiance dans votre coffre, encore moins en votre chancelier. Nous devons pren-

1. Salut, ô Saint Chrême !

dre des dispositions de prudence, afin que soit accompli ce que je suis venu ici accomplir.

— Justement, Éminence, à ce propos… avança timidement l'évêque.

— Vous ne devez rien savoir, je vous l'ai dit. Vous quitterez la ville.

— Je peux savoir et oublier, mon père. Je m'y engage sur l'Évangile. Permettez-moi de vous assister, humblement. Vous êtes seul. Aucun diacre pour servir le cardinal Felix Amédée. Laissez-moi remplir cet office…

L'étole d'or remisée au portemanteau, Mgr Wurt avait rejoint son siècle. Tout riquiqui dans son costume gris, il avait l'air d'un vieil orphelin, penaud et abandonné.

— Que je serve au moins à quelque chose ici-bas, murmura-t-il. Vous m'avez tendu la main, mon père, et puis vous me la retirez. N'avez-vous pas confiance en moi ?

Dom Felix hésita. Il se sentait saisi de pitié pour cet évêque de bonne volonté.

— J'ai de l'estime et de l'affection pour vous, dit-il.

Son regard ne démentait pas ses paroles. Mais le fossé s'élargissait, au-delà duquel Mgr Wurt s'éloignait dans un brouillard d'insignifiance.

— Restez de votre époque, Monseigneur, reprit le moine. Vous y rendrez plus de services, de ceux que l'on attend de vous. Je ne suis pas un évêque de ce temps. Ce que je suis venu accomplir ici n'est pas de ce temps. Vous n'y avez pas votre place.

Puis, lisant de la détresse dans les yeux du pauvre Wurt, il ajouta, mentant à moitié, par charité :

— Pas encore…

Les cloches de la cathédrale avaient cessé de sonner.

— Il en sera selon votre volonté, Éminence, dit Mgr Wurt.

En haut des marches, ils retrouvèrent Fabrice, prêtre chancelier du diocèse, qui rongeait son frein dans le couloir du rez-de-chaussée. Mgr Wurt le considéra tristement. Celui-là aussi était de son temps et c'était vers ce temps-là que l'archevêque de Reims s'en retournait, comme un prisonnier qui a rêvé et se réveille, désespéré, face à la réalité...

Philippe et ses compagnons quittèrent la Maladrerie le lendemain soir vers onze heures. Deux grosses berlines identiques, de couleur terne, d'aspect extérieur ordinaire, vinrent se ranger silencieusement devant le perron. L'intérieur en était tout différent, de cuir et de bois fruitier, les vitres fortement teintées, d'une épaisseur inhabituelle, et les moteurs, sous le capot, développaient un nombre impressionnant de chevaux directement proportionnel au poids de ces monstres camouflés. Leurs chauffeurs avaient troqué la veste de velours noir écussonnée des gardes-chasse pour un complet passe-partout. Le vieux monsieur aussi s'était changé, revêtant un costume discret, confortable et dénué de fantaisie. Il monta dans la première voiture, avec Philippe et Marie. Odon de Batz, Josselin et Monclar dans la seconde. On se souviendra que le vieux monsieur ne s'était pas nommé lui-même à l'arrivée des jeunes gens chez lui, mais que Monclar l'avait reconnu. Il était l'un des plus puissants industriels d'Europe et peut-être la première fortune de France, si tant est que ces choses-là se sachent et que tel qui tient le dessus du panier n'est souvent que la créature d'empires financiers cosmopolites. Mais le vieux monsieur, justement, qui s'appelait M. Ixe, gouvernait un empire cosmopolite.

Les chauffeurs avaient reçu l'ordre de rouler lentement, et les deux voitures, dans l'obscurité, glissaient sous le couvert des arbres, avalant bosses et nids-de-poule de la piste forestière sans nulle vibration ou secousse. Les moteurs ne faisaient aucun bruit. La forêt n'était pas insultée.

— Vous êtes attendu à Saint-Denis à deux heures, Monseigneur, dit M. Ixe. Inutile de forcer l'allure. Vous aviez souhaité voyager la nuit, et dans cette forêt elle est la plus belle qui soit. C'est une nuit de France, une nuit royale. N'avez-vous pas froid, Madame ?

Par les vitres baissées de la voiture, l'air d'hiver entrait à flots, chargé d'odeur de feuilles mortes mouillées, de bois vivant, d'écorce tombée, de mousse et de terre nourricière.

— Nullement, répondit Marie.

Enveloppée dans sa cape, elle respirait à pleins poumons, les joues roses, le regard brillant, scrutant l'épaisseur de la forêt comme si elle y cherchait son double, et c'était probablement ce qu'elle cherchait.

— Il m'arrive de prier par ces nuits-là, reprit M. Ixe. Je dors peu et mal. Alors, quand je suis à la Maladrerie, je me lève la nuit, je m'habille et m'en vais prier dans la forêt, en marchant. A dire vrai, je ne sais pas très bien qui je prie et pourquoi. Je ne prie pas avec des mots. Je ne sais pas les prières que l'on récite habituellement. Je les ai oubliées depuis longtemps et quand j'ai voulu les réapprendre, je me suis aperçu qu'elles me gênaient. Tandis que silencieusement, sans prononcer la moindre parole, simplement comme ça, en marchant dans la forêt, l'hiver, j'ai l'impression d'être moi-même une prière où se mélangent des sentiments qui d'ordinaire ne m'effleurent pas et que je ne saurais même pas exprimer. J'en suis le premier surpris. Des choses qui en toute autre circonstance me sembleraient bêtes et convenues, comme l'appartenance à une famille, à une religion, à un pays, à une race, le respect de la parole donnée, l'exaltation d'un engagement, l'amour d'une mère pour son enfant, la piété envers les morts, l'honneur de soi, la fidélité à un maître... Or je n'ai pas de famille, pas d'épouse, pas d'enfant, pas de religion. Races et pays ne comptent pas dans l'univers qui est le mien. L'honneur et la parole donnée ne régissent pas ce monde de l'argent qui ne reconnaît que des rapports de forces. La mort m'indiffère totalement, la mienne comme celle des autres, et je n'ai jamais eu de maître, encore moins de fidélité, seulement des gens plus puissants que moi et que j'ai ensuite dépassés, écrasés, détruits parfois. Et cependant toutes ces pensées-là me viennent comme des prières et font de moi une sorte d'enfant, avec une âme et des émotions d'enfant...

— Pourquoi me dire cela à moi ? demanda Philippe avec la simplicité de son âge.

— Parce que vous êtes le roi de France. Pendant que vous dormiez la nuit passée, sous mon toit, j'ai marché dans la forêt. J'ai prié à ma façon et cela m'a conduit vers vous. Ma prière a pris un visage, et ce visage était le vôtre.

Philippe demeura silencieux. Entendre cela, à dix-huit ans, exigeait plus que de la gravité, c'était le moment pour lui de se souvenir des derniers conseils de son père : « C'est ainsi. Tu n'y peux rien. Tu n'es pas maître de ta condition. Tu n'as pas d'autre choix qu'accepter. Tu ne remercies pas. La fidélité à ta personne ne se commente pas. Elle t'est due, même si tu ne la rencontres jamais. Tu n'en tires aucune vanité. Mais n'affecte pas l'humilité. Tu es tout et rien à la fois. Débrouille-toi avec ça, mon petit... » Croisant le regard enflammé de sa sœur que les paroles du vieux monsieur avait portée au septième ciel, il lui dit en fronçant les sourcils : « Marie ! Ne te trompe pas de roi... » Puis se tournant vers M. Ixe :

— Monsieur, je ne revendique rien, ni personne. A mon retour de Reims, peut-être serai-je le roi de

France, en effet. Devant Dieu. Pas devant les hommes. Nul ne le saura. C'est affaire entre Dieu et le roi.

Le vieux monsieur approuva de la tête. L'émotion le submergeait.

— Justement, ainsi, tout s'ordonne, Monseigneur. Vous m'avez apporté la paix.

Les cahots avaient cessé. On avait quitté la piste forestière. Les voitures roulaient à présent sur une route large et goudronnée. Les premiers panneaux de signalisation apparurent. On traversa quelques villages-dortoirs de grande banlieue nouvellement construits dans des clairières et qui dévoraient l'antique sylve cistercienne et bénédictine de l'intérieur, comme un cancer, si bien que de clairière en clairière la forêt, à la fin, disparut. Une pancarte bleue indiqua la proximité de l'autoroute. Elle devait servir de cible. Sous des dizaines d'impacts de balles entrelacés de graffiti, la destination se devinait.

— La frontière, dit M. Ixe. Autrefois, on pouvait parcourir presque tout le pays sans quitter le couvert des arbres. Il y avait des centaines de petits bois qui prenaient le relais entre les forêts. Aujourd'hui, ça s'arrête là. Encore avons-nous fait de nombreux détours pour nous ménager un sursis. C'est mon itinéraire habituel. D'ordinaire, à partir de cet endroit, tout scrupule ou remords m'abandonne, en admettant que j'en aie eu. Au-delà de cette pancarte, pas de quartier ! Chaque matin, j'ai déjà dix idées nouvelles pour rançonner la multitude. Les pauvres sont des vaches à lait. Les riches, de pauvres imbéciles. Le marché est immense. Pas une âme... Connaissez-vous cette France-là, Monseigneur ?

Philippe hésita à répondre. Le royaume n'est pas de ce monde. Il ne l'a jamais été. Chacun le savait d'instinct, autrefois. C'est pourquoi le roi existait. Tenant son pouvoir de Dieu, il était la préfiguration de l'espérance transmise de souverain en souverain. A présent, plus rien ne comptait, le passé, le présent, même l'avenir, toutes ces France superposées qui s'étaient l'une après l'autre étouffées depuis la mort de Louis XVI au lieu de procéder harmonieusement l'une de l'autre, c'est-à-dire dans l'ordre divin. Revenir à une épure de royaume... On jugera que c'étaient de bien étranges réflexions pour un jeune homme. Mais Philippe Pharamond de Bourbon n'était pas un jeune homme ordinaire.

— Y ai-je ma place ? dit-il enfin. Je ne le crois pas.

Ce même découragement qui avait failli l'emporter la nuit passée... Que venait-il faire, dans tout cela ? Il ferma les yeux et pensa à Jérôme Guillou, le petit malade qui l'attendait quelque part au bord de la Loire, l'enfant condamné à mort qui n'espérait plus sa guérison que du roi...

— Mais pourquoi m'avoir posé cette question ? reprit Philippe.

— Parce que nous allons la traverser, cette France-là, Monseigneur. Autant la regarder en face. Il ne sera pas nécessaire de s'attarder.

— Comme vous voudrez.

M. Ixe se pencha vers la vitre coulissante de séparation intérieure, l'entrouvrit et dit au chauffeur :

— Vous vous arrêterez à l'aire du Belvédère. Prenez les dispositions de sécurité habituelles et prévenez l'autre voiture, au cas où nous serions séparés.

Une lumière bleutée se mit aussitôt à tournoyer au-dessus de la sombre berline, qui, devenue soudain bruyante, émit en même temps le hurlement d'une puissante sirène de police.

— J'use de mes privilèges, expliqua M. Ixe. Nous en aurons besoin.

Remontant la bretelle d'accès à l'autoroute, les deux voitures firent surface à coups de gyrophare et de sirène au milieu de la circulation encore assez dense à cette heure. Des bourreaux velus rameutés de tous les coins d'Europe conduisaient d'énormes semi-remorques rugissants, des super-tankers, des porte-conteneurs, des citernes grosses comme des maisons parmi lesquels se glissaient des petits hommes gris et pressés piqués au volant de leur automobile comme des insectes sur un bouchon. Le souvenir de Jérôme Guillou tenait compagnie à Philippe. L'enfant était, en cet instant, l'unique sujet du royaume et l'illuminait de son sourire triste.

Un quart d'heure plus tard, les deux voitures, se suivant, ralentirent et prirent rang dans la file de droite. Une pancarte lumineuse indiquait : *Aire du Belvédère, 1 000 mètres.* Remontant la pente d'accès, elles longèrent une immense station-service éclairée comme un navire spatial de science-fiction. Flottant au sommet d'une impressionnante enfilade de mâts, des drapeaux claquaient au vent, portant le sigle et les couleurs d'une multinationale du pétrole, les seuls qui pussent en vérité s'accorder au paysage de béton dont les anguleux vallonnements se dressaient à perte de vue jusqu'au-delà de l'horizon. Après l'abreuvoir à super, la mangeoire, tout aussi vaste et fluorescente où des êtres humains blafards, les yeux rouges, poussaient devant un long comptoir des plateaux qu'ils chargeaient de charcutaille décongelée pour aller ensuite s'attabler, solitaires, muets, interchangeables. L'endroit s'appelait avec simplicité : *La Ferme du Belvédère,* identité proclamée en gigantesques lettres de néon.

— Il y avait effectivement là une ferme, autrefois, dit M. Ixe. Elle appartenait à mon père, ainsi que six cents hectares de terre à blé, une chasse où il invitait des ministres et un petit château rustique où je suis né. Trois cent mille personnes vivent maintenant là où il n'y avait pas vingt garçons de ferme. Mon père a compris avant les autres. Il a tout rasé. Il a construit. Il a bien fait. Il n'a éprouvé aucun regret.

— Et vous-même ? demanda Philippe.

Le nez à la vitre de la voiture comme au hublot d'un

sous-marin d'exploration océanographique, il regardait défiler sous ses yeux cet univers des grandes profondeurs peuplé de créatures molles d'une espèce zoologique étrangère.

— Du regret ? Non, Monseigneur. On ne lutte pas contre la multitude. On apprend au contraire à s'en servir. C'est même chose extraordinairement facile pour peu qu'on oublie une fois pour toutes qu'elle est une somme d'individus, ce que d'ailleurs elle n'est plus. On encourage seulement l'illusion que chacun est différent des autres et il y a des gens dont c'est précisément le métier. Ils sont payés très cher pour cela et obtiennent d'excellents résultats. En réalité, la multitude, c'est cent personnes. Chacun n'y est que l'exact reflet de centaines de milliers d'individus qui se ressemblent comme des clones. On se débrouille très bien avec cent personnes qui viennent vous manger dans la main.

— Je n'aime pas ce que vous dites, Monsieur, dit Philippe.

— Moi non plus, Monseigneur. C'est pourquoi j'ai besoin de vous. Venez.

Les deux voitures avaient stoppé au fond de l'immense parking en lisière d'une sorte de square planté d'arbres maladifs et équipé de tables de pique-nique cassées et de jeux d'enfants hors d'usage. Un pan de mur tronqué à deux mètres du sol avait été conservé là et soigneusement consolidé comme élément d'animation du décor, selon le prétentieux jargon du temps. Il était maculé de graffiti haineux. Scellée dans la pierre, une petite stèle indiquait : *Ferme du Belvédère, XVIᵉ siècle.* C'était le sommet de la colline. Ils marchèrent jusque-là. Marie et les trois garçons les avaient rejoints. L'un des chauffeurs-gardes les précédait, un fusil d'assaut sous le bras. On découvrait à perte de vue, jusqu'à Paris, et même au-delà, l'un des panoramas urbains les plus denses et les plus peuplés d'Europe. A mi-pente, un haut grillage frangé de barbelés séparait l'aire du Belvédère des premiers clapiers bétonnés, en contrebas.

— Ça grouille, par là, Monsieur, dit l'homme d'armes. Si nous voulons la paix quelque temps, il serait prudent de nous annoncer.

M. Ixe acquiesça de la tête et le garde tira en l'air une série de rafales sèches auxquelles répondit aussitôt en écho l'autre chauffeur qui était resté auprès des voitures. Ces détonations dans la nuit déclenchèrent une avalanche de sons et de mouvements précipités. D'abord des claquements de portières, puis des galopades de talons sur le ciment. Muette de saisissement et de dégoût, Marie vit filer dans l'ombre de grandes femmes peintes et échevelées, tout en cuisses et en bouche, qui couraient vers leurs propres voitures qu'on entendit immédiatement démarrer. Fuyait aussi avec des bonds de biche une harde d'androgynes dépoitraillés. Le gibier habituel des parkings… Quatre violeurs, dans une camionnette volée, détalèrent en abandonnant leur victime. Suivirent une bonne trentaine d'échantillons juvéniles exemplaires de l'humanité bétonnière surpris à cette heure de la nuit où justement ils venaient d'investir la place et de repérer les bonnes occasions. Ceux-là dévalèrent la pente et se glissèrent comme des rats par des trous ménagés dans le grillage pour regagner leur territoire où nul droit de suite ne s'appliquait jamais et d'où fusèrent des chapelets d'injures rauques.

— Faites-les taire ! ordonna le vieux monsieur, excédé.

Le garde vida tout un chargeur et arrosa généreusement le grillage. Il y eut des exclamations étouffées suivies de plaintes et de piétinements apeurés qui se perdirent dans le terrain vague bordant les premiers immeubles.

— Ça dégage ! constata l'homme d'armes avec entrain.

Philippe n'avait rien vu ni entendu de semblable de toute sa vie. Ses incursions en France, sac au dos, ne l'avaient jamais conduit en de tels lieux. Il les avait toujours évités. Ayant fui la vérité, la voilà qui lui sautait au visage.

— Qui sont ces gens ? demanda-t-il, tout pâle.

— La haine, répondit M. Ixe. La haine et la contagion de la haine.

— Sont-ils nombreux ?

— Des centaines de milliers, sans doute. En réalité, nul ne le sait. Ils sont l'écume de la multitude. Ils en procèdent naturellement.

— Sont-ils français ?

— Cela n'a pour eux aucune signification.

— Chrétiens ?

Le vieux monsieur hocha la tête.

— Ils ne sont rien. Ces mots-là n'éveillent rien en eux. Ils n'en connaissent même pas le sens.

Philippe lui jeta un regard désolé.

— Pourquoi m'avoir amené là ?

— Parce qu'on ne pouvait l'éviter. C'est un bon observatoire sur un monde qui n'est pas le vôtre et à propos de quoi j'ai cependant des choses à vous dire. A trente kilomètres à la ronde vivent dix-neuf millions de personnes. Nul ne vous y connaît, Monseigneur. Pas une porte ne s'y ouvrirait pour vous. On ne vous offrirait pas même un verre d'eau. Tandis que moi, de cent façons, j'entre partout, je suis partout. Ils mangent et boivent ce que je leur vends. Ils achètent ce que je leur construis, utilisent ce que je fabrique exactement à leur usage. Je dirais presque : à leur image. Ils s'endettent à mon profit par le truchement de mes propres banques. Ils lisent ce que j'imprime pour eux. Ils écoutent et ils regardent ce que je commande qu'on leur dise, qu'on leur montre, et ceux qui leur parlent en mon nom se croient libres par quelque gymnastique commode de conscience. Au nom de ce principe-là, j'autorise même des ignominies fructueuses qu'au demeurant nul ne me reproche. Il est un peu plus de minuit, Monseigneur. A cette heure où les enfants sont couchés et cessent de veiller sur les adultes, dans un million deux cent mille de ces logements — je le sais parce qu'on m'en fait le rapport triomphant chaque matin —, des gens se salissent l'âme devant leur poste de télévision. Ils se souillent d'images qui les déshonorent et qui ont été commandées, exécutées, interprétées, filmées, programmées, annoncées, diffusées par des misérables à mon service. Les mêmes images, au même instant, collectivement captées par des millions de regards. La multitude. Ainsi la marque-t-on au fer, comme du bétail, mais d'un seul coup. Telle est, hélas, Monseigneur, l'étendue de mon pouvoir...

— Je n'aime pas ce que vous me dites, Monsieur, remarqua pour la seconde fois Philippe. Et ces gens-là ne prient-ils jamais ?

— Jamais, répondit M. Ixe. Cette fonction-là s'est perdue.

— Mais qu'espèrent-ils ?

— Durer sans être malheureux. Pour les meilleurs, sans s'ennuyer. Cela recouvre à peu près toutes les activités humaines. A des degrés divers, beaucoup y parviennent. Cela leur suffit.

— Croient-ils à leur âme immortelle ? A la nature divine de la vie ?

— Ces mots ne pénètrent pas en eux.

Philippe hésita.

— Est-ce de votre faute ? demanda-t-il.

— J'y ai réfléchi, dit M. Ixe. Hier, en revenant de la forêt, toujours pendant que vous dormiez, j'ai pris un certain nombre de dispositions qui ont fait du bruit toute la journée sur la plupart des places financières. Je me suis retiré sans exception de toutes les activités que je contrôlais. Cela ne changera rien. D'autres que moi viennent. Ils se déchirent déjà entre eux pour ce pouvoir dont je me défais. Ils feront pis et ce ne sera pas plus leur faute que la mienne. La fonction principale de la multitude, aujourd'hui, c'est de sécréter son propre abaissement. Naturellement, on se demande pourquoi j'ai ainsi dételé sans prévenir quiconque dans la meute. On échafaude cent hypothèses, mais nul n'en saura jamais la raison, que vous et moi.

— Moi ? s'étonna Philippe.

Le vieux monsieur le regardait avec une intensité d'émotion qui effaçait l'usure de son âme. Il y avait aussi de la dévotion et bien d'autres choses dans ses yeux. On trouvait cette expression-là dans les regards aux lointains temps capétiens, quand les Français, seigneurs ou manants, sans distinction, se présentaient devant leur roi.

— Je vous ai rencontré sur mon chemin, Sire, dit M. Ixe. Il n'y a pas d'autre raison. Je durais, moi aussi. Vous m'avez rendu l'espérance. J'ai décidé de vous servir et je vais enfin aimer qui je sers. Peut-être ne le savez-vous pas, ou n'est-ce pas à vous de vous en souvenir, mais la royauté est le seul ordre concevable dans le gouvernement des hommes parce qu'il se fonde sur l'amour.

Philippe posa sa main sur celle du vieux monsieur. Il avait la gorge serrée.

— Oh si, je le sais, dit-il. Quand mon père sombrait dans ses pensées, qu'il se sentait seul à mourir, oublié, abandonné, et Dieu sait qu'il l'était, pauvre père, il prenait un ton sarcastique et me récitait ce vers de Racine : « Pour être aimé sans peine il suffit d'être roi... » Ensuite il ajoutait : « Plus d'amour, plus de roi... » et je crois que son cœur se brisait...

Il fit un geste vers les bataillons de béton rangés à perte de vue, les immenses sentinelles éclairées qui flanquaient Paris de tout côté, l'implacable géométrie lumineuse où s'entassait le tiers de la population du royaume.

190

— Encore mon père n'avait-il pas connu ce désert ! Que dirait-il, à ma place ?

Il demeura quelques instants sans parler, immobile, puis reprit d'une voix désolée.

— Mon Dieu ! Qu'ai-je à faire là ? Tout cela n'a pas de sens...

Son désarroi se reflétait sur le visage de ses compagnons qui le regardaient en silence, consternés. Ils n'étaient plus sur les bords de la Loire, à chevaucher, grandiose et dernier jeu d'enfant. La vérité, c'est qu'ils venaient en cet instant de découvrir, tous les cinq, l'ultime fin de leur adolescence. On était passé de l'autre côté du miroir. Sur le parking, un camion démarra bruyamment. Des voitures se garaient devant le self-service. D'autres partaient, balayant la nuit de leurs phares. Le grondement continu de l'autoroute semblait ne jamais devoir cesser, et Monclar, Josselin et Odon de Batz se dirent que c'était un endroit bien sinistre où le royaume n'avait pas de sens, en effet.

— Que décides-tu, Monseigneur ? demanda Odon de sa voix nonchalante. Nous arrivons peut-être un peu tôt, c'est vrai. On pourrait attendre l'an 3 000. Qui sait si tout cela ne serait pas rasé...

Sous l'ironie voulue du ton, on le sentait désespéré. Philippe ne répondit pas. Avait-il seulement entendu ? Il semblait hypnotisé par l'immense tableau lumineux des grands immeubles, dans la nuit, comme s'il était seul, désemparé, face à une armée innombrable sur le point de se mettre en marche et de le renvoyer au néant, de le broyer sans qu'il en restât rien, lui, Philippe Pharamond de Bourbon, roi de rien...

Seule Marie tenta de faire front.

— Tu es le roi ! Tu es le roi ! Tu n'es pas libre de renoncer !

Puis elle éclata en sanglots, se cachant le visage dans ses mains.

— Tais-toi, Marie, je t'en supplie ! dit Philippe.

191

Le vieux monsieur, qui l'observait, baissa la tête, accablé. Il avait fait ce qu'on lui avait demandé, mais l'épreuve n'avait-elle pas été trop forte pour le jeune prince ? Et si le frère Ulrich s'était trompé ? S'il avait surestimé la force d'âme du garçon... Le frère Ulrich s'était présenté à la Maladrerie un matin. Tous deux avaient longuement parlé. Comme M. Ixe hésitait, et bien qu'ils fussent seuls dans la grande pièce où nul n'aurait pu les entendre, le moine avait alors écrit quelques mots sur un papier qu'il avait prié M. Ixe de lire, portant l'index à ses lèvres pour recommander le silence, puis avait jeté le papier au feu sans le quitter une seconde des yeux jusqu'à ce qu'il se fût entièrement consumé. C'était cette vingtaine de mots qui avait emporté la conviction de M. Ixe, les mêmes, sans doute, on s'en souvient, qui avaient soumis le père abbé de Saint-Benoît, ému aux larmes le jeune Philippe et retourné l'archevêque de Reims...

Et tout cela pour en arriver là, à ce gamin blond, perdu, contemplant son propre pays où nul ne se reconnaissait plus en lui, et qui murmurait, comme pour lui-même :

— Mon Dieu, pourquoi m'avez-vous abandonné ?

Philippe se croyait seul. Il ne l'était pas. A la même heure, au même instant, une poignée de moines, en Écosse, aux Féroé, sur les pentes du mont Ventoux, au fin fond d'une vallée des Alpes et en d'autres lieux reculés d'Europe, à genoux dans leurs églises glacées, priaient afin que Dieu l'entende. Qui sait même si quelques bonzes, au Tibet, quelques prêtres de la tribu des Hopis, ou vestales du temple impérial d'Isé, là-bas, sur leurs montagnes sacrées, ne s'étaient pas spontanément portés en renfort spirituel... Priaient aussi une jeune fille, Anne, les yeux grands ouverts dans le noir, et Jérôme, l'enfant maigre et pâle, ses mains transparentes jointes, d'autres encore, qu'un rêve éveilla et qui sans trop savoir pourquoi prirent le chemin de la prière de la même façon qu'on partait autrefois pour Compostelle ou Jérusalem, parce que Dieu le commandait. Agenouillé sur le dallage de pierre, le dos droit, insensible à la fatigue et au froid, seul dans la cathédrale de Reims où il s'était enfermé pour la nuit, priait un vieux cardinal moine sans âge, avec l'espérance d'un enfant. Priait enfin le frère Ulrich, à Rome, relayé à l'autre bout de la ville par les religieux de Saint-Athanase. Un homme en blanc se tenait près de lui, agenouillé sur un prie-Dieu, son chapelet entre les doigts. A une fenêtre du deuxième étage du palais, donnant sur la place Saint-Pierre déserte, une lumière était allumée.

Rotz veillait aussi, à Paris, place Beauvau. Du jardin, juste au pied de son bureau, montaient des coassements furieux. Judas, au comble de l'irritation, menait un sabbat infernal et le ministre se promit, dès le matin, à l'arrivée des jardiniers, de faire massacrer ce sale crapaud. Rotz, quant à lui, ne priait pas. « Question de répertoire... », se dit-il, mais il se sentait l'esprit en alerte et le cœur inexplicablement ému en une sorte de branle-bas qui n'avait pas de raison. C'est alors que la lumière s'éteignit, à l'exception de la lampe sous laquelle il se tenait et qui resta seule allumée alors que les réverbères du jardin, les bureaux des permanences de nuit, les couloirs, étaient plongés dans l'obscurité. Rotz écarta le rideau de la fenêtre et jeta un coup d'œil au ciel. Le ciel était d'un noir d'encre. L'immense halo lumineux jaune au-dessus de Paris qui signalait la capitale à des dizaines de kilomètres à la ronde s'était volatilisé. La panne était générale. Étrange panne qui éteignait toutes les lumières de la ville et laissait sa seule lampe éclairée. Il se leva, manœuvra les interrupteurs qui commandaient le plafonnier et les appliques de la pièce, lesquels demeurèrent obstinément éteints, puis l'interrupteur de sa lampe, qui, en revanche, resta obstinément allumée. Il se rassit, songeur, et attendit...

Plus que l'obscurité, pourtant opaque, ce qui les frappa, c'était le silence. De l'autoroute ne parvenait plus aucun bruit. Avait-elle jamais existé? Là où elle aurait dû se trouver, on ne la devinait même plus. Sur le parking la circulation avait complètement cessé et même les feux de position allumés des camions s'étaient éteints eux aussi. De ces mille sons que produisent, même la nuit, des agglomérations de cette densité où le mouvement de la vie ne cesse jamais, on n'en entendait plus un seul, même isolé, même lointain, sirène d'ambulance, aboiement de chien, traînée stridente de mobylette, grondement de train. Le restaurant, tout en vitres, avec son enseigne lumineuse *Ferme du Belvédère,* était gommé du paysage. Il n'y entrait ni n'en sortait personne, et d'ailleurs, faute de lumière, il était impossible de savoir qu'il y avait eu là de tristes pousseurs de plateaux choisissant d'un œil morne des nourritures insipides. La sono de la station-service et sa musique synthétique en boîte avaient rejoint dans le néant les rampes lumineuses au-dessus des pompes et la caisse comme un blockhaus transparent d'où le préposé jetait des regards de haine à toutes ces bagnoles qui le forçaient à veiller. On n'entendait même plus claquer au vent les drapeaux de commerce marqués d'une coquille volée aux pèlerins de Compostelle. Gommés aussi les milliers de milliers de sources lumineuses étagées sans fin de tous côtés, les donjons étincelants des prédateurs et toute cette immensité anonyme de millions d'yeux électriques aussi chaleureux que des regards humains, qui, une seconde auparavant, barraient au jeune homme solitaire le chemin de son royaume.

Et le royaume était habité.

Certes, il semblait à peine peuplé. Quelques lumières seulement, très isolées, tremblotant dans les lointains, perdues au milieu d'immenses étendues d'un noir encore plus opaque que le ciel. Cela ressemblait à un paysage nocturne des premiers âges où de minuscules clans familiaux, à des jours de marche les uns des autres, se serraient auprès du feu pour combattre les terreurs de la nuit. Ces seuls signes de vie humaine sur toute la surface du pays remplissaient une fonction sacrée. Quand ses yeux furent habitués à l'obscurité, Philippe compta une trentaine de points lumineux dispersés à des distances et des élévations différentes, peut-être même un peu plus, car d'autres, très loin à l'horizon, incertains, parvenaient à peine à percer, mais le message, cependant, passait. On saluait le roi de France.

Ce fut d'abord presque inconscient de la part des inconnus qui veillaient ou s'éveillèrent à cette minute précise, constatant que la lumière de la pièce où ils se trouvaient était demeurée allumée au milieu de l'obscurité générale, mais tous s'approchèrent aussitôt de la fenêtre qu'ils ouvrirent tout grand sur la nuit. L'air était chargé d'espérance, parcouru de fanfares silencieuses. La grâce de Dieu y devenait palpable, sinon comment expliquer ce mouvement de ferveur spontanée fait d'honneur et de bonheur retrouvés. Il y avait déjà quelque temps que la vilenie ambiante, dans ce pays, avait tué le besoin d'estimer, d'aimer, de confier sa vie à qui la mérite. Au contraire, on n'en pouvait plus de mépriser. On était las de dégoût. Parmi ceux qui, d'une certaine manière, ressuscitèrent cette nuit-là, il n'y en avait peut-être pas le tiers à avoir entendu parler de près ou de loin d'un Philippe Pharamond de Bourbon, fils de Saint Louis, héritier de nos rois. Les autres, ceux qui ignoraient son existence, en quelque sorte l'inventèrent. Ils inventèrent un roi de France, de la même façon que cet astronome qui avait découvert une étoile, bien qu'elle fût encore invisible avec les moyens d'observation de son époque, simplement par déduction, parce que l'ordonnance du mouvement cosmique l'exigeait et que sans la présence de cette étoile à sa place évidemment marquée par le créateur de toutes choses, rien n'avait plus de sens nulle part. C'était bien cela qu'ils guettaient, faisant converger leurs regards et leurs pensées vers un canton de la nuit où nulle lueur ne s'apercevait mais où la volonté de Dieu avait placé en cet instant un jeune homme dont on ne savait rien et qui incarnait le principe royal.

— Trente ! dit Philippe, transfiguré. Si ceux-là aiment le roi comme je les aime, je tiendrai mille ans !

— Trente et un, précisa Monclar. Écoute.

Cette fois, ce n'était pas une lumière, mais un son. Une cloche lointaine, solitaire, assurément de petite taille, à en juger par sa tonalité aigrelette, sans doute une cloche de chapelle, actionnée à bras par quelque malheureux prêtre de banlieue abandonné en ce désert, tout étonné de faire tant de bruit dans la nuit, tandis que sa chapelle oubliée, dont nul ne savait plus le chemin, soudain se remplissait d'ombres, les seigneurs de Brunoy, du Puiset, de Montlhéry, de Longpont, de Montigny, de Pierrefonds, d'Étampes, de Juvisy, de Corbeil, de Torfou, de Clermont, de Clichy, de Montfort, de Milly, de Joinville, les abbés de Poissy, de Saint-Denis, de Saint-Germain, de Chaalis, du Val, de Maubuisson, tous les grands feudataires des premiers Capétiens assemblés pour le serment d'hommage à leur roi...

Sur le parking, un énorme semi-remorque démarra. Le restoroute se ralluma et un chauffeur de camion hollandais qui avait jeté son dévolu sur une assiette de charcuterie glaireuse et une portion de camembert plâtreux acheva son geste interrompu. La panne avait été de courte durée. Exactement 47 secondes, selon les services de l'E.D.F. qui se bornèrent à faire état d'un délestage incontrôlé circonscrit à la région parisienne. La presse reprit l'explication et d'ailleurs il n'y en avait pas d'autre, nul n'étant plus capable de soupçonner quoi que ce fût dans le domaine du surnaturel, dans ce pays ci-devant chrétien où les évêques, par exemple, avaient supprimé les Rogations, prières pour la pluie ou le beau temps, selon. On notera que personne ne s'aperçut, à l'exception des intéressés eux-mêmes, que quelques rares sources de lumière avaient été épargnées par la panne. On ne se posa donc pas de question, pas plus que sur le fait qu'on ne déplora aucun dégât, aucun accident minime ou grave, notamment dans les hôpitaux à propos desquels un journal titra pourtant : *Un miracle,* mais c'était seulement façon de parler... Le miracle avait mobilisé des dizaines de milliers d'anges gardiens qui ne songèrent pas à le revendiquer.

— Monseigneur, que décidez-vous ? demanda M. Ixe.

Philippe jeta un dernier regard circulaire sur le paysage, ces milliards de kilowatts, cette immense nébuleuse humaine où il avait manqué se perdre... Il se sentait tout à fait apaisé, serein, heureux. Être roi de France à la seule mesure de ce monde et en même temps y renoncer par désespoir devant l'aveuglante réalité, c'était précisément la nature même de la tentation à laquelle il venait d'être soumis. De justesse, il n'y avait pas succombé. Désormais, il ne douterait plus. Il avait compris le sens de l'épreuve. Roi, il l'était, assurément. Mais roi d'un royaume dépouillé de ses apparences matérielles. D'âme en âme, le reste suivrait, à commencer par l'espérance...

— A Saint-Denis ! dit-il. A Reims !

De tout le trajet, il n'ouvrit plus la bouche. Marie était assise près de lui et il serrait sa main dans la sienne. Le vieux monsieur composa un numéro de téléphone et se nomma.

— Ixe...

Puis se contenta d'écouter. A la fin, avec un petit rire, il dit :

— Surprise pour surprise, je ne vous voyais pas là non plus.

197

Jetant un coup d'œil au jeune homme qui semblait absorbé dans ses pensées, il composa un second numéro, et cette fois sans se nommer, brièvement, rappela à son correspondant qu'il l'attendait à l'endroit convenu, à deux heures, avec ce qu'il avait été convenu que celui-ci apporterait.

— Prenez tout de même des précautions, précisa-t-il avant de raccrocher. Les parages ne sont pas sûrs.

Peu après l'échangeur de Rungis, la circulation, brusquement, se ralentit. Un portique lumineux annonçait : *Bouchon à 1 km. Accident.* On apercevait des lumières rouge et bleu clignotantes et plusieurs voitures de police qui canalisaient le trafic sur une seule file.

— Roulez sur la bande d'urgence, ordonna M. Ixe au chauffeur.

A coups de gyrophare et de sirène, les deux berlines, l'une suivant l'autre, remontèrent rapidement le flot en soulevant des torrents de haine rentrée. Ce n'était pas un accident, mais un barrage de gendarmerie camouflé en accident. On vérifiait les identités. Des conducteurs ouvraient leur coffre, le visage grimaçant de fureur. Des gendarmes lourdement armés surveillaient l'opération. Un gradé s'approcha de la voiture. Un coup d'œil au numéro, à l'avant, un autre au macaron, sur le pare-brise ; il salua. M. Ixe avait baissé la vitre et allumé le plafonnier pour faire connaître sa présence. Découvrant Philippe et Marie, ce même profil dédoublé au centre d'un cercle de lumière, comme sur des médailles, des monnaies, le gendarme eut un geste inattendu : il ôta son képi, religieusement...

Quand la lumière brilla de nouveau place Beauvau et dans tout Paris, le premier réflexe de Pierre Rotz fut d'appeler la Direction générale de l'E.D.F. pour savoir ce qui s'était passé. Considérant pensivement l'unique lampe qui était restée seule allumée pendant toute la durée de la panne, sur sa table, il se ravisa. Sa question n'avait plus de sens. Aucune réponse d'ordre technique n'éclaircirait ce mystère, sur lequel, au demeurant, il commençait à avoir son idée. Consultant à la lettre T un petit calepin à fermoir électronique et destruction automatique qui ne le quittait jamais, il composa un numéro sur son téléphone privé qui n'était relié à aucun standard et jouissait d'un total secret d'écoute.

— Monsieur Tibérien ? demanda-t-il.

— C'est Henri, répondit une voix d'enfant. Je vais vous chercher mon grand-père.

Il se passa un petit moment pendant lequel il joua avec l'interrupteur de la lampe, l'éteignant, la rallumant, cherchant à la prendre en défaut, mais elle obéissait dans l'instant aux impulsions qu'on lui donnait et aucune lueur ne perdurait dans les filaments une fois qu'elle était éteinte. La conversation reprit.

— Monsieur le min... dit Louis Tibérien.

— Pas de nom, je vous prie, coupa Rotz.

— Qu'importe, j'ai reconnu votre voix. Je sais qui vous êtes.

— Monsieur Tibérien, poursuivit Rotz, il y a deux minutes, à Saint-Denis, vous avez bien eu une panne d'électricité ?

— En effet, et pas qu'à Saint-Denis. A Saint-Ouen, à Argenteuil, partout.

— Et la lampe de la pièce où vous vous trouviez est restée allumée, n'est-ce pas, alors que tout le quartier était plongé dans le noir ?

Il y eut un court silence.

— Qui vous l'a dit ? finit par demander Tibérien, ancien maçon à Saint-Denis, descendant de cet autre Tibérien, chef repenti des terrassiers qui avaient forcé les tombeaux des rois en 1793.

— Personne, répondit le ministre. Il se trouve que la même... faveur (il avait hésité sur le mot) m'a été accordée au même moment. La lampe de table de mon bureau... Je pense en avoir compris le... mécanisme (nouvelle hésitation de sa part) et la raison. Me croyez-vous, Monsieur Tibérien ?

— Je vous crois. Deux lampes sont restées allumées chez moi. Celle du séjour, où je lisais, et celle de la chambre de mon petit-fils, qui s'est aussitôt réveillé. Il a filé à la cuisine et en a ouvert la fenêtre d'où l'on a la vue sur la basilique. Il faisait nuit noire. Henri m'a dit : « Celui que tu attends va venir, grand-père, dépêche-toi. » C'est pourquoi nous nous apprêtions à sortir quand vous avez téléphoné.

— La basilique est fermée, à cette heure. Comment ferez-vous pour entrer ?

— J'ai la clef, que je tiens de mon père, d'une porte latérale que tout le monde croit désaffectée et qui donne sur les anciennes fouilles, mais cela devient dangereux de passer par là. Sans mon petit-fils, je n'y arriverais pas...

Dangereux ? Saint-Denis ?... Le ministre de l'Intérieur était payé pour savoir que le taux d'insécurité de cette ancienne cité royale était l'un des plus élevés de France. On avait déjà dû déménager, l'an passé, les demoiselles de la Légion d'honneur assiégées derrière leurs hauts murs, à cinquante mètres de la basilique, et humiliées de ne pouvoir dormir en paix, la nuit, que sous la protection permanente d'une compagnie de C.R.S. On avait également commencé le démontage des tombeaux de Louis XII et de François Ier pour les rapatrier à Paris dans un quartier un peu plus paisible. Les autres suivaient. Affaire de crédits... Rotz regarda sa montre. Le temps pressait.

— Monsieur Tibérien, ne prenez pas de risque. Je serai en bas de chez vous — il consulta son calepin —, 7 rue du Colonel-Fabien, dans une demi-heure, à une heure quarante-cinq précises. Celui que nous attendons arrivera à deux heures.

Il avait à peine raccroché que le téléphone sonna sur cette même ligne privée.

— Ixe, annonça celui qui appelait.

— Ainsi vous voilà, dit Rotz, et exact au rendez-vous. Le frère Ulrich m'avait averti. A deux heures, sur le parvis. J'improvise, mais tout ira bien. Quand même, vous retrouver là, cette nuit, sachant quel genre d'homme vous êtes, quelle surprise...

Il y eut un petit rire au bout du fil.

— Surprise pour surprise, répondit la voix de M. Ixe, je ne vous voyais pas là non plus...

Rotz changea de téléphone et sur sa ligne ministérielle appela la permanence et commanda sa voiture. Puis il fit réveiller dare-dare dans sa préfecture le secrétaire général de la Seine-Saint-Denis qui avait perdu son préfet muté l'avant-veille à Mayotte, et qui, voyant surgir en pleine nuit peut-être une chance inespérée de promotion, s'aplatit devant l'écouteur sans se poser de questions et promit que tout serait prêt dans la demi-heure avec la discrétion demandée. Traversant ensuite le jardin pour gagner la petite cour intérieure, dans l'annexe, où son chauffeur l'attendait, Rotz entendit, près du bassin, des gargouillements immondes, comme si un monstre sortait de l'eau.

— Tu peux gueuler, Judas, dit-il entre ses dents. Tu seras mort demain.

En montant dans sa voiture, il constata avec satisfaction qu'en dépit de l'heure tardive son chauffeur attitré était au volant, une créature à sa dévotion.

— Vous avez vingt minutes, Ferrand, pour me conduire à la basilique Saint-Denis.

— Cinq minutes de plus qu'il n'en faut, Monsieur le ministre.

La limousine grise bardée d'antennes s'engouffra sous le porche dans un grand crissement de pneus et fila par la rue Cambacérès pour rejoindre le boulevard Malesherbes.

Seul au volant de sa voiture, Racado embraya et démarra. Les habitudes du ministre, il les connaissait. Jamais Rotz ne sortait par la grande grille de la place Beauvau, toujours par la rue Cambacérès. Grâce à sa carte des R.G., il s'y était garé sans problème. Il était un peu chez lui, dans cette rue bourrée de flics jour et nuit. On le supposerait en mission, collé aux basques de son ministre. En fait, il laissa filer de la distance, se contentant de suivre de loin. Il savait où se dirigeait Rotz. Il savait aussi bien d'autres choses. Il avait fini par comprendre comment il avait été manœuvré et par qui, et, depuis, il ne décolérait pas...

Porte de la Chapelle, à la hauteur de la bretelle de l'autoroute du Nord, Rotz, soudain, demanda :

— Est-ce que vous êtes armé, Ferrand ?

— Je ne m'embarque jamais sans biscuit, Monsieur le ministre. On a même le choix.

— Passez-moi une de vos armes, voulez-vous.

Le 21 janvier 1793, François-Sylvain Renard, vicaire de l'église de la Madeleine, fut requis par la Convention de recevoir la dépouille mortelle du roi après son exécution et de présider à son inhumation dans l'ancien cimetière de la paroisse, rue d'Anjou. Les ordres donnés précisaient jusqu'à la quantité de chaux vive (de quoi dissoudre un bœuf), la profondeur de la fosse (douze pieds) et l'interdiction d'y enterrer le corps dans une bière de telle sorte qu'il ne fût point protégé de la corrosion rapide par la chaux. Tout avait été prévu et pesé pour qu'il ne restât rien du roi Louis XVI. Des représentants de la Convention assistés d'un juge de paix avaient pour unique mission de ne pas perdre un instant de vue le corps du roi de façon qu'il ne fût point substitué pour être enseveli ailleurs avec la dévotion qu'on lui refusait et susciter peut-être, plus tard, la vénération populaire. On avait tué le roi. Il fallait aussi tuer sa mémoire.

L'autorisation fut cependant accordée à l'abbé Renard de réciter les prières de l'office des morts. Le roi reposait dans une bière de bois blanc ordinaire qui avait servi à son transport de l'échafaud jusqu'au cimetière. Il était vêtu d'un gilet de piqué blanc, d'une culotte de soie grise et de bas. On avait posé sa tête entre ses jambes. La bière n'avait pas de couvercle et les curieux qui se pressaient pour contempler le tyran mort reculaient épouvantés. Cette foule malsaine en fut retournée. L'abbé Renard, en 1814, déclara à la commission d'enquête « que cette même populace, qui naguère faisait retentir l'air de ses vociférations, entendit les prières faites pour le repos de l'âme de Sa Majesté avec le silence le plus religieux... » Ces momeries une fois terminées — il faisait froid, les commissaires se gelaient —, on balança le corps au fond de la fosse sans plus de respect que pour un déchet, sur un matelas de chaux vive, et la tête, comme un ballon. Ensuite on étendit à la pelle sur cette effroyable couche une épaisse couverture de chaux vive sous laquelle l'infortuné roi et jusqu'au dessin de son corps disparurent enfin aux regards des représentants de la Nation qui purent s'en aller dîner. Le tout fut recouvert d'un lit de terre, fortement battu, puis épaissi, et rebattu, et cela à plusieurs reprises. Les fossoyeurs qui tassaient la terre de leurs pieds rigolaient, comme s'ils dansaient.

Le 16 octobre de cette même année 1793, un peu après midi et demi, fut apporté dans ce même cimetière, avec encore moins de cérémonie, le corps de la reine Marie-Antoinette. « La bière de la veuve Capet », sans couvercle, avait été payée six livres à un certain Joly, fossoyeur, sur requête du citoyen Hermann, président du tribunal révolutionnaire. La tête de la reine aussi avait été placée entre ses jambes, ce qui, loin de les épouvanter, excita la verve d'insulteurs qui ne finirent par se taire qu'une fois le corps de la malheureuse entièrement recouvert de chaux vive. Leurs propos ne sont pas publiables. Dans l'histoire de ce pays, pourtant riche en ce domaine, on ne trouve rien de plus abject. S'ils ont encore des descendants, ceux-là doivent frémir à la pensée de découvrir peut-être en eux-mêmes ne serait-ce qu'un gène infime porteur de toutes ces saloperies. C'est égal, on avait bien rigolé et vingt-cinq livres furent comptées à la bande de joyeux lurons qui dansèrent sur cette seconde fosse afin que la terre en fût bien tassée et que sous ce tassement aucune parcelle de chair royale n'échappât au contact de la chaux vive.

Les danseurs en furent pour leurs frais. La République n'ayant pas besoin de savants, il ne s'en était sans doute plus trouvé pour calculer de façon correcte les proportions de cet effroyable gâteau. Humidifiée et comprimée par le tassement du sol, la chaux vive perdit ses propriétés et forma au-dessus des cadavres une sorte de voûte protectrice. Le citoyen Descloseaux, avocat secrètement royaliste, dont la maison se trouvait rue d'Anjou, avait été le témoin horrifié de ce double enfouissement. Son jardin jouxtait l'ancien cimetière désaffecté où l'on avait aussi inhumé à la hâte de nombreuses victimes de la Terreur. Il acheta toute la parcelle, ce qui était faire preuve de courage. Pour décourager les curieux, il en rehaussa les murs, planta des saules pleureurs et des cyprès et dissimula le carré royal sous une charmille fermée. On raconte qu'il avait disposé dans un salon de sa maison, à la manière d'un oratoire, les portraits du roi et de la reine. La transmission du sacré... En 1999, l'annuaire téléphonique de Paris alignait une dizaine de Descloseaux. Peut-être une lampe s'était-elle allumée au milieu de l'obscurité générale, pendant la panne, chez l'un ou l'autre de ces Descloseaux, révélant la persistance d'une hérédité obstinément royaliste...

« Il faut louer les Bourbons, a écrit Chateaubriand, d'avoir, dès le premier moment de leur retour, songé à Louis XVI ; ils devaient toucher leur front avec ses cendres, avant de mettre sa couronne sur leur tête [1]... » Les fouilles d'exhumation commencèrent le 18 janvier 1815, par un temps glacial. Il neigeait en abondance. Le sol était gelé. Il y avait là, figés de froid et de désespérance cachée, le duc de Blacas, ministre de la

_____

1. *Mémoires d'outre-tombe*, livre 22e, chap. 25.

Maison du roi, l'évêque de Nancy, grand aumônier, le chancelier Dambray, Chateaubriand, et d'autres personnages de la cour qui entouraient la duchesse d'Angoulême, fille de Louis XVI, l'unique survivante du Temple : Madame Royale. A elle revenait l'épouvantable devoir, au nom du roi, d'identifier son père et sa mère. Elle s'en acquitta avec une dignité roide et un respect encore plus religieux que filial. C'est un roi de droit divin qu'on exhumait. Le pacte n'était pas rompu. Elle était là pour en témoigner et elle le fit à sa manière, avec une fierté un peu cassante. Toutes les larmes de son corps et toute la tristesse de son âme, elle les avait épuisées au Temple alors qu'elle avait quinze ans et qu'on lui avait enlevé son père, puis sa mère, puis son frère...

On mit d'abord à jour, assez vite, la fosse de Marie-Antoinette. Les ossements de la malheureuse reine étaient en bon état de conservation et on retrouva des lambeaux de vêtements, ainsi que ses jarretières, intactes. Chateaubriand était descendu dans la fosse et démêlait les ossements parmi lesquels « il reconnut la tête de la reine par le sourire que cette tête lui avait adressé à Versailles... »[1]. Puis il les passa au duc de Blacas qui les remit au grand aumônier, lequel les déposa dans une caisse que l'on scella aux armes de France sous le regard insondable et fixe de la duchesse d'Angoulême.

Le roi ne fut retrouvé que le lendemain 19 janvier à l'endroit précis indiqué par les trois témoins de 1793, Descloseaux, l'abbé Renard et le sinistre fossoyeur Joly, lequel, sans doute pour que fussent respectées les proportions d'ignominie contenues dans la nature humaine, avait protesté auprès de la commission d'enquête « de toute la vénération à l'égard de la personne de Leurs Majestés dont il avait fait preuve en

1. *Mémoires d'outre-tombe*, livre 4e, chap. 9 et livre 22e, chap. 25.

dépit des dangers encourus... » Afin d'éviter toute confusion avec d'autres victimes de la Terreur enfouies dans ce même cimetière, on décapa largement le sol alentour, et sans trouver de tombes contiguës. C'est Blacas qui descendit dans la fosse. Il pleurait. Le duc de Blacas était un gentilhomme de fidélité. Il avait servi Louis XVI et accompagné Louis XVIII en exil. Plus tard il y suivrait Charles X et mourrait près du dernier roi de France au fantomatique château de Hradshin, en Bohême. Faisaient la chaîne autour de Blacas, depuis le fond de la fosse, le prince de Poix, le duc de Duras, le marquis de Brézé. La neige tombait encore plus fortement que la veille. Les os passèrent de main en main, certains même leur échappant parce qu'ils se répandaient en poussière ou se rompaient, et la tête, le chef royal, qu'il fallut avec précaution dégager d'une gangue de terre et de chaux... La duchesse d'Angoulême ferma les yeux un court instant. Ce fut son seul moment de faiblesse. Une seconde caisse fut scellée et déposée auprès de la première qui l'attendait depuis la veille dans le salon de Descloseaux transformé en chapelle ardente, mari et femme, roi et reine sous le regard de Dieu, soit la royauté dans son tout. Dehors, en dépit d'un froid de gueux, une foule énorme stationnait et veilla la nuit entière, puis la journée du lendemain et encore la nuit suivante, jusqu'au matin du 21 janvier, vingt-deuxième anniversaire du martyre du roi Louis XVI.

Les Bourbons ont toujours manifesté une grande humilité dans la mort. Dès Henri IV, le premier d'entre eux qui eût régné sur la France, ils rompirent avec ce goût fastueux qu'avaient les Valois de se faire construire des tombeaux comme des palais de marbre chargés de colonnes et d'allégories et peuplés de leur double image, nus et en majesté. On déposait simplement leur cercueil sur une paire de tréteaux ordinaires dans le caveau des Bourbons, à Saint-Denis, de méchants cercueils, en solide bois, plutôt des caisses, rien qui pût être comparé aux horreurs d'ébénisterie qu'on enfouit aujourd'hui dans les cimetières de ce pays. Hormis Louis XVI et Louis XVIII qui sont ensevelis en pleine terre, dans la crypte, ce qui reste du caveau des Bourbons après le sac de 1793 compte encore cinq cercueils de princes morts après la Révolution, ceux des deux filles du roi Louis XV, du prince de Condé, du duc de Berry, du duc de Bourbon, cinq caisses sur des tréteaux de bois, aussi peu rutilantes qu'il est possible et qui se confondent, derrière la grille, dans l'obscurité presque totale du caveau. C'est également dans deux cercueils jumeaux de cette même simplicité bourbonienne que furent transférés les restes du roi et de la reine dans la nuit du 20 au 21 janvier. Une plaque de vermeil vissée sur celui du roi indiquait : *Ici est le corps du très haut, très puissant et très excellent prince Louis XVI de nom, par la grâce de Dieu roi de France et de Navarre.*

Pas un mot n'évoquait sa fin tragique.

En revanche, pour conduire le couple royal à Saint-Denis, on ressuscita les fastes des cortèges funèbres d'autrefois. La date du 21 janvier avait été choisie à dessein, par réparation. Louis XVIII avait quelque chose à dire à son peuple, il avait à réaffirmer la valeur intouchable des symboles. Effaçant les parenthèses de la Révolution et de l'Empire, on s'inspira, pour le défilé, de l'ordonnance ancienne : troupes fraîchement habillées de la Maison du roi à peine reconstituée, mousquetaires gris et noirs, dragons de la reine, hussards du roi, gardes de la manche, le roi et les princes dans huit carrosses, le roi d'armes porteur de la masse et quatre hérauts d'armes à cheval, enfin le char funèbre encadré par trente gardes suisses dont le régiment, reformé, recevait ce jour-là l'hommage dû à sa fidélité. A l'intérieur de la basilique Saint-Denis attendaient les corps constitués, de nombreux ambassadeurs étrangers, Descloseaux et de Sèze qui fut l'avocat de Louis XVI devant la Convention, et quatre cents demoiselles de la maison d'éducation de la Légion d'honneur installée par Napoléon dans l'ancienne abbaye mitoyenne, qui inaugurèrent ainsi leur rôle de figurantes historiques qu'elles devaient ensuite docilement renouveler avec des bonheurs divers quel que fût le régime en place. Les ducs d'Angoulême et de Berry descendirent seuls dans le caveau des Bourbons nouvellement aménagé et se prosternèrent devant le cercueil du roi.

« Enfin Louis XVI reprit sa couche à Saint-Denis ; Louis XVIII, de son côté, dormit au Louvre, les deux frères commençaient ensemble une autre ère de rois et de spectres légitimes : vaine restauration du trône et de la tombe dont le temps a déjà balayé la double poussière. » Chateaubriand, naturellement[1]. A deux cents ans près, il s'était trompé...

Ce même 21 janvier 1815 fut solennellement posée, dans le jardin de Descloseaux, la première pierre de l'église sépulcrale connue ensuite sous le nom de chapelle expiatoire, peut-être le monument le plus remarquable de Paris et certainement le plus déserté, car toutes les Républiques ont pris soin de le tenir fermé, même et surtout le 21 janvier, à de rares exceptions près. Chateaubriand aimait ce cloître, formé d'un enchaînement de tombeaux, « qui saisit l'imagination et la remplit de tristesse ».

Deux ans plus tard, presque jour pour jour, précisément le 18 janvier 1817, à minuit, les terrassiers qui se relayaient sans relâche depuis six jours, depuis que l'ordre avait été donné de commencer les fouilles dans le terrain vague à présent gazonné au pied de la basilique Saint-Denis où avaient été enfouis pêle-mêle en octobre 1793 les débris de cent soixante-dix princes, dont la plupart de nos rois, découvrirent enfin, sur les indications de Louis Tibérien, deux masses d'ossements

1. *Mémoires d'outre-tombe*, livre 22e, chap. 25.

desséchés et compacts, évaluées à sept pieds cubes chacune, soit deux blocs d'un concentré royal d'un mètre cube soixante-dix. M. de Dreux-Brézé, qui commandait les opérations, fit cerner ces deux compressions par des tranchées profondes afin de les isoler et de retirer la terre couche par couche, minutieusement. Après quoi, s'étant assuré qu'il avait bien trouvé ce qu'il cherchait, il dépêcha des courriers aux Tuileries pour en ramener les commissaires et membres de la Maison du roi qui devaient assister à l'extraction, et les pages et gardes suisses requis en grand uniforme pour la manipulation des ossements.

De même que pour l'exhumation de Louis XVI et de Marie-Antoinette, il faisait grand froid. Une pluie glaciale tombait sans interruption. La nuit était extrêmement noire, le terrain entièrement bouleversé souvent à une grande profondeur. Il fut impossible de récupérer un seul squelette complet, et rien qu'on pût reconnaître. Des ponts de fortune furent jetés en travers des excavations et des chemins de planche pour en sortir, éclairés par des lampions qu'un furieux vent d'hiver faisait se balancer comme des encensoirs lumineux. C'était lugubre. A la corde qui actionnait le gros bourdon de la basilique, les sacristains se relayaient deux par deux et le glas ne cessa point tant que dura ce manège tragique. Pages et gardes suisses, gantés de blanc, un crêpe noir noué au bras, recueillaient les ossements que leur passaient les terrassiers, ainsi que des débris informes, dans des suaires, et s'en allaient les déposer, ou les verser, dans deux coffres autour desquels une troupe en armes montait une garde d'honneur. Les tambours voilés battaient. La monarchie française, restaurée depuis deux ans, célébrait ses propres funérailles.

Il y avait eu deux fosses, celle contenant les restes des Bourbons, et l'autre, dite fosse aux Valois, où s'entremêlaient en un puzzle d'horreur composé de fragments et de rogatons innommables tous les autres Capétiens, Carolingiens, Mérovingiens, qui avaient été inhumés à Saint-Denis. Il y eut donc deux coffres qui furent transportés à bras dans le chœur de la basilique où l'on se hâta de procéder à une ultime translation, les Bourbons dans un immense cercueil qui semblait fait pour un roi géant, un roi monstre, les autres dans quatre cercueils de dimension normale. Plusieurs prêtres s'évanouirent. Dans ses mémoires M. de Dreux-Brézé rapporte qu'il fit jeter au feu les vêtements qu'il portait cette nuit-là et dont il avait changé plusieurs fois. Aucun prince n'était présent, ce qui n'est point à leur honneur, puisque dans leur sang coulait aussi le sang de ces quarante rois de France qu'on mettait en bière à Saint-Denis une dernière fois et dont le souvenir impose que soient ici rappelés les noms : Dagobert Ier, Clovis II, Clotaire III, Pépin le Bref et son père Charles Martel, Charles II le Chauve, Louis II le Bègue, Charles III le Simple, Louis III, Carloman, Eudes, Hugues Capet, Robert II le Pieux, Henri Ier, Louis VI le Gros, Philippe Auguste, Louis VIII le Lion, Louis IX le Saint, Philippe III le Hardi, Philippe IV le Bel, Louis X le Hutin, Philippe V le Long, Charles IV le Bel, Philippe VI de Valois, Jean II le Bon, Charles V le Sage, Charles VI le Fol, Charles VII, Charles VIII, Louis XII, François Ier, Henri II, François II, Charles IX, Henri III, Henri IV, Louis XIII, Louis XIV, Louis XV le Bien-Aimé...

Cette fois Chateaubriand ne s'était pas non plus dérangé, à qui le vieux roi impotent Louis XVIII, à la suite d'une remarque que celui-ci venait de lui faire (« Sire, je crois la monarchie finie... »), avait après un long silence répondu : « Eh bien, Monsieur de Chateaubriand, je suis de votre avis[1]... »

Enfin, alors que le jour se levait, les couvercles des cinq cercueils furent vissés et l'on y apposa une plaque

---

1. *Mémoires d'outre-tombe*, livre 23e, chap. 20.

où étaient seulement gravés ces mots : *Arrachés à leurs sépultures, rendus à leurs tombeaux.* Une messe solennelle fut célébrée, après quoi l'on descendit les cercueils au fond de leurs caveaux respectifs, de part et d'autre d'un petit couloir souterrain où ils furent scellés et murés à quelques pas de la crypte royale où reposaient le roi Louis XVI et la reine Marie-Antoinette. Un peu plus tard on s'en alla chercher à l'abbaye de Barbeau, près de Melun, les restes du roi Louis VII, croisé de la deuxième croisade. La Révolution ne l'avait pas non plus épargné. On le coucha lui aussi dans la crypte, sous une grande dalle nue de marbre noir, juste à côté du roi Louis XVI dont il était l'aïeul direct à la vingt et unième génération. Pour lui réserver un accueil décent, on avait réveillé de bon matin les demoiselles de la Légion d'honneur qui s'étaient mises sur leur trente et un et formaient autour de ce roi rescapé une figuration juvénile émouvante...

Mais pour recevoir le jeune prince, où étaient les dames d'antan ? Où s'en étaient allées avec leurs sages jupes bleues plissées, leurs corsages blancs à collerette, leurs bas blancs et leurs baudriers de rubans de couleur les demoiselles de la Légion d'honneur qui l'eussent accueilli d'une révérence qu'elles étaient les seules à savoir encore faire en France, rougissantes, comme elles avaient salué Louis XVIII la veille de son second retour à Paris cette nuit fameuse où à Saint-Denis le vice appuyé sur le bras du crime[1] l'y avait salué aussi, scellant le destin de la monarchie...

Depuis un an déjà, à la rentrée de 1998, on avait replié à Versailles ces jeunes filles trop bien élevées, tant était agressive, active, haineuse, permanente, l'hos-

---

1. *Mémoires d'outre-tombe,* livre 23ᵉ, chap. 20.

tilité qui les entourait à Saint-Denis et qui selon la surintendante empoisonnait l'air qu'elles respiraient et parvenait même à les faire douter du bien-fondé de leur bonne éducation. Les cars de l'institution étaient lapidés s'ils s'avisaient de sortir lorsque les meutes en avaient décidé autrement. Les cent mètres du grand portail à la bouche de métro voisine représentaient pour les élèves un trajet infranchissable, même en essayant de donner le change, en se camouflant sous de vieux impers, on les reconnaissait toujours et c'est vrai qu'elles ne ressemblaient plus à personne au milieu de cette population. On cassait les vitres de leurs dortoirs au lance-pierres, on balançait par-dessus les murs de leur parc maculés d'inscriptions obscènes les objets les plus dégoûtants. Des rodéos d'enfer, la nuit, les empêchaient de fermer l'œil, jusqu'au jour où un commando donna l'assaut avec des échelles et fit une entrée en force dans le dortoir des terminales qui furent épargnées in extremis par une arrivée rapide de la police. La mort dans l'âme, il fallut donc considérer que la cohabitation s'avérait désormais impossible et que les demoiselles de la Légion d'honneur, chez elles depuis deux cents ans dans leur maison de Saint-Denis, étaient devenues un corps étranger. La grande et vénérable bâtisse, qui n'était autre que l'ancienne abbaye royale, fut abandonnée à son sort et le parc ouvert à tous comme le réclamait depuis longtemps le maire au nom de la population injustement privée d'espaces verts. Aussitôt la loi de la jungle y régna.

Privée de son complément naturel sur lequel elle s'appuyait, dès lors la basilique se mit à son tour à souffrir. Dans les premières années de la décennie 90, on avait bien tenté une rénovation du quartier. On y avait d'abord doublé la surface de l'Hôtel de Ville qui plongea ses fondations et ses parkings cauchemardesques en pleine nécropole gallo-romaine et poussa ses murailles de béton et de verre jamais lavé à une petite largeur de rue du côté ouest de la basilique en privant définitivement de soleil un des admirables vitraux du transept. Du même coup la place Pierre de Montreuil, qui donnait de l'air à la vieille basilique assiégée et lui servait en quelque sorte de glacis, en fut réduite de plus de la moitié. Flanquant le massif Hôtel de Ville, s'avancèrent ensuite comme des tours d'assaut toute une série de bâtiments hideux hérissés de fenêtres en pointe, de surplombs, d'appendices et de décrochements qui les faisaient ressembler, peinture et élégance guerrière en moins, à des navires cuirassés d'autrefois, mais qui se seraient mutinés, tant le désordre et le laisser-aller y régnaient, toute cette bétonnerie à usage de logements et de bureaux, commerces et fast-food au rez-de-chaussée, trottoirs débordant de déchets de toutes sortes que les services municipaux, composés d'Africains costauds et pourtant de bonne volonté, étaient impuissants à résorber. Les bureaux avaient craqué les premiers. Filèrent vers des cieux plus cléments les cols blancs à cravate et veston, lassés de se frayer matin et soir un chemin au métro Saint-Denis-Basilique avec la désagréable impression d'avoir traversé une frontière à cinq kilomètres au nord de Paris. De nombreux bureaux furent squattés, et aussi pas mal de logements vidés par leurs premiers locataires qui les fuyaient sans regret pour tenter d'aller vivre ailleurs dès que l'occasion s'en présentait.

La basilique royale était cernée.

Sa restauration venait d'être achevée quand le harcèlement commença. Ce furent d'abord des tirs au lance-pierres depuis les tours d'assaut bétonnées contre le triforium ajouré et l'immense rose de vitraux du bras ouest du transept. Ces tirs avaient lieu la nuit. Faute d'en découvrir les auteurs on apposa des grillages extérieurs sur tous les vitraux de la basilique, notamment ceux du XIIe siècle, au-dessus du déambulatoire, qui avaient été commandés par Suger, lequel fut abbé de Saint-Denis, conseiller du roi Louis VI et régent du royaume sous Louis VII. En face, on changea le calibre des boulons, mais comme le grillage, malgré tout, en stoppait la plus grande partie, ce fut de l'intérieur, cette fois, en plein jour, que la vieille église fut attaquée. Un groupe de touristes qui visitaient, le nez en l'air, virent soudain s'étoiler en plusieurs points l'un des plus beaux vitraux de Suger, l'arbre de Jessé, où l'abbé est justement représenté, tandis qu'une bousculade près de la porte indiquait que les casseurs filaient, leur coup fait. Il fut alors décidé de démonter peu à peu les vitraux et de les remplacer par du verre blanc blindé. Puis vint le tour des stalles du chœur, appelées stalles de Gaillon, des merveilles du XVIᵉ siècle, une marqueterie de couleur d'une beauté inimitable représentant les sibylles. Quand la sibylle de Delphes fut retrouvée défigurée, le bois de son visage martelé, sa robe déchiquetée au couteau et tout le décor Renaissance irrémédiablement saccagé, il fallut prendre une décision. Les stalles de Gaillon se trouvant dans le chœur, hors du périmètre des tombeaux qui était payant et gardé, on se résigna à les démonter aussi et à les enfermer dans un musée, à Paris. Le trône de l'évêque, près de l'autel, avec ses armes épiscopales et son dais, en demeura tout solitaire. L'évêque de Saint-Denis, qui était un homme simple, ne s'y asseyait d'ailleurs jamais. Il administrait mélancoliquement un diocèse dont la population augmentait au fur et à mesure que décroissait le petit peuple de ses fidèles...

En dépit des déprédations, on visitait encore la basilique Saint-Denis en 1999. Avertis dans leurs hôtels, les touristes évitaient le métro et débarquaient en car sur le parvis, mais leur nombre se raréfiait de mois en mois. Rien à reprocher, cependant, aux robustes et rébarbatives Antillaises de la direction générale des Musées qui veillaient aux heures d'ouverture sur les tombeaux de nos rois, sortes de gardes suisses posthumes, féminins et de race noire. Elles ne plaisantaient pas avec la consigne et refusaient de vendre des billets pour la visite des tombeaux à toutes les gueules qui ne leur revenaient pas, et pour cela elles avaient l'œil, à l'affût derrière le guichet de leur guérite d'où elles surgissaient comme des furies à la moindre tentative frauduleuse de franchissement du tourniquet. Dans cette sorte de guerre civile, elles avaient choisi leur camp.

Les plus coriaces de ces amazones d'ébène s'appelaient Rose et Rachel, deux sœurs. Cent kilos chacune, des mains comme des battoirs à linge, des biceps de coupeur de cannes à sucre, un cou de taureau, et cette prodigieuse rapidité de déplacement qui surprend parfois chez les gros, avec ça jamais malades, jamais absentes, le désespoir des syndicats, se relayant, l'une à la guérite, l'autre patrouillant comme un char d'assaut le long des grilles de protection des tombeaux, elles avaient fait de leur fidélité aux rois de France la suprême justification de leur exil loin de leurs cocotiers natals. Rose était capable de réciter la liste complète des rois sans en oublier un seul, avec les dates de leur règne, et quelquefois ça la prenait, de sa voix vibrante de négresse, bloquant net, pétrifié, tout le contenu d'un autocar de Japonais. Terminant par Charles X (1824-1830), elle concluait sur le ton de l'écrasant mépris en balayant l'air de la main : « Et après, c'est les Républiques... » En plus elle avait l'oreille fine. Qu'un instituteur se permît à l'autre bout du périmètre des tombeaux de seriner à sa harde de gamins en vagabondage socioculturel les refrains habituels sur la tyrannie des rois de France, les lettres de cachet, la Bastille, leurs folles dépenses affamant le peuple, et l'imprudent recevait aussi sec sur le poil une sorte d'éléphant au galop qui l'envoyait valdinguer d'un coup d'épaule et apostrophait les gamins ravis : « Petits crétins ! Moi, je vais vous expliquer... » Il y en avait parfois un, sur le tas, qui au sortir de cette démonstration musclée se découvrait l'âme royaliste. Tout n'était donc pas perdu. Rose n'admettait pas non plus que l'on s'exprimât autrement que par chuchotements respectueux dans la crypte où sous une dalle noire et nue, entouré de Louis VII, de Louis XVIII, de Louise de Lorraine, épouse d'Henri III, et de la reine Marie-Antoinette, reposait le roi Louis XVI. Il y descendait d'ailleurs peu de monde en raison de l'obscurité, mais s'il n'avait tenu qu'à Rose, elle y eût interdit les visites. Les touristes qui élevaient la voix ou se permettaient des réflexions voyaient surgir dans la pénombre une espèce d'énorme fantôme dont les dents blanches brillaient comme un phare au milieu d'un visage tout noir d'où sortait une voix de basse furibarde, menaçante comme un orage lointain : « Taisez-vous et priez ! Ici est la tombe du roi que les Français ont assassiné... » Les couvre-chefs, également, valsaient. Quiconque s'approchait de la tombe royale un chapeau vissé sur la tête avait intérêt à l'enlever dès la première sommation. Il n'y en avait pas de seconde. La plupart obtempéraient et ceux qui faisaient mine de protester prenaient illico le parti de fuir en entendant gratter du pied le monstre, comme un rhinocéros qui va charger. Telle était Rose.

Si on les compare à Marthe et Marie, des deux sœurs, Rachel rappelait plutôt Marie. Chaque matin, en prenant son service dans la basilique encore vide, son premier geste était d'aller déposer une fleur fraîche sur la tombe du roi Louis XVI. Ce n'était pas si facile. Il lui fallait enjamber aller-retour la grille fermant l'enclos royal. En raison de sa corpulence et de son poids, elle s'aidait d'un tabouret qu'elle descendait à cet effet. Une fois terminée cette gymnastique, elle s'agenouillait devant la grille, face aux tombeaux, et priait jusqu'à l'arrivée des premiers visiteurs qui retenaient leur souffle et leurs pas, saisis d'une sorte de trouille religieuse à la vue de cette masse sombre prosternée.

C'est là qu'on l'avait découverte un matin de l'automne 1998, un cutter planté dans le dos et la gorge ouverte d'une oreille à l'autre. On ne trouva pas le coupable, naturellement. L'enquête conclut à la vengeance d'un loubard qui aurait été quelque peu bousculé par les deux redoutables sœurs. Il fut insinué que Rachel, par son refus systématique de dialoguer, s'était en quelque sorte attiré un châtiment inéluctable. Le personnel, terrorisé, commença par se mettre en grève, et à la reprise du travail décida désormais de s'en foutre et de se contenter de vendre les tickets sans décoller de la guérite qu'on avait fortifiée et blindée. Les déprédations ne se firent pas attendre. Plusieurs gisants furent martelés. A genoux en majesté au sommet de son cénotaphe, François Ier perdit ses mains jointes et sa tête, ainsi que pour la seconde fois Louis XVI et Marie-Antoinette dont les statues agenouillées occupaient un emplacement à l'écart au fond du bras sud du transept. La direction générale des Musées, sagement, dans l'indifférence de l'opinion, prit le parti de transférer ailleurs les tombeaux au fur et à mesure des crédits. Louis XII partit le premier, et à l'époque de ce récit, c'est François Ier qu'on démontait. Chassés de la basilique de Saint-Denis qu'ils tenaient depuis Dagobert, les rois de France regagnaient Paris.

En revanche, la crypte des Bourbons ne semblait pas attirer la fureur destructrice des bandes. Il n'y avait là rien de spectaculaire à briser et peut-être les pierres tombales de marbre noir et le souvenir de Rachel dont le sang avait imprégné le dallage inspiraient-ils aux loups enragés une dernière étincelle de respect, à moins que ce ne fût la présence de Rose, assise en permanence sur un tabouret près de la grille des tombeaux, une lampe électrique à la main et un pistolet à grenaille à la ceinture sur lequel le conservateur du musée, au point où il en était, avait décidé de fermer les yeux.

Rose avait pris le relais de sa sœur. C'est elle qui

chaque matin, à présent, fleurissait la tombe de Louis XVI. Arrivée la première, partie de la dernière, elle ne quittait plus la crypte, faisait des heures supplémentaires non payées, y passait ses jours de repos et pour peu qu'on l'en eût autorisée, elle y aurait volontiers couché comme un chien fidèle aux pieds de son souverain. A midi, piquée sur son tabouret, elle déjeunait d'un énorme sandwich en priant le roi de lui pardonner ce manquement à l'étiquette. La douleur d'avoir perdu sa sœur avait eu pour conséquence de lui faire prendre encore du poids. Elle était véritablement monstrueuse, tapie dans la pénombre qui effaçait ce qu'elle avait d'humain, et son aspect de négresse d'outre-tombe n'encourageait pas les visiteurs à s'attarder. La crypte royale devenait un désert et elle s'y épanouissait. Ce tête-à-tête avec Louis XVI l'emplissait d'un bonheur indicible. Elle s'était enhardie à lui adresser la parole. Elle l'appelait « Sire, mon roi... », et tous deux, au fil des heures, tenaient des conversations silencieuses à la mesure de son imagination. Elle était la dernière sujette du roi, plus écoutée qu'une duchesse au petit lever de Sa Majesté. D'ailleurs le roi l'avait faite marquise et l'on reconnaissait volontiers, à la cour, que cette fille d'esclave gouvernait à merveille la maison du roi. Elle balayait le dallage de la crypte matin et soir, cirait le marbre de la tombe et le frottait à perdre haleine si bien qu'il brillait étrangement dans le noir comme une nébuleuse familière et lointaine, une sorte de corps astral du roi. Il venait aussi à Rose des pensées prosaïques. Ainsi lavait-elle et repassait-elle soigneusement chaque jour le gilet de piqué blanc et les bas du roi qui avaient de plus en plus besoin de reprises. Et puis elle fondait en larmes à l'idée que c'était dans ces vêtements-là que le roi avait passé de vie à trépas. Prier, ensuite, la consolait. La fin de journée s'écoulait, apaisante. Rose faisait la partie de belote du roi, s'efforçant gentiment de perdre, car le pauvre jouait comme un pied. A cinq heures retentissait la sonnerie de fermeture du musée. Rose se levait, pliait ses cent vingt kilos en une manière de révérence éléphantesque et disait : « Bonsoir, Sire, mon roi, à demain... » Et le roi, immanquablement, répondait : « Bonsoir, Rose. Merci de votre bonne compagnie... » Ce soir-là, cependant, elle sursauta. Le roi avait répondu pour de vrai. Elle avait réellement entendu le son de sa voix.

Elle retourna chez elle, pensive, dans le nord de Saint-Denis, à vingt minutes à pied de la basilique, faisant son marché en chemin. En regardant vaguement la télé, elle s'enfourna une énorme platée de morue salée aux pommes de terre, puis se coucha, l'esprit ailleurs, en jetant un coup d'œil désolé au lit jumeau vide de la petite chambre qu'elle avait partagée avec sa sœur. Elle resta longtemps dans le noir, éveillée. Avait-elle, en vérité, entendu la voix du roi ? A la fin, elle s'endormit. La lumière la réveilla en sursaut. Les deux lampes de sa chambre étaient allumées et pourtant elle se souvint de les avoir éteintes l'une et l'autre. Sa pendulette indiquait une heure et quart du matin. Elle ouvrit les rideaux, les volets. La rue était plongée dans une totale obscurité, et toute la ville aux alentours ainsi que le cercle oppressant des cités, d'Argenteuil à Bobigny. La panne dura 47 secondes qu'elle passa immobile à sa fenêtre, saisie d'une sorte d'exaltation mystique qui soulevait d'émotion son énorme poitrine. Le roi l'appelait. Alors elle s'habilla chaudement, glissa son revolver à grenaille dans sa poche où elle le tint serré dans ses doigts, descendit ses cinq étages et reprit le chemin de la basilique en chantonnant des cantiques d'enfant...

Si l'on songe à la qualité et à l'étonnante diversité des acteurs de cette nuit-là, ce fut, à la vérité, un bien étrange rendez-vous.

Rose y arriva la première. Elle n'avait rencontré âme qui vive en chemin, pas même le fourgon de patrouille aux fenêtres grillagées du commissariat central de Saint-Denis qu'on voyait quelquefois la nuit assurer sa ronde de routine volontairement aveugle et sourde. Dans le silence qui régnait, troublé par le seul bruit de ses pas, elle se demanda ce qui manquait, et que, l'habitude aidant, on finissait par ne plus entendre. Mais oui ! c'était le grondement des motos de loubards patrouillant aussi dans les rues à la recherche d'un butin ou tournant en rodéos fracassants pour affirmer leur présence. Les loups avaient renoncé à chasser. Le parvis de la basilique était désert et la salle de police, au rez-de-chaussée de la mairie, bouclée comme une casemate. Les flics avaient baissé les rideaux de fer et aucune lumière ne filtrait.

Rose s'abrita sous le porche central et, adossée au grand portail fermé, attendit.

Un peu après l'entrée dans Saint-Denis, Rotz fit arrêter sa voiture au croisement des rues de Stalingrad et Vaillant-Couturier juste à hauteur d'une autre limousine gouvernementale à antenne qui semblait postée là, en sentinelle, ses feux de position allumés. Un homme seul était assis au volant. Rotz entrouvrit sa portière.

— Venez une minute, dit-il.

L'autre obéit. C'était le secrétaire général du département de la Seine-Saint-Denis, sur la piste de sa casquette de préfet.

— Alors ? demanda Rotz.

— J'ai fait ce que vous m'aviez demandé, Monsieur le ministre. A cette heure et jusqu'à la relève de jour, il n'y a plus aucune force de sécurité en veille ou en opération dans la ville et spécialement dans le quartier de la basilique ainsi que vous l'aviez précisé. A dire vrai, cela n'a pas été difficile et on ne m'a pas posé de questions. Personne ne pèche par excès de zèle, ici. Le commissariat a annulé ses rondes. Ils ne se sont pas fait prier. La gendarmerie ne sort plus la nuit dans les zones à risque sauf ordre exprès du préfet et là-dessus, naturellement, j'ai renforcé la procédure. Quant aux vigiles municipaux de la mairie, il y a longtemps qu'ils se cachent dès le soir pour ne pas avoir peur de leur ombre. Vous pouvez compter sur eux. Ils seront sourds, aveugles et muets.

— Parfait, dit Rotz. Et la clef ?

— Vous m'avez téléphoné il y a une demi-heure seulement, Monsieur le ministre, souligna ce fonctionnaire avisé, soucieux d'abord de bien se vendre et d'établir qu'en si peu de temps il avait réalisé des miracles. Le grand portail de la basilique... A qui expliquer cela ? En pleine nuit ? Et comment ?

A qui expliquer, en effet, songea Rotz, qu'il n'était absolument pas concevable qu'un Fils de France fît son entrée dans la basilique royale de Saint-Denis par une porte dérobée, clandestine, mais seulement par le porche central largement ouvert à deux battants dans l'exact prolongement de la rue et du faubourg Saint-Denis, l'ancien itinéraire des rois ? A personne, assurément, à commencer par ce petit péteux, sorti de l'ENA, barbotant dans son fumier politique, qui n'avait ni le cœur, ni les tripes, pour imaginer chose pareille...

— Je vous connais et je vous apprécie, Monsieur le préfet, dit imperturbablement Rotz. Vous avez sûrement trouvé un moyen.

Le futur préfet eut un sourire fat.

— A cette heure-là, j'avais peu de chances. L'évêque est vieux. Il se couche tôt, et il y a des formes à respecter. Il m'aurait renvoyé au conservateur du musée. Et que dire au conservateur après l'avoir tiré du lit à une heure trente du matin ? Vous ne m'aviez pas fourni de motif, Monsieur le ministre...

« Toi mon bonhomme, pensa Rotz, si tu veux jouer au plus malin... »

— Poursuivez, je vous prie, dit-il sèchement.

L'autre abattit son atout.

— Les pompiers de Saint-Denis ! J'ai prétexté...

Rotz regarda sa montre.

— C'est votre affaire. Abrégez.

Le secrétaire général sortit de sa poche une clef plate assortie d'une étiquette rouge.

— C'est la clef du dispositif bloquant la poignée de la crémone qui commande la fermeture du portail. Il ne se manœuvre que de l'intérieur. J'ai dit que cela me suffisait. Le lieutenant de garde a paru surpris mais n'a pas fait de commentaire, car j'ai signé personnellement le reçu.

Rotz déploya un mouchoir et essuya soigneusement la clef avant de l'y envelopper.

— Une question, Monsieur le ministre. En cas de pépin, vous me couvrez ?

— Il n'y aura pas de pépin, Monsieur le préfet, je vous en donne l'assurance. Pour vous, il ne se sera rien passé, et d'ailleurs, je vous le promets, vous ne moisirez pas longtemps à Saint-Denis. Je vous couvrirai, naturellement, mais ce ne sera pas nécessaire. Veuillez toutefois retenir que vous ne m'avez pas vu cette nuit et j'insiste sur ce point, compris ? Vous pouvez rentrer chez vous à présent. Je ne veux plus vous apercevoir sur le terrain. J'ai le numéro de votre téléphone personnel. S'il vous plaît, ne vous en éloignez pas d'un mètre. Bonne nuit. Je vous ferai porter la clef demain.

Perplexe et un peu mal à l'aise, le secrétaire général embraya et remonta la rue de Stalingrad en direction de la Préfecture.

— Bon débarras ! dit le ministre.

Puis s'adressant à son chauffeur :

— Ferrand, avez-vous repéré sur le plan la rue du Colonel-Fabien ? Eh bien, allons-y. Il est temps.

Quelques secondes plus tard le chauffeur, un œil sur le rétroviseur, annonça :

— Je crois qu'on nous suit, Monsieur le ministre. Qu'est-ce que je fais ? La manœuvre classique ?

— Rien. Continuez. J'ai ma petite idée là-dessus.

Racado poussa un soupir de satisfaction. Avec ses jumelles de nuit il avait identifié la limousine préfectorale. Puisque le préfet avait sauté, ce devait être le secrétaire général. Cette fois, il avait pigé la manœuvre. Sa radio de service branchée sur la fréquence du commissariat central de Saint-Denis demeurait obstinément muette. Toutes les patrouilles étaient rentrées. Le ministre jouait sa partie en solo et s'était débarrassé des témoins. Au téléphone, à plusieurs reprises, quand Racado avait voulu le joindre après son retour de Saint-Benoît, une secrétaire répondait que le ministre le rappellerait s'il avait quelque chose à lui dire. Rotz n'avait jamais rappelé. Une façon de lui faire comprendre que l'affaire lui était retirée, mais sans allusion à l'affaire, et sans traces. Y avait-il même eu une affaire ? C'est Rotz qui tenait le dossier. L'ex-jésuite pouvait tracer une croix dessus. De son équipée à Saint-Benoît, rien ne pouvait être exploité. Du vent. On l'avait envoyé comme un guignol se faire rouler dans la farine par des moines devenus muets. Et qui les avait prévenus ? Le ministre, assurément. Racado avait beau remuer cette question-là dans sa tête, il ne voyait pas d'autre réponse. Mais qui avait retourné Pierre Rotz ? Pourquoi ? Comment ? N'était-il pas plutôt dans son caractère de se retourner lui-même, en secret ? Il y avait peut-être une explication... Racado se rappelait une conversation, lorsque cherchant à deviner les intentions du petit Bourbon — et il avait deviné juste —, le ministre lui avait dit : « Tenez, d'après ce que je sais de lui et si je me mettais à sa place... » Sur le moment, cela avait fait sourire Racado. L'idée semblait tellement saugrenue. Alors le ministre avait ajouté, et il ne paraissait pas du tout plaisanter : « Est-ce que vous savez, Jacinthe, ce que j'avais dans le ventre, à dix-huit ans ? On peut être merveilleusement con à cet âge-là... » La clef devait être cachée dans cette phrase. Un retour d'idéal, comme un retour d'âge, tout ce que l'ex-jésuite haïssait. Car il avait la haine généreuse, Jacinthe, ce qui formait un bon terreau, un fond de sauce inépuisable... Cette fois, il ne le raterait pas, l'angélique puceau royal !

Évitant la basilique et la place Pierre de Montreuil, il alla garer sa voiture dans une ruelle à l'écart derrière l'ancienne Légion d'honneur. C'est à pied, en rasant les murs, qu'il revint sur le parvis. Ses semelles de crêpe ne faisaient aucun bruit. Il choisit de prendre position à l'abri d'un kiosque à journaux réduit à l'état de carcasse noircie. Il examina les lieux. Personne. C'est alors qu'il entendit des pas. Une énorme négresse emmitouflée passa près de lui sans le voir et s'en alla, comme une sentinelle, se poster sous le grand porche, en face.

Ce fut sa première surprise de la nuit.

Rotz n'eut pas besoin de sonner, au 7 de la rue du Colonel-Fabien. D'ailleurs il n'y avait plus de sonnettes. Tous les boutons en avaient été arrachés. Aucun nom de locataire ne figurait lisiblement au tableau couvert de ratures et maculé. Les boîtes aux lettres avaient été tant de fois forcées qu'elles n'offraient plus que des carcasses béantes. Deux poubelles jamais lavées puaient. La porte extérieure de l'immeuble avait perdu depuis longtemps sa vitre. On passait à travers sans l'ouvrir. La pancarte signalant la loge de la gardienne s'agrémentait de courtes inscriptions en plusieurs langues et différents types d'écriture, à la façon de la pierre de Rosette, avec une mention en français donnant la clef du grimoire : *J'enc... la* (gardienne). Ainsi fixée sur son sort, ou peut-être l'ayant subi, la malheureuse avait plié bagage et n'avait pas été remplacée. Sa loge, porte défoncée, débordait de vieux emballages, de bouteilles cassées, de caddies volés hors d'usage. Rotz shoota dans une seringue pour la réexpédier dans ce cloaque. Il n'y avait pas de lumière dans le hall. La dernière ampoule pendait au plafond, brisée. Le pinceau mobile d'une torche électrique indiqua qu'on descendait l'escalier. Un homme âgé et un enfant. L'homme était habillé avec soin. Son costume noir de coupe ancienne lui donnait l'air démodé d'un vieil ouvrier endimanché, mais l'écharpe élégamment passée à son cou effaçait cette impression, une écharpe de laine blanche immaculée. Rotz lui serra la main.

— Vous pouvez vivre en paix, ici, Monsieur Tibérien ? demanda-t-il, étonné.

Le vieux maçon eut un geste signifiant que ce décor désolant ne représentait rien à ses yeux.

— Des apparences, dit-il. Qu'est-ce au regard des

siècles passés et des siècles à venir ? Le fond des choses est ailleurs. Nous avons le temps.

— Mais tout de même, au jour le jour, insista Rotz, votre sécurité à tous les deux ?

— C'est l'affaire d'Henri.

Plus ému encore qu'intrigué, le ministre regarda le gamin, qui avait des yeux lumineux, et lui rendit son sourire. De petite taille pour son âge, plutôt frêle, il ne paraissait pas ses dix ans.

— Je connais Fouad, Fouad me connaît, expliqua le garçon, de sa voix fraîche et cristalline. Quand je lui parle, il m'écoute. Il a toujours respecté la crypte. Avec moi, il est réglo.

— Qui est Fouad ?

L'enfant ne répondit pas.

— Et cette nuit, sera-t-il « réglo » ?

— Il me l'a promis. Écoutez.

— J'écoute, mais je n'entends rien, dit le ministre.

— Si vous habitiez Saint-Denis, dit à son tour le vieux Tibérien, vous comprendriez tout de suite. Un silence de cette qualité, cela n'arrive presque jamais. Ils ont levé le camp pour la nuit. La route est libre. Suivez-moi.

Ils traversèrent ce qui restait des anciennes fouilles entre les bâtiments neufs de la mairie et le bras nord du transept. Un square y avait été dessiné parmi les pans de murs mérovingiens à ras de sol, on avait posé quelques grilles, tracé des chemins, puis le reflux était arrivé d'un coup avant l'achèvement des travaux, comme celui d'une offensive à bout de souffle qui se change ensuite en déroute parce que l'arrière a lâché et que l'anarchie s'y est installée. Le square n'avait jamais été terminé et retournait à l'abandon. Presque au pied de la grande rosace blessée, une petite porte latérale était à moitié cachée par un tas de sable sur lequel l'herbe avait poussé. Avec sa clef, Tibérien l'ouvrit, et cela ne fit aucun bruit, il en graissait régulièrement la serrure. Rotz regarda sa montre : deux heures moins cinq.

— Dépêchons-nous, dit-il. Le prince sera devant le grand portail à deux heures.

Il y avait tant d'allégresse vraie dans sa voix qu'à s'entendre parler de la sorte, il sut qu'il ne reviendrait plus en arrière. Nul besoin de signes, désormais. « On » ne le manœuvrait plus. Il avait lui-même engagé sa foi.

— Viens, dit-il au petit Henri, et l'enfant lui donna la main.

A l'intérieur de la basilique, au fur et à mesure que leurs yeux s'habituaient à l'obscurité, les gisants royaux sortaient de l'ombre. La porte par laquelle ils étaient entrés, sous la travée, en avant du chœur, donnait sur le tombeau de la reine Clémence, fille de Charles Ier de Hongrie, épouse du roi de France Louis X. Des voiles de pierre entouraient le visage paisible de la reine et des rayons de lune s'y perdaient en d'étranges mouvements changeants qui en soulignaient la beauté. Ce visage avait une âme immortelle. L'art du sculpteur n'aurait en effet point suffi à transcender pareil bonheur en arrière d'un regard opaque de statue où se lisait de façon éclatante la joie de la vie éternelle. La reine Clémence n'avait jamais cessé, dans l'au-delà, de régner sur la France admirable, laissant derrière elle son gisant de pierre, comme un double, pour attester la pérennité du royaume. Tandis qu'ils avançaient parmi les tombeaux, Tibérien, de sa torche électrique, faisait surgir de la nuit tel ou tel visage de roi, le front ceint de la couronne ouverte des rois francs, les traits apaisés, souvent un léger sourire aux lèvres, et Pierre Rotz, cherchant à définir l'impression qu'il ressentait, songea que c'étaient là des visages chrétiens et que le secret s'en était perdu. Tel est le miracle de la statuaire de Saint-Denis. Rien n'est manqué, tout est beau, tout est grand, tout est sublime, irremplaçable. On ne peut douter un instant que ces rois, ces reines, ces princes enfants, ces chevaliers royaux adolescents, ces princesses naïves et téméraires, mères à quinze ans, régentes à vingt ans, trépassées à trente ans, n'aient été différents des autres mortels, oints du Seigneur et bénis de Dieu...

Parvenu devant la lourde masse du double portail principal, Rotz chercha des yeux, dans l'obscurité, la poignée intérieure de la crémone commandant la fermeture. Du faisceau de sa torche, Tibérien la lui désigna. Rotz lui tendit la clef assortie de son étiquette rouge.

— A vous, dit-il. Cet honneur vous revient.

Ensuite il fallut peser fort sur chacun des deux battants pour réussir à les entrouvrir. Par l'intervalle qui les séparait, deux énormes mains noires apparurent, puis deux bras comme d'épais leviers, enfin une sorte de taureau emmitouflé jusqu'aux narines qui en respirant bruyamment poussa de l'épaule l'un après l'autre les vantaux monumentaux du portail qui s'en vinrent frapper leurs butoirs en frémissant de toutes leurs membrures.

— Rose ! s'exclama joyeusement le petit Henri. Je savais que tu serais là.

— Moi aussi, mon mignon, j'étais sûre de te trouver. Mais pas ce monsieur ministre. Qu'est-ce qu'il fait là ? Je sais qui c'est. Je l'ai vu à la télé.

Ses gros yeux ronds se plissaient de méfiance en regardant Rotz.

— C'est un ami du roi, Rose, intervint Tibérien, qui la connaissait bien.

Deux voitures venaient de déboucher sur la place Pierre de Montreuil, bientôt suivies d'une troisième identique aux deux premières. La basilique royale, naguère, était illuminée toute la nuit par des projecteurs, puis on y avait renoncé, cela excitait le vandalisme. Les phares des automobiles, en tournant, balayèrent de traits lumineux les trois portails de la façade et le Christ, au tympan central, procédant au jugement dernier. Il n'était plus un seul habitant de Saint-Denis, hormis peut-être l'évêque, pour comprendre le sens définitif de cette scène qui d'ailleurs jour après jour s'altérait, meurtrie par différents projectiles.

— Rose ! Le voilà ! s'écria Henri, dès qu'il aperçut les voitures.

Si l'on peut crier à voix basse, c'est exactement ce que l'enfant venait de faire. L'enthousiasme, la jubilation, le bonheur, tous ces sentiments explosaient en lui, mais l'émotion lui coupait la voix.

— Le voilà ! répéta Rose. Mais qui est-ce ?

Et Rotz s'entendit murmurer :

— Le roi.

À ces mots, Rose fila comme une bombe à l'intérieur de la basilique. Du côté de la guérite de la direction générale des Musées, puis peu après, de la sacristie, il se fit un grand remue-ménage accompagné de craquements, de bris de verre et de tout un assortiment musical de jurons en créole martiniquais. De ses doigts transformés en pinces et de ses poings comme des marteaux, Rose forçait les tableaux électriques. Bientôt la lumière jaillit de toutes les sources lumineuses astucieusement dissimulées à travers l'immense vaisseau par les éclairagistes spécialistes des Monuments historiques, héritage des temps paisibles, et la basilique royale se mit à resplendir dans la nuit. L'ombre portée des grands tombeaux de la Renaissance qui n'avaient point encore été démontés, ceux des trois ducs d'Orléans, de François Ier et de Claude de France, d'Henri II et Catherine de Médicis, de Marie de Bourbon Vendôme, multipliait sur les murs et les piliers, et même par reflets dans les vitraux, découpés en silhouettes formidables, ces rois et ces reines agenouillés au sommet de leurs cénotaphes, et tous ces pleurants, orants, saints ou apôtres, et force statues allégoriques qui formaient leur escorte de pierre. Par les jeux de l'ombre et de la lumière, les gisants, au nombre de cent, qui semblaient s'être tous levés, peuplaient le chœur et les travées de leur présence presque palpable.

C'est au milieu de cette foule royale, dans une sorte de silence sacramentel, que Philippe Charles François

Louis Henri Jean Robert Hugues Pharamond de Bourbon fit son entrée dans sa basilique de Saint-Denis. Il clignait des yeux comme un enfant qui découvre soudain la vie.

Tous ces morts, enfin, lui parlaient.

Caché derrière le kiosque à journaux, sur l'autre rive de la place, juste en face du triple portail, Racado observait le parvis. D'abord il n'en crut pas ses yeux. Rotz était là, naturellement, mais ce qui paraissait inconcevable, c'est que l'impitoyable ministre tenait dans sa propre main, qu'aucun geste d'affection n'avait jamais adoucie, la main d'un petit garçon qui ne semblait même pas effrayé, ce qui était plus surprenant encore. Au contraire, l'enfant souriait de l'irritant sourire des anges de pierre, et Racado se prit à envier les casseurs de la Convention qui avaient décapité tant et tant de ces statues d'ange au fronton de nos cathédrales pour éteindre ces sourires-là qui étaient une insulte à la raison.

Ensuite, de la première voiture, descendit cette autre tête à claques, le chérubin de Bourbon, enveloppé dans sa cape de cavalier, ses cheveux blonds bouclés encadrant son visage comme s'il se prenait déjà pour Saint Louis. Sa sœur Nitouche le suivait, habillée de la même façon, sainte jumelle, et la voilà qui laissait le pas à son frère, respectueusement, comme s'il se fût agi d'un souverain ! Au moment d'entrer dans l'église elle se pencha et embrassa le petit garçon. Racado entendit quelqu'un qui disait : « Quelle jolie princesse ! », puis un autre qui ajoutait : « Elle ne quitte pas son frère... » Racado haussa les épaules, irrité. Puis il chercha à repérer les deux imbéciles qui avaient parlé, car les voix ne venaient pas de loin. Il fouilla des yeux toute la place, particulièrement le trottoir et les encoignures d'immeubles à proximité du kiosque, mais n'y trouva pas âme qui vive. Si ces deux-là avaient filé, ils avaient filé bien vite.

Ce fut sa deuxième surprise de la nuit.

Il en fut aussitôt distrait par l'apparition de M. Ixe, qu'il reconnut au premier coup d'œil en sifflant de contentement. Décidément l'affaire se corsait. Elle devenait juteuse à souhait. Il tenait déjà un ministre, l'irréprochable Pierre Rotz en personne, et voilà que s'offrait sur un plateau l'un des hommes les plus puissants de France dont on savait qu'il nourrissait à sa botte une bonne partie des députés et des membres du gouvernement, et même, disait-on parfois, la proche famille du Président. Il prit vivement quelques photos à l'aide d'un minuscule appareil, l'un des derniers bijoux de la police, avec viseur à infrarouge et pellicule ultrasensible. Tout cela ferait un foin du diable. Le petit Bourbon aurait les médias à ses trousses et on pouvait leur faire confiance sur ce point, il ne s'en relèverait pas. C'était encore mieux que de le tuer. Autant que le feu craint l'eau, le sacré a tout à perdre des médias occidentaux. Un petit tour et puis s'en va. On ne le reverrait jamais… Ainsi songeait avec jubilation Racado, tout en prenant d'autres photos. Entrèrent à leur tour dans la basilique les trois garçons qu'il avait entrevus pour la première fois dans une déchirure de la brume, sur les bords de Loire. C'était bien eux, leurs sales petites gueules de pur jeune homme, puant la perfection, se croyant certainement doués d'une âme qu'il importait de ne point souiller avec les pensées du commun, et il y en avait même un quatrième qui ressemblait de façon dégoûtante aux trois autres, et qui, sorti d'une voiture arrivée un peu après, tenait sous le bras un long étui du genre de ceux que les vieux chnoques à béret trimbalent sous l'Arc de Triomphe pour y enrouler leurs drapeaux, une fois la cérémonie terminée. Il ne manquait plus qu'une oriflamme ! Pourquoi pas Montjoie, pendant qu'ils y étaient ! La mascarade serait complète…

232

A présent, il n'y avait plus personne sur le parvis. Tous avaient disparu à l'intérieur et Rotz devait être si sûr de soi et des dispositions qu'il avait prises qu'il n'avait même pas jugé nécessaire de faire refermer le portail, demeuré grand ouvert à deux battants, baignant de lumière. La place était tout aussi déserte. Racado sortit de sa cachette. Le moment était venu d'aller voir de plus près ce qui se passait dans la basilique. Il saurait s'y dissimuler. Il connaissait bien les lieux. Faisant trois pas sur le trottoir, il perçut une rumeur de foule, comme si la place s'était peuplée. Ce fut d'abord à peine audible, des voix trop faibles pour être comprises, un piétinement sourd et tenace, des exclamations étouffées, puis sur un diapason plus élevé, une sorte de murmure d'allégresse, avec cette tension qui rassemble soudain les âmes lorsque des milliers de gens communient dans la même espérance. Il lui sembla même que certains priaient. Croyant à une hallucination auditive qu'il se refusait à expliquer, et comme il n'était pas peureux, il entreprit de traverser la place. Une voix lui dit gentiment :

— Vous voyez bien qu'il y a trop de monde, mon pauvre monsieur, vous ne passerez pas...

Il avait devant lui une forêt de dos, des hommes, des femmes, des jeunes gens, des pères portant leurs enfants à califourchon sur leurs épaules, tous se haussant sur leurs talons ou cherchant un créneau entre deux têtes pour mieux apercevoir le grand portail de Saint-Denis illuminé. Racado, machinalement, sentant qu'il perdait la raison, s'enfonça brutalement dans la foule, assuré qu'elle s'évaporerait comme un mirage au désert. C'est alors que, de tout son corps, il en éprouva la consistance, l'épaisseur, la solide élasticité, même l'odeur de sueur et de vêtements mouillés, car il s'était mis à neiger. Affolé, il s'obstina, poussant comme un forcené, battant des poings, se cognant le front contre ce mur de chair. Celui qui avait déjà parlé, bousculé, se retourna vers lui, furieux.

— Eh bien, l'homme, qu'est-ce qui vous prend ?

Dans l'ombre qui dessinait à peine ce visage, il crut reconnaître ses propres traits, et s'enfuit, épouvanté. Un léger tapis de neige recouvrait à présent la place, vierge de toute trace de pas, au milieu d'un immense silence.

Le corps du commissaire principal Hyacinthe Racado, dit Jacinthe, fut repêché le surlendemain dans la Seine, flottant mollement entre deux eaux, par la vedette de la police fluviale. On avait retrouvé sa voiture la veille, au milieu du pont Alexandre-III, abandonnée sur le trottoir. Les Renseignements généraux firent développer le rouleau de photos découvert dans le boîtier étanche de l'appareil. Comme la neige sur la place Pierre de Montreuil, la pellicule était vierge...

Ce n'était point une oriflamme qui était contenue dans l'étui qu'avait apporté Bohémond. Il ne s'agissait pas non plus de Montjoie, l'antique bannière des rois capétiens que le souverain s'en allait quérir au maître-autel de Saint-Denis avant de prendre la tête de son armée. Elle s'était perdue à Azincourt. Jusqu'il y a quelques années, pour l'édification des touristes, son souvenir en avait été conservé sous forme d'une pitoyable copie de théâtre exposée au transept de la basilique, face à la statue de Louis XVI. Ensuite elle avait été volée...

L'étui était de cuir noir, doublé de velours à l'intérieur, plus étroit en bas qu'en haut et fermé par une cordelette de fils d'or. D'or également, cinq lettres imprimées en creux dans le cuir : PH.REX. L'ensemble n'avait pas la patine du temps. Il avait été confectionné récemment. Nul autre que Bohémond, et M. Ixe qui le lui avait remis, n'en connaissaient le contenu.

C'était « Joyeuse ».

L'épée de Charlemagne. L'épée des sacres.

Philippe marchait parmi les gisants de pierre. Il n'était jamais venu aupararavant à Saint-Denis. Se penchant sur ces rois et ces reines pour mieux croiser leur regard, il les nommait aussitôt par leur nom, à mi-voix, avec une sorte de ferveur joyeuse. Il sourit à Clémence de Hongrie, effleura de la main le visage très pur et très doux de Blanche de France, fille de Saint Louis, prononça le nom d'une autre Blanche, celle-là de Bretagne, devant le gisant tout frêle d'une très jeune princesse inconnue, mais face aux rois couronnés, Robert le Pieux, Henri Ier, Louis VI, Philippe le Hardi, Jean II, il s'immobilisait un moment et pas un de ses traits ne bougeait, comme s'il devenait lui-même de pierre, fils de ces rois, gisant debout, à des siècles de distance, leur semblable pour l'éternité. Ce n'était que l'effet de son attention passionnée et d'une intense curiosité, mais le résultat en demeurait saisissant. Qu'il se fût étendu à son tour sur le sol, les mains jointes, le visage en paix, au milieu de ces tombeaux, et il prenait naturellement place au sein de cette dynastie à laquelle il appartenait, roi capétien parmi les autres, étonnamment à l'unisson, même s'il en était le dernier dans l'ordre des générations. Mais il n'avait pas d'épée. Le gisant de Philippe III tenait la sienne en son poing fermé, tandis que son autre main, apaisée, reposait sur sa poitrine. L'épée en pal d'autrefois de Louis VI, le cinquième roi capétien, gisait sagement à son côté, mêlée aux plis de sa robe de pierre. Celle de Charles d'Anjou, frère de Saint Louis, était brisée. Roi de Naples et de Sicile, roi fantôme de Jérusalem cent ans après la perte de la Ville Sainte, empereur fantôme de l'Orient latin, croisé chimérique et voué à des trônes imaginaires, avec son épée tronquée et son écu fleurdelisé à la hanche, il était le plus émouvant de tous, roi raté, ébauche de roi. Philippe s'attarda plus longuement à son chevet. Une voix le tira de ses pensées.

— Monseigneur...

Il se retourna. C'était Bohémond. Présentée sur ses deux mains écartées, la paume ouverte, les avant-bras tendus à hauteur de la poitrine, reposait l'épée de Charlemagne débarrassée de son étui. Le jeune homme, sans le savoir, avait pris une pose presque hiératique. Émergeant du fourreau fleurdelisé, la garde au double dragon ailé et le pommeau carolingien à coque d'or en forme de double oiseau héraldique resplendissaient sous la lumière. Les yeux de lapis-lazuli des dragons brillaient de façon si intense que le scintillement des saphirs, des topazes et des améthystes du fourreau en pâlissait. Philippe avança la main et serra la poignée de ses doigts. Depuis Charlemagne, quarante rois, le jour de leur sacre, avaient pris possession de cette épée. Ils se la transmettaient l'un à l'autre, de sacre en sacre, comme un relais de la volonté divine. Quelques instants passèrent ainsi, puis Philippe retira sa main.

— Je la croyais au Louvre, dit-il.

Ce fut M. Ixe qui répondit. Il se tenait un peu à l'écart, derrière les trois autres garçons et Marie, en compagnie de Tibérien, de Rotz et du petit Henri.

— Elle y était, Monseigneur. Elle n'y est plus. Elle vous appartient de droit, par dévolution de roi en roi. Elle vous avait été indûment empruntée et à présent elle vous est rendue.

Philippe ne fit aucun commentaire. Rien dans son regard n'exprimait qu'il ait pu être surpris. Il n'eut pas un mot de reconnaissance. Lui revenaient les paroles de son père : « La fidélité à ta personne t'est due. Tu n'en tires aucune vanité, mais tu ne remercies pas... » Il dit simplement à Bohémond :

— Conserves-en la garde jusqu'à Reims.

Et l'épée disparut dans son étui.

— Tout de même, chuchota Rotz à l'oreille de M. Ixe, j'aimerais bien savoir comment vous vous y êtes pris ?

— Le plus facilement du monde. Il a suffi de payer à leur prix les complicités qui convenaient. J'avais fait fabriquer une copie par un excellent faussaire d'Anvers. On a procédé à l'échange il y a huit jours, sous le prétexte d'une expertise. N'en parlons plus, voulez-vous...

Dans l'ossuaire, au fond du caveau, découvrant l'étroit boyau misérable où étaient relégués trois dynasties et les restes de cent soixante-dix princes, dont la plupart de nos rois, Philippe commença par jeter un regard désolé sur le sol mal balayé, le marbre des murs qui s'écaillait, les noms gravés qui s'effaçaient. Il nota l'absence dans ce trou sombre de tout symbole religieux. Aucune lumière du souvenir n'y brillait. Point de croix pour ces princes chrétiens, point de table d'autel où l'on pût au moins célébrer une messe à la mémoire des défunts royaux. Nulle incitation au recueillement. On y avait fait le vide, comme si ces tas d'ossements n'étaient conservés là que par routine administrative, inutiles et sans signification, ainsi que de vieilles archives abandonnées. Tout cela respirait le dédain, l'indifférence, l'oubli. Philippe récita un Pater et un Ave, et il les récita seul, car un roi est quelque peu prêtre. Les autres répondirent : « Amen. » Puis sa voix s'éleva, haute et claire.

— Quand je reviendrai, dit-il, moi-même ou l'un de mes descendants, les tombeaux seront veillés jour et nuit par des officiers en tenue qui se relaieront sabre au clair. Les relèves de la garde s'effectueront selon l'ancien cérémonial militaire. Une messe sera célébrée chaque matin. Je ferai allumer une flamme qui ne s'éteindra jamais. L'ossuaire sera fleuri chaque jour d'une couronne fraîche de lys blancs. Afin d'établir les distances qui imposent un certain respect, les visiteurs ne seront point admis au-delà d'une grille que je ferai poser. Je nommerai un gouverneur des sépultures royales de Saint-Denis et un chapelain qui aura rang d'évêque. Chaque 21 janvier sera lue solennellement sur le parvis, avec les honneurs militaires et en présence des corps constitués, des membres des Assemblées et du gouvernement au complet, la liste des rois de France enterrés ici. Cent un coups de canon seront tirés. Je rendrai la mémoire au peuple et le respect de la mémoire. Je...

Il se tut, désespéré, mesurant l'extravagance de ses paroles et le fossé infranchissable qui les séparait de la réalité. Naturellement, il ne ferait rien de tout cela. Ce n'était qu'une sorte de prière, de jeu du roi, de salut juvénile aux symboles, un élan du cœur et de l'âme pour transcender sa faiblesse et sa solitude. Quel besoin avait-il d'être roi ? Et roi de qui ? Et roi de quoi ? Au nom de ces ossements abandonnés au fond d'une crypte transformée en musée ? Renoncer. Tourner le dos à Reims. Oublier. Se contenter d'être français en quelque sorte... Ce fut sa dernière tentation. Humblement, il murmura :

— Vous qui êtes là dans ces tombeaux, si vous avez quelque pouvoir là-haut, aidez-moi. Gardez-moi la foi, je vous prie.

Devant le tombeau de Louis XVI, marqué par une fleur solitaire, Philippe demeura silencieux.

Il y avait en réalité six tombeaux, six dalles de marbre noir anonymes et exactement identiques alignées sous la crypte deux par deux : Louis VII et la reine Louise de Lorraine, épouse et veuve d'Henri III, Marie-Antoinette et Louis XVI, enfin le roi Louis XVIII dont la tombe était jumelée avec une autre en tout point semblable mais qui avait l'étrange particularité d'être vide et qu'on avait disposée là lors d'une récente restauration de la crypte, sans doute par souci de symétrie.

Plus que celle sous laquelle reposait Louis XVI, cette sixième dalle fascinait Philippe. Par quel aveuglement bizarre, au demeurant tout à l'honneur de leur sens de l'esthétique — car l'ensemble des six tombeaux se présentait avec dignité sous la crypte —, les architectes de la République avaient-ils aménagé cette tombe vide, cette tombe disponible, préparée, ce tombeau du roi inconnu, comme s'il y était attendu, espéré ? Nul n'y avait sans doute songé. Philippe n'en pouvait détacher sa pensée. Il en connaissait l'existence et l'emplacement. Robert de Bourbon, son père, lui en avait parlé naguère, peu de temps avant de prendre l'avion dans lequel il avait trouvé la mort. En avait-il eu le pressentiment ? La veille encore de son départ, évoquant ce tombeau vide qui semblait prêt pour un dernier roi, il avait dit à son fils, avec cette sorte de dérision triste qui était dans sa manière : « Je te le laisse volontiers. Je n'ai aucune chance d'y être enterré. Tu y tiendras mieux ta place que je n'aurais su le faire moi-même... » Et c'était vrai que cette sixième tombe semblait appeler la présence d'un roi, comme si la liste n'en était point définitivement close depuis cent soixante-dix années. Philippe Pharamond, roi de France, sacré à Reims, inhumé à Saint-Denis... Peut-être ne s'agissait-il que de cela, d'un début et d'une fin, la nature et la durée du chemin entre Reims et Saint-Denis comptant pour rien. Pour rien...

Ainsi méditait Philippe, emporté comme par un vertige dans la contemplation de cette tombe vide. Il était coutumier de ces fuites à l'intérieur de lui-même, traquant l'image de son destin qui s'y enfonçait peu à peu jusqu'à devenir insaisissable. Marie, qui le connaissait bien, s'approcha et lui toucha le bras de sa main. Il tressaillit, sortant de son rêve. En même temps, à voix basse, elle lui dit, avec l'énergie et la conviction dont elle avait toujours fait preuve :

— D'abord être roi, Philippe. C'est pour cela que tu es né. C'est à cela que Dieu te conduit. Tu n'as pas d'autre choix sur cette terre. Le reste n'a pas d'importance.

Il était deux heures et demie du matin. On l'attendait à Reims à cinq heures, avant que la ville s'éveille et que les rues se peuplent. Odon de Batz vint le lui rappeler. Philippe s'agenouilla devant les tombeaux, récita un Pater et un Ave.

— Par le sang du roi Louis XVI... dit-il.

Et il se signa.

Il avait franchi le pas.

Une voix fraîche s'éleva dans la crypte, vibrante, joyeuse, décidée.

— Vive le roi !

C'était le petit Henri Tibérien, rouge d'émotion. Il fallait un enfant pour oser crier cela en pleine nécropole royale, rétablir le lien avec tous ces morts comme autrefois l'on criait : « Le roi est mort ! Vive le roi ! » Philippe se pencha vers lui et posa ses deux mains sur les épaules du garçon.

— Mon chevalier de Saint-Denis... dit-il lentement, en souriant, mais dans son regard il y avait aussi du respect, de l'affection, et quelque chose qui ressemblait à une complicité triomphante.

Cet enfant l'avait fait roi, tout comme cet autre, là-bas, le petit Jérôme Guillou, qui l'attendait au seuil de la mort...

— Sire ! Sire ! bredouilla Henri, incapable d'aligner trois mots.

Rose écrasa d'un revers de main une larme sur sa joue. Elle s'était à peine montrée et se tenait à l'écart, dans l'ombre, buvant des yeux ce jeune homme comme s'il était le roi Louis XVI soudain ressuscité de son

240

tombeau. Elle n'était plus du tout ridicule. Elle avait rejoint le monde des vivants, et même, elle en pleurait de joie.

— Sire, mon roi… murmura-t-elle dans un souffle, prenant garde d'être entendue.

Aussi fut-elle prise d'un grand saisissement quand Philippe, en sortant de la crypte, passa près d'elle et lui dit, avec une jolie inclinaison de tête :

— Bonsoir, Rose. Merci de votre bonne compagnie…

Dehors, la neige avait cessé et commençait déjà à fondre. Devant le parvis éclairé, leurs gardes-chauffeurs au volant, les trois lourdes voitures attendaient, celles qui les avaient conduits de la Maladrerie à Saint-Denis, et la troisième qui avait amené Bohémond de Paris.

— Nous nous reverrons à la Maladrerie, Monseigneur, dit M. Ixe. Je vous y attendrai.

Après une hésitation, il reprit :

— Ne changerez-vous pas d'avis ?

Il faisait allusion à la volonté exprimée par Philippe de se rendre seul à Reims avec ses premiers compagnons. Le jeune homme fit signe que non. C'était affaire entre Dieu et lui. Il ne souhaitait pas de témoins au sacre, et cette attitude révélait plus d'humilité que d'orgueil. Qui sait si la grâce le toucherait ? En était-il seulement digne ?

— Et moi, Monseigneur, quand vous reverrai-je ? demanda à son tour Pierre Rotz.

— Nul ne peut répondre à cette question, Monsieur le ministre. Il faut faire confiance à la Providence.

— Je sais, Monseigneur, dit Rotz. Je sais, je connais les signes…

Philippe, Marie et Odon de Batz montèrent dans la première voiture. Monclar, Josselin et Bohémond dans la deuxième. La troisième emporta M. Ixe. Une fois le double portail de la basilique refermé de l'intérieur, Rotz empocha la clef. Rose éteignit soigneusement les lumières et ils filèrent par la petite porte latérale où non loin de là, près du square, attendait la voiture du ministre. Rotz déposa les deux Tibérien devant leur porte, puis reconduisit Rose chez elle. Pendant le trajet il lui dit :

— Rose, vous ne m'avez pas vu cette nuit. Vous n'avez d'ailleurs vu personne. Il n'est venu personne à Saint-Denis. Vous-même, vous n'y étiez pas.

Rose approuva gravement de la tête.

— J'ai compris, assura-t-elle de sa bonne grosse voix chantante. C'est l'histoire d'Hérode qui recommence.

Rotz réfléchit un instant, fouilla dans sa mémoire et dit :

— C'est exactement cela, en effet...

Il était trois heures du matin. Dans la basilique obscure, le gisant de Clémence de Hongrie souriait toujours aux anges. Il y eut un bruit de pas, dehors, des bottes qui frappaient le pavé. Une moto pétarada, puis une autre. Plusieurs vitraux volèrent en éclats, comme sous l'effet de gros grêlons. Clémence de Hongrie, défigurée, ne souriait plus. Elle avait été atteinte au visage, un coin des lèvres emporté par une bille d'acier.

La trêve était terminée.

Sept heures plus tard, le tout-puissant ministre Pierre Rotz, la mine aussi impénétrable que jamais, descendit de sa voiture devant le perron de l'Élysée. Conseil des ministres hebdomadaire. Le ballet des Excellences. Les valets et leur grand parapluie bleu. La routine républicaine.

Le tapis de la table du Conseil n'était pas vert, mais bleu, comme les parapluies. Ministre d'État, ministre de l'Intérieur, Rotz siégeait à la droite du Président. A l'abri derrière son masque habituel, les traits figés, les mains croisées devant lui sur la table, le dos droit et immobile, mais le regard toujours en éveil s'en allant se planter dans les yeux de tel ou tel petit ministre qui se demandait avec angoisse en quoi il avait démérité, Rotz, en réalité, rêvait. Un Conseil des ministres ne sert à rien. Avant même qu'on se soit assis, le communiqué est déjà prêt. La cuisine se fait ailleurs. Chaque ministre débite son couplet. Le Président remercie, admoneste, rectifie, souligne, complète, définit les impulsions et indique les priorités. Tout cela, c'est pour la galerie. Pierre Rotz parla à son tour, c'est-à-dire à la fin du Conseil selon l'ordre hiérarchique. Nominations, projets de loi, rapports, il lisait d'une voix monocorde. Puis, soudain, sa voix changea. Elle exprimait une sorte d'allégresse tout à fait inhabituelle, et cela pour annoncer haut et clair :

— J'ai l'honneur, Monsieur le Président, de vous remettre ma démission. Voici la lettre que j'ai rédigée. Elle est datée de demain, onze heures. D'ici là, selon l'usage, à moins que vous n'en jugiez autrement, j'expédierai les affaires courantes.

Chacun attendait, pétrifié.

— Peut-on en connaître les motifs ? demanda le Président d'une voix blanche.

— Convenances personnelles, dit Rotz.

On ne put rien en tirer d'autre et il fut entendu que la nouvelle ne serait pas rendue publique avant le lendemain.

Le Président leva la séance.

— Tu me dois quand même une explication, souffla-t-il à l'oreille de Rotz. Je t'attends dans mon bureau.

Rotz haussa imperceptiblement les épaules.

— Si vous voulez, Monsieur le Président.

Le bureau se trouvait au premier étage, avec trois fenêtres sur le jardin. Le regard de Rotz fit le tour de la pièce. Le drapeau frangé d'or était à sa place et tout le décor du pouvoir. Il n'y manquait même pas le chien, un lévrier descendant en droite ligne des chenils de Fran-

çois Ier. Depuis combien de temps servait-il cet homme ?
Quarante ans ! Et c'est aujourd'hui qu'il le découvrait…
Un fou rire, soudain, le prit.

— Qu'est-ce qui te fait rire ? demanda le Président,
sidéré.

— Toi ! Là-dedans ! répondit Rotz. Tu voulais une
explication, la voilà. Je te trouve ridicule…

Le roi, autrefois, arrivait à Reims l'avant-veille du sacre...

Dans la mesure où la nuit noire d'hiver qui enveloppait la ville appartenait encore au jour précédent puisque le mouvement de la vie n'y avait pas repris, Philippe ne dérogeait point à l'usage.

Il était cinq heures du matin quand après avoir traversé le canal et remonté la rue Libergier déserte, les deux voitures, l'une suivant l'autre, stoppèrent devant le parvis de la cathédrale. L'illumination nocturne de la façade était éteinte. Seuls brillaient quelques réverbères au pied de cette forêt de pierre dont les racines avaient été plantées à l'aube du Ve siècle. Le triple portail, baigné d'ombre, annonçait les trois âges de la création. Au sommet du portail central, portail majeur, portail du sacre, sous la rose aux couleurs endormies qui tout à l'heure s'éveilleraient, on devinait la Vierge Marie couronnée, protectrice des rois de France. Alignées au niveau des piédroits, de part et d'autre des portes, comme une sorte de milice sacrée, d'immenses statues au visage noble et à l'expression sereine, chevaliers, soldats, prélats mitrés, anges et saints, rois et reines de la tribu de Juda, faisaient paraître presque petite, en dépit de sa haute taille, la silhouette solitaire d'un moine en noir immobile au milieu du parvis. C'était le cardinal

Felix Amédée. Une étole était passée à son cou. A Philippe, descendu de voiture, il dit :

— Là, Sire, vous devez vous agenouiller.

Philippe obéit, à genoux sur la première des cinq marches du parvis que le moine lui avait désignée.

— Vous devrez vous contenter de mon bréviaire, Sire, mais il contient les Évangiles.

Et il le lui présenta, ouvert, afin que le jeune homme y posât ses lèvres. Puis élevant ses mains jointes, il dit :

— *Domine salvum fac Regem. Et exaudi nos in die invocaverimus tibi. Oremus. Quaesumus, omnipotens Deus, ut famulus tuus Rex noster Pharamonus, qui tua miseratione suscepit regni gubernacula...* [1].

Suivirent deux autres oraisons qu'écoutèrent avec recueillement les quatre garçons et Marie, légèrement en retrait, debout. Leurs visages semblaient répéter ceux des statues de pierre du portail.

— A présent vous pouvez vous relever, Sire, reprit Dom Felix. C'est ainsi que tout commence, que tout a toujours commencé. Il revenait à l'archevêque de Reims d'accueillir le roi de France sur le seuil de sa cathédrale, ainsi que cela s'est fait depuis les premiers couronnements.

Puis, sur un ton plus familier :

— Mais vous avez été privé de tapis, Philippe. Nous sommes véritablement démunis. Le roi, autrefois, arrivait à Reims l'avant-veille du sacre. Il était reçu porte de Vesle par le gouverneur de la province et les officiers municipaux. Les troupes de la garnison et les milices bourgeoises formaient la haie. Des arcs de triomphe avaient été dressés et une foule innombrable criait : « Vive le Roi ! » Le souverain était entouré des princes, des hauts dignitaires du royaume, des membres de sa

1. Seigneur, conservez le roi. Et exaucez-nous au jour auquel nous vous invoquerons. Prions. Ô Dieu Tout-Puissant, nous vous supplions afin que notre roi Pharamond, à qui votre miséricorde a donné la conduite de ce royaume...

246

Maison et des gentilshommes de sa garde. Sur le parvis l'attendait l'archevêque, en chape et en mitre, assisté de nombreux évêques et des chanoines du chapitre, en présence du légat du pape. Le roi s'agenouillait sur un tapis et l'archevêque lui présentait l'eau bénite et le livre des Évangiles à baiser. Après les oraisons particulières, un Te Deum était chanté. Plus tard on se mit à tirer le canon pendant que les cloches sonnaient. Après quoi le roi se retirait au palais de l'archevêché où ses appartements étaient prêts...

Dom Felix eut un geste des bras, englobant le parvis et la place déserte dans la nuit qui finissait. Le silence avait une pureté d'hiver. Nulle trace de mélancolie ou de regret dans le regard et la voix du moine. On y décelait au contraire une joie qui n'était pas feinte. Il poursuivit :

— Rien de tout cela aujourd'hui, naturellement. Nous sommes seuls et bien seuls, mon cher Philippe. Les cloches sont muettes, les troupes absentes, les chanoines dorment dans leurs tombeaux, la foule ignore votre existence et ne connaît même pas votre nom, mais les oraisons suffiront. C'est à Dieu que nous nous adressons. Les princes de votre famille vivent la vie du commun et les dignitaires du royaume ont abandonné le roi depuis longtemps. En revanche, nous avons Marie, et vous, mes chers garçons. Quant aux appartements royaux — il eut un petit sourire amusé —, il faudra vous en passer. Le palais de l'archevêché a été transformé en musée et l'évêque n'a plus que des bureaux qui sont d'ailleurs fermés jusqu'à demain. Mais le roi sera chez lui, Philippe, dans une maison amie qui n'est pas du tout loin d'ici. Allons...

Ils partirent à pied.

Les deux voitures qui les avaient amenés ne s'étaient pas attardées. Les chauffeurs avaient été priés de se faire oublier jusqu'au lendemain, quatre heures du matin, rendez-vous fixé par Odon de Batz, au même endroit, devant le parvis.

Le conducteur du premier autobus, ligne A, entrevit dans le pinceau de ses phares ces cinq jeunes gens qui se hâtaient, entourant un grand moine en noir, le capuchon sur la tête. La ville sortait de son sommeil. Les cafés relevaient leurs rideaux de fer. Des fenêtres s'allumaient et les feux de circulation cessèrent de clignoter à l'orange pour passer au rouge et au vert. De l'autre côté du canal montait un murmure continu : la rocade autoroutière se peuplait.

Ils marchèrent une dizaine de minutes, fuyant ce monde qui s'éveillait. Ils allaient par les rues étroites du vieux Reims, au moins de ce qu'il en restait après les bombardements sauvages des deux guerres. Il y avait des arbres derrière un haut mur où se découpait une porte à l'ancienne. Le moine toqua du doigt plusieurs coups, comme un code. Jean-Pierre Amaury ouvrit.

— Il serait temps de dormir un peu, dit Dom Felix en regardant sa montre. Nous nous retrouverons à onze heures. S'il vous plaît, Sire, prenez du repos.

Dix minutes plus tard, Philippe dormait, dans une petite chambre aux murs nus meublée avec discrétion. Il n'avait pas fermé l'œil depuis vingt-quatre heures.

Quand cinq heures plus tard il s'éveilla, le moine était assis à son chevet, un livre relié de cuir bleu et fleurdelisé d'or à la main.

— Ne bougez pas, Philippe, dit-il. Vous avez cinq minutes de répit. Je vais vous faire la lecture.

La fenêtre donnait sur un jardin intérieur clos. Un joli soleil d'hiver brillait. Debout derrière le fauteuil du moine se tenait Monclar, silencieux, sa petite croix d'or au cou. Dom Felix ouvrit le livre et lut.

— Vers les sept heures de la matinée, les pairs laïques et les pairs ecclésiastiques, s'étant assemblés, députèrent l'évêque duc de Laon et l'évêque comte de Beauvais pour aller chercher le roi au palais archiépiscopal. Ces deux prélats, en habits pontificaux, partirent en procession précédés des chanoines, du grand-chantre et du sous-chantre, et conduits par le marquis de Dreux, grand maître des cérémonies. Quand ils furent arrivés dans la salle du palais, le chantre frappa de son bâton à la porte de la chambre du roi. M. le duc de Bouillon, grand chambellan, sans ouvrir la porte, dit : « Que demandez-vous ? » L'évêque de Laon répondit : « Le roi. » Le grand chambellan repartit : « Le roi dort. » le chantre ayant frappé et l'évêque demandé une seconde fois « le roi », le grand chambellan fit la même réponse : mais à la troisième fois le chantre ayant frappé et le grand chambellan ayant répondu de même, l'évêque de Laon dit : « Nous demandons Louis XVI que Dieu nous a donné pour roi. » Aussitôt les portes de la chambre s'ouvrirent et le grand maître des cérémonies conduisit les évêques de Laon et de Beauvais auprès de Sa Majesté, qui est couchée sur un lit de parade. Ils saluèrent profondément le roi, lui présentèrent l'eau bénite ; et après avoir récité les prières ordinaires, ils aidèrent Sa Majesté à se lever de dessus son lit...

Le cardinal Felix Amédée reposa le livre sur ses genoux.

— C'est ainsi que cela commença pour le roi Louis XVI, dit-il, selon l'ordo des sacres en vigueur depuis le couronnement de Charles IX. Le cérémonial est lourd, appuyé, chargé à l'excès. Il a perdu sa simplicité antérieure. Le roi n'est plus un roi chevalier. On fait plus de cas du décor que de la pureté de son âme. Le droit divin est affublé de trop d'apparat de théâtre. Écoutez la suite...

Il rouvrit le livre marqué d'un signet à la page où il l'avait laissé.

— L'oraison entendue, le roi vêtu d'une longue robe de toile d'argent est sur le bord de son lit. L'évêque de Laon soulève Sa Majesté par le bras droit, et l'évêque de Beauvais par le bras gauche. Le cortège se met en mouvement. A la droite du roi sont les quatre grands officiers de sa Maison ; le prince de Soubise, grand maître ; le duc de Bouillon, grand chambellan, à sa gauche le maréchal de Duras, premier gentilhomme de la chambre, et M. le duc de Liancourt, grand maître de la garde-robe, tous quatre en habits de pair avec des couronnes de comte sur la tête. Devant le roi les deux capitaines des gardes, le maréchal de Noailles à la droite et le prince de Bauveau à la gauche. Plus avant, le prince de Lambesc, destiné à porter la queue du manteau royal, etc., etc.

A la fin, il sautait des lignes, avec une impatience irritée, à peu près sur le même ton que l'on dit : « Et patati ! Et patata ! »

— Et M. de Miromesnil, faisant fonction de chancelier... Et le maréchal de Clermont Tonnerre, en habits de pair, avec une couronne de comte sur la tête, connétable d'opéra, son épée nue à la main... Et les chevaliers compassés du Saint-Esprit, les maréchaux de Mouchy, de Muy, de Contades, de Broglie, de Nicolaï, qui se haïssent et ont intrigué des semaines pour l'honneur voyant de porter la couronne, le sceptre, la main de justice... Et les marquis de Sourches, de Nantouillet, de Wattronville, les ducs de Cossé, de la Vrillère, de Rohan, d'Uzès, de Luynes, de Gramont, de Mortemart, d'Harcourt, de Praslin, de Lorges, de La Rochefoucauld, mirobolants, tous déguisés, emplumés, comme pour un bal, une manière de turquerie royale... Tous ces gens vous ont abandonné, Philippe. Ils ne croyaient déjà plus à rien. Ils vous ont depuis longtemps oublié. Ils sont allés où va l'argent. Ils ont fait sonner leurs titres sous quatre Républiques, une caricature d'Empire et une Monarchie de boutique, mais pour défendre leur dernier roi de droit divin, Charles X, ils n'avaient pas bougé le petit doigt... Ne redoutez pas votre solitude, Philippe. Au contraire, bénissez-la. Elle sera vertigineusement royale. Avec votre sœur Marie et vos quatre compagnons, vous serez moins seul aujourd'hui que le roi Louis XVI quittant sa chambre au milieu de tous ces gens-là... Monclar vous accompagnera.

Les deux garçons échangèrent un regard. Monclar inclina la tête, une sorte de salut qui signifiait : « Tu es le roi. Je suis ton ami. »

Le moine se leva.

— Un moment encore, Sire. Il convient que vous entendiez au lit l'oraison ordinaire et appropriée au lever du roi le matin du sacre. Bien avant les enflures du cérémonial, nos rois chevaliers étaient tirés d'un vrai sommeil de cette façon, car ils avaient longtemps veillé, tout comme Votre Majesté...

L'étole cardinalice au cou, il enchaîna.

— *Oremus. Omnipotens sempiterne Deus, qui famulum tuum Pharamonum Regis fastigio dignatus es sublimare, tribue, quaesumus, ei, ut ita hujus saeculi cursu multorum in commune salutem disponat, quatenus a veritatis tuae tramite non recedat. Per Dominum Nostrum Jesum Christum...* [1].

— Amen, répondit Monclar.

Dom Felix fit des yeux le tour de la pièce. Les vêtements que Philippe portait la veille étaient déposés sur une chaise de paille, ainsi que du linge frais tiré d'un portemanteau de cavalier. La cape noire était accrochée à une patère et un chapelet pendait à la tête du lit. Pas d'argent ou de monnaie sur la petite table de nuit. Pas de portefeuille non plus, ni aucun de ces multiples liens que chacun transporte avec soi et dont nul aujourd'hui

1. Prions. Dieu Tout-Puissant et éternel, qui avez élevé à la royauté votre serviteur Pharamond, accordez-lui de procurer le bien à ses sujets dans le cours de son règne, et de ne jamais s'écarter des sentiers de la justice et de la vérité. Par Notre-Seigneur Jésus-Christ...

ne se détache. Dom Felix semblait satisfait de son examen. Son regard exprimait une bonne humeur sereine qui était sa disposition d'esprit depuis le matin.

— Aimez ce dénuement, Philippe. Pas de manteau royal. Pas de longue robe d'argent. Vous pouvez vous lever à présent. Vous ne trouverez au-delà de votre porte nul garde suisse ou écossaise, pas l'ombre d'un hérault d'armes et pas d'autre évêque que moi. Bon débarras ! Je vous laisse. Monclar, ensuite, vous conduira.

La maison qui les avait accueillis appartenait à la famille Amaury. Autrefois dépendance de l'archevêché qui y logeait son personnel ecclésiastique, la Révolution en avait fait une prison de fortune où l'on entassait les suspects. Tour à tour foyer de garnison, école, orphelinat, dispensaire et infirmerie des sœurs de saint Vincent de Paul pendant la Première Guerre mondiale, l'arrière-grand-père de Jean-Pierre Amaury l'avait achetée après l'armistice pour y établir ses bureaux rasés par les bombardements. Dans les années quatre-vingt, le triomphe du négoce champenois avait entraîné le déplacement des bureaux vers des édifices plus fonctionnels, tout de verre bleu et d'acier, mais les Amaury avaient conservé la bâtisse, projetant de la transformer en hôtel pour les touristes amoureux de vieilles pierres. Enfin Jean-Pierre Amaury s'y était installé après l'avoir restaurée dans sa simplicité d'origine. Il en aimait particulièrement le jardin planté de vieux tilleuls odorants au fond duquel l'ancienne chapelle désaffectée devait aux sœurs de saint Vincent de Paul et au respect religieux des Amaury de n'avoir point tout à fait perdu cet impalpable caractère sacré qui demeure attaché aux lieux où l'on a prié et où a été célébré le sacrifice de la messe, comme une odeur de fumée persiste dans les pièces où l'on a fait du feu. Pourtant il ne subsistait presque rien de sa destination première, hormis une pierre d'autel scellée au mur et quelques niches vides de statues. En revanche un feu crépitait dans une assez vaste cheminée auprès de laquelle étaient disposés quelques meubles rustiques honorables, deux paires de chaises, un banc, une table massive et un fauteuil de bois plein à dos droit, lourd et solide, large et haut, muni d'épais accoudoirs sculptés de façon malhabile en forme d'oiseau héraldique qui lui donnaient une sorte de majesté campagnarde. Les petits seigneurs, autrefois, présidaient paternellement les repas pris en commun avec leurs sergents et leurs laboureurs, assis dans des fauteuils comme celui-là. Ainsi était le royaume en ces temps-là.

Traversant le jardin, Philippe s'arrêta, saisi d'une impulsion soudaine.

— Que fais-tu ? lui demanda Monclar.

— Je regarde le soleil. Il me manque. Voilà dix jours que nous voyageons, et presque tout le temps la nuit. Saint-Benoît, Saint-Denis, c'était la nuit. Nous sommes entrés à Reims la nuit, et cette nuit, à la cathédrale, eh bien, ce sera encore la nuit... Est-ce que je suis condamné à la nuit ?

— Tu vois bien que non. Tu es à Reims et le soleil brille.

A travers les branches dénudées des arbres, il diffusait même un peu de chaleur, découpant des mosaïques de vive lumière sur le gravier des allées. Mais les hauts murs vêtus de lierre projetaient leur ombre noire, rappelant que l'endroit était clos, retranché dans son isolement. Philippe en fit le tour du regard.

— Tu as raison, dit-il. Le soleil brille, et je suis le roi de ce jardin.

Pensivement, il ajouta :

— A Pully, le jardin de mon père était beaucoup plus petit. On en faisait le tour en dix pas. Un jour de soleil que nous y marchions ensemble, il m'a dit : « Ici c'est la Flandre et l'Artois... » Puis, se retournant, montrant une plate-bande : « La Lorraine, l'Alsace, la Bourgogne... Où crois-tu que tu as les pieds ? En Provence ! Philippe. En Provence... » Il m'emmena quelques mètres plus loin : « Et voici le Languedoc, le Béarn, la Navarre... » Il citait les anciennes provinces sans en omettre une seule, jusqu'à l'Aunis et aux Dombes dont j'ai eu tant de peine à retenir les noms. Il souriait tristement. Pauvre père...

Monclar le considéra un instant avec infiniment d'attachement.

— Philippe, dit-il en lui ouvrant la porte de la chapelle...

Il rectifia : « Sire, le temps passe. On vous attend. »

A son entrée, tous se levèrent. La vivacité avec laquelle le cardinal Felix Amédée déploya sa haute taille témoignait de sa jeunesse d'esprit plus encore que de la souplesse de ses articulations en vérité surprenante pour son âge. L'intensité de son regard confirmait cette impression, tandis qu'il indiquait au jeune homme le fauteuil qui a été décrit, disposé par souci protocolaire en avant des autres sièges, comme une sorte de trône. Marie avait pris place sur une chaise, un peu en retrait de son frère, et derrière, de part et d'autre, sur les autres chaises et le banc, Odon de Batz, Josselin, Bohémond, et Monclar qui venait de les rejoindre. Debout au fond de la pièce, bras croisés, Jean-Pierre Amaury, le maître des lieux, marquait par son effacement volontaire que bien que Philippe fût sous son toit, Sa Majesté, en revanche, était d'abord et avant tout chez elle, et qu'il s'attachait seulement, désormais, à veiller sur sa sécurité.

— Asseyez-vous, Sire, je vous prie, dit Dom Felix.

Mais lui-même resta debout. Dans une attitude familière aux moines, les mains enfouies dans les vastes poches dissimulées sous son scapulaire, il reprit :

— Voilà deux ans que vous êtes mon élève, depuis la mort de vos parents. Il me revient à présent de vous donner votre dernière leçon, et ce sera celle de votre couronnement. Le sacre doit s'apprendre, Philippe. Non pas qu'il s'agisse de théâtre, même si certains de nos rois le prirent comme tel au cours des trois cents dernières années de la Monarchie française, mais parce que rien, cette nuit, ne devra vous distraire de votre recueillement et que vous n'y parviendrez qu'en acquérant auparavant une parfaite maîtrise du cérémonial. Tous nos rois sont passés par là, encore que pour les derniers d'entre eux ce fut un peu par-dessus la jambe. A Louis XV furent présentées des poupées qu'on fit évoluer sous ses yeux. Il est vrai qu'il avait douze ans. Des poupées aussi pour Louis XIV, mais celles-là étaient vivantes et les courtisans se battaient pour jouer le rôle du roi devant le roi. Louis XVI fut plus scrupuleux, mais Charles X travailla sur plan, à l'aide de dessins qu'on lui montrait. Il bâcla. A leur décharge, la lourdeur et les boursouflures du cérémonial, et le nombre excessif des participants puisque les grands du royaume voulaient tous y être servis sous prétexte de servir le roi. Tel ne sera pas votre sort, Philippe. Nous reviendrons à la simplicité, selon l'ordo de Charles V dont nous possédons le texte qui de copiste en copiste et de roi en roi s'était transmis depuis le roi Louis VII...

Il fit un signe à Monclar et celui-ci apporta une chaise. Le moine s'assit face à Philippe.

— Telle est la disposition imposée par notre petit nombre et qui sera répétée cette nuit au milieu du chœur de la cathédrale. Autrefois on y dressait une estrade de telle sorte que la foule pût suivre la cérémonie. Nous n'aurons pas besoin d'estrade, Sire. Dieu sera notre seul témoin.

Puis il ouvrit un grand volume plat posé près de lui, sur la table. C'était un livre d'une vingtaine de pages seulement, relié de cuir bleu, fleurdelisé, imprimé en gros caractères rouges et noirs, avec lettrines et enluminures polychromes, sur la couverture duquel on lisait en gravure d'or :

ORDRE

POUR OINDRE ET COURONNER

LE ROI DE FRANCE

Dom Felix en parcourut les deux premières pages des yeux. Il avait déjà son idée. Il connaissait le livre par cœur. Voilà des années qu'il le consultait. Ce livre ne l'avait jamais quitté.

— Nous commencerons par abréger, annonça-t-il avec bonne humeur. Vous vous passerez des évêques de Laon et de Beauvais, Philippe, qui déjà nous auraient encombrés ce matin, ainsi que des reliques qui pendaient ostensiblement à leur cou comme s'il se fût agi de distinctions personnelles acquises par leur seul mérite, et des trois autres pairs ecclésiastiques tout aussi saintement équipés, les évêques de Noyon, de Langres et de Châlons. Nous ne les regretterons pas, d'autant moins que je n'imagine pas l'épiscopat de ce pays prenant le relais du passé et nous déléguant ses pairs, aujourd'hui...

Avec un large sourire, il conclut sur ce point précis :
— Je les représente donc tous !
Puis reprit :
— Aussi réciterai-je moi-même les trois premières oraisons, qui sont fort belles. Ne manifestez point votre sentiment, Philippe. Vous êtes le roi. Mais écoutez-les intensément. La troisième vous dispensera toutes les grâces dont vous aurez besoin : « Seigneur Dieu, qui connaissez que le genre humain ne peut d'aucune sienne vertu subsister et demeurer en état, faites-nous cette

grâce, que votre serviteur Philippe Pharamond, lequel vous avez voulu qu'il commandât à votre peuple, soit tellement soutenu de votre aide et faveur, qu'il puisse profiter et servir de bon exemple à ceux auxquels il est préposé. Par le moyen de Notre-Seigneur Jésus-Christ... » Vous répondrez : « Amen. »

— Amen, répondit Philippe, et à sa voix se mêlèrent celles de Marie et des garçons.

Dom Felix se pencha sur son livre.

— Ah ! s'exclama-t-il, voici les chanoines de la cathédrale ! Et encore, s'il n'y avait qu'eux, mais ils sont flanqués de toute une clergerie de porteurs de barrettes, de chandeliers, de bénitiers, d'enfants de chœur en chape, d'huissiers épiscopaux, d'acolytes, de chantres, de musiciens, ils tiennent une place phénoménale, ils pèsent de tout le poids temporel de l'Église, ils sont trop nombreux, ils font écran, pour un peu on oublierait Dieu... Vous avez de la chance, Philippe. Vous serez débarrassé des chanoines. Ils chantaient une jolie antienne, mais Marie la chantera à leur place. L'avez-vous apprise, Marie ?

Encore une fois s'éleva la voix pure et cristalline de Marie. Chaque mot avait ses syllabes détachées et liées tout en même temps en une sorte de courant d'émotion qui procédait du sens des mots autant que de la perfection de la voix. C'était une ascension de notes, un envol du cœur et de l'âme. Le cardinal ferma les yeux, écoutant : « Seigneur, en ta force le roi se réjouit... »

Quand ce fut achevé, il devint clair pour chacun qu'à l'image du canon de la messe on était entré à présent dans le mystère du sacre des rois.

Dom Felix reprit le livre et lut.

— Quand la sainte ampoule doit arriver... Doivent venir en procession les moines du bienheureux Remi, avec la sainte ampoule que doit porter avec beaucoup de révérence l'abbé... Le roi doit envoyer de ses barons qui la conduisent avec sécurité...

Levant la tête, il regarda tour à tour chacun des quatre garçons.

— Je vous avais déjà commenté ce passage, dit-il. Ces seigneurs étaient au nombre de quatre. Sur leur vie et leur honneur, ils répondaient de la sainte ampoule, et ce ne fut pas toujours un vain mot. Autrefois ils demeuraient en otages à l'abbaye de Saint-Remi où était conservée l'ampoule afin qu'il fût bien assuré que le roi rendrait à Dieu, après le sacre, ce dépôt qui ne lui appartenait pas. Puis on leur accorda le droit d'accompagner la sainte ampoule de l'abbaye à la cathédrale. Ils l'escortaient à cheval, et l'abbé allait aussi à cheval. C'était au temps des chevaliers... Nous regretterons les moines de Saint-Remi. On chercherait vainement leurs ombres à travers la beauté glacée de leur salle capitulaire réduite à l'état de musée. Mais nous ne saurions nous passer des quatre seigneurs de la sainte ampoule...

Il étendit son bras vers la table où étaient disposés divers objets et toucha des doigts le reliquaire d'argent comme s'il voulait en éprouver la présence, celui qui a déjà été décrit, figurant une colombe dont la tête était le bouchon.

— Pas de sainte ampoule, pas de roi... reprit-il. Odon, Monclar, Josselin, Bohémond, cette nuit il vous reviendra de l'escorter de ce lieu où nous nous trouvons jusqu'à la cathédrale. Vous aussi, cher Amaury. L'honneur vous en échoit de droit, par tradition de famille et par la volonté de Philippe qui me l'a auparavant exprimée. Êtes-vous toujours armé ?

Amaury fit signe que oui. Comme à la gare, deux jours plus tôt, lorsqu'il avait accueilli Dom Felix, il portait, sous son veston, un revolver équipé d'un harnais.

— Vous n'en aurez sans doute pas l'usage, dit le moine, une lueur de gaieté dans les yeux, mais nous en conserverons le symbole. Il convient au temps que nous vivons. Ce sera notre seule concession.

Puis se tournant vers Philippe et consultant le livre du regard :

— Que la sainte ampoule soit ainsi conduite à l'autel, selon la coutume. Le roi doit se lever avec révérence...

Ainsi se leva Philippe.

— Trois oraisons, Sire, vous conduiront ensuite au serment. Je prie le Seigneur que celle-ci, en particulier, lorsque je la prononcerai, pénètre tout entière en vous : « Dieu Tout-Puissant et éternel, qui par votre singulière bonté avez ordonné que la lignée des rois de France serait ointe et sacrée... »

Il interrompit sa lecture et martela d'une voix forte :

— Ordonné ! Philippe. *Ordonné.* Cette oraison nous vient de saint Remi, lequel, en vérité, au sacre de Clovis, innovait sous l'inspiration même de Dieu. En sacrant le roi de France, l'archevêque de Reims ne fait rien de plus qu'obéir au commandement de Dieu et le roi n'a point d'autre liberté que celle de se conformer à cet ordre.

— Dieu l'a ordonné, mon père, dit Philippe. Je me remets entre ses mains.

C'est alors qu'une douleur fulgurante déchira la poitrine du vieux cardinal. Dom Felix ferma les yeux pour emprisonner en lui cette douleur et que rien n'en paraisse sur son visage. Cela ne dura qu'un instant pendant lequel il murmura : « Seigneur, je vous prie, accordez-moi le temps d'achever... » S'étant repris, il demanda :

— Sire, avez-vous arrêté votre serment ? Le moment en est venu. C'est à présent qu'il doit être prononcé. Vous vous souvenez que je vous ai dit que l'Église imposait au roi, autrefois, des promesses de sauvegarde et de conservation des privilèges en la personne de chaque évêque, mais je vous le répète une fois encore : le sacre n'est pas un marché entre l'Église de France et le roi. L'Église n'est qu'un truchement. Le roi est seul face à Dieu.

Philippe tira un papier de sa poche, écrit de sa main.

— Aussi ai-je suivi votre conseil, mon père. Je n'ai pas conservé la promesse aux évêques et je m'en suis tenu au serment royal selon son texte le plus ancien.

Il lut :

« Je promets, au nom de Jésus-Christ, au peuple chrétien qui m'est soumis :

« Premièrement, que tout le peuple chrétien gardera à l'Église de Dieu en tout temps la vraie paix par nos soins et par notre avis.

« Item, que je défendrai toutes rapines et iniquités en tous degrés.

« Item, qu'en tous jugements, je commanderai justice et miséricorde afin que Dieu clément et miséricordieux daigne m'accorder sa miséricorde.

« Toutes ces choses que j'ai dites, je les confirme par serment. Que Dieu et les saints Évangiles me soient en aide. »

Il avait parlé d'une voix claire. Il n'avait pas trébuché sur les mots. Il les détachait un à un de telle sorte que chacun s'en allait de sa bouche chargé de sens et irrigué par sa volonté.

— Bien, approuva le moine. Vous prêterez serment sur cet Évangile et ensuite vous l'embrasserez. Vous n'oublierez pas, Philippe, que Louis XVI y a posé ses lèvres et sept rois de France avant lui, à la suite du roi Henri II...

En même temps il désignait sur la table un volume de taille moyenne, fort ancien et abîmé, présentant cet aspect désolé des objets qui ont souffert de la malveillance des hommes. La reliure en avait été arrachée, les pages de garde déchirées. C'était l'évangéliaire de Bohême. Il ne sera pas raconté ici en détail, car l'histoire approche du dénouement, de quelle façon ce livre sacré enfermé dans le coffre du conservateur de la bibliothèque municipale de Reims en fut extrait ce jour-là pour ensuite n'y jamais revenir, et comment le conservateur nouvellement nommé ne s'aperçut de sa disparition qu'un certain nombre de mois plus tard quand écrivant, sur la foi d'une fiche de prêt de caractère exceptionnel, à la bibliothèque vaticane pour réclamer le retour de l'objet retenu au-delà des délais convenus, il en reçut l'étonnante réponse d'un prélat au-dessus de tout soupçon l'informant que ce prêt n'avait jamais été demandé et que la fiche était un faux...

— Et maintenant, Philippe, je vous prie, dit le cardinal Felix Amédée, approchez-vous de cette table. Les honneurs [1] du sacre y sont rassemblés. Des insignes de Charlemagne, il ne vous reste que l'épée. Les autres sont de facture nouvelle. Ils conviennent à votre humilité.

Ce fut sans doute à partir de cet instant que Philippe, s'en remettant à Dieu ainsi qu'il l'avait dit auparavant, entra dans sa condition de roi, non comme on revêt de nouveaux vêtements, mais par un élan de toute son âme. En vérité, il lui avait fallu pour cela faire preuve d'un courage moral prodigieux. Car enfin, en la dernière année de ce siècle, pour ce jeune homme de dix-huit ans qui était un être de chair, conscient des réalités du temps, qu'auraient pu signifer ces symboles éteints, l'anneau, le sceptre, la main de justice, la couronne, ces attributs désemparés d'une Majesté dérisoire, s'il n'avait reçu à point nommé les grâces nécessaires pour trouver le formidable courage de ne pas douter désespérément de lui-même devant la vertigineuse disparité entre ce monde où il vivait et ce qu'il avait résolu d'y représenter ? Il ne douta point. D'un regard calme et assuré, il prit possession en pensée de chacun de ces objets l'un après l'autre et ne manifesta aucun étonnement de les voir ainsi disposés devant lui, et pour lui. Ayant achevé son examen, il se retourna vers Dom Felix et dit :

1. Attributs royaux.

— Je vous écoute, mon père.

— Le sceptre et la main de justice, commença le moine, peut-être vous les rappelez-vous ?

— Je ne vous comprends pas, mon père.

— Essayez de vous souvenir, Philippe. Ils n'étaient point encore sous leur forme définitive et vous étiez un petit garçon...

Rien de plus humble que ces deux honneurs, qui n'étaient pas de métal, mais de bois, sans incrustations précieuses ni ornements, deux bâtons de longueur différente, l'un d'à peu près un mètre, le sceptre, l'autre d'une cinquantaine de centimètres, la main de justice, sculptés le plus simplement, et même assez maladroitement, dans leur partie supérieure, le sceptre s'achevant en fleur de lys et la main projetant trois doigts allongés, l'index et le majeur joints, le pouce légèrement écarté, les deux derniers doigts étant repliés. Les pétales latéraux de la fleur de lys manquaient passablement de symétrie, le pouce de la main de justice était dépourvu d'élégance. Cela sentait le travail d'amateur, mais l'amateur s'était obstiné avec une touchante bonne volonté et un souci émouvant de faire apparaître le caractère sacré de ces deux objets, ce à quoi, paradoxalement, il avait parfaitement réussi. Et Philippe, alors, se souvint. Il devait avoir cinq ou six ans. Ces années-là, son père, sans doute pour tromper l'ennui de longues journées inutiles, s'asseyait sur un banc du jardin, à Pully, un morceau de bois à la main, qu'il taillait patiemment au couteau, lui donnant les formes approximatives d'un bateau, d'un cheval, d'une auto, d'une poupée qu'il offrait ensuite aux jumeaux en souriant mélancoliquement. L'habitude et le goût lui en avaient passé, puis un jour, en effet, il s'était installé à nouveau sur son banc, préparant deux bâtons bien lisses et droits prélevés sur un noyer, mais cette fois, quand Philippe lui avait demandé ce qu'il avait entrepris de fabriquer, le prince avait répondu : « C'est un secret... »

— Je vois que vous y êtes, à présent, Philippe, reprit Dom Felix. C'est en effet l'œuvre de votre père. Il a dû les recommencer plusieurs fois et il s'y est acharné avec une exaltation désolée. Peu de temps avant qu'il prenne cet avion, il m'a prié de les bénir. Ce que j'ai fait. Ensuite il me les a donnés en disant : « C'est pour Philippe... »

Il marqua une pause, guettant du coin de l'œil le jeune homme qui menait une courte bataille contre un afflux d'émotion, et quand la bataille fut gagnée, il poursuivit :

— La couronne, en revanche, vient de mon abbaye, en Écosse. Elle a été façonnée pour vous par un de nos frères qui a été joaillier de la reine, autrefois. Nous avons au monastère d'Iona un remarquable petit atelier d'orfèvrerie qui n'a pas cessé de fonctionner depuis l'an 597, année de sa fondation par un compagnon de saint Colomba. Les couronnes des premiers rois angles et pictons qui se disputaient l'Écosse provenaient de cet atelier et c'est même de cette façon-là qu'entra dans leurs têtes de mule un commencement de religion. Votre couronne, Sire, ressemble aux leurs.

Celle qui se trouvait sur la table ne rappelait en rien, en effet, les lourdes parures en demi-sphère chargées d'une infinité de pierres précieuses des Valois et des Bourbons, ni même les couronnes plus austères surmontées de quatre grands lys que portaient les premiers Capétiens. Était-ce seulement une couronne ? Plutôt une sorte de bandeau de métal circulaire dénué de toute ornementation coûteuse.

— Nos anciens rois, reprit le moine, Pharamond, Clovis, Clotaire, Chilpéric, jusqu'au fastueux Dagobert, n'arboraient point de couronne. Ils se contentaient de simples cercles ou diadèmes d'or qu'ils passaient autour de leur casque, au combat. Celui-ci n'est même pas d'or, mais de fer martelé au feu, comme la couronne des rois lombards. Toutefois, en vous approchant, vous distinguerez les lys d'argent gravés en creux, au nombre de quatre. C'est bien la couronne du roi de France. Vous devriez l'essayer, Sire...

Le jeune homme hésita.

— Ce n'est qu'une répétition, Philippe, insista le moine en souriant. Et si elle vous tombait sur le nez ?

Quand Philippe eut ceint la couronne qui était à la mesure exacte de son front et enserrait ses cheveux blonds, le vieux cardinal, ébloui de bonheur, et dans le secret de soi-même, en silence, murmura : « Mon roi... » En même temps il entendit derrière lui un faible sanglot étouffé. Marie bataillait à son tour contre des flots d'émotion. Les quatre garçons, changés en statues, eussent donné sur-le-champ leur vie... Philippe reposa prestement la couronne. Dom Felix, qui lisait en lui, n'y découvrit point d'orgueil.

— Il faut essayer l'anneau, à présent, dit-il. Au quatrième doigt de votre main droite.

L'anneau reproduisait la couronne, simple cercle de fer à lys d'argent. C'est l'anneau qui marque le sacerdoce royal. Il est un signe de servitude volontairement consentie. Philippe le considéra un moment en le faisant tourner autour de son doigt, visiblement plus impressionné que lorsqu'il avait ceint la couronne. Pensivement, il le retira et le posa lentement sur la table, avec un évident respect.

— Reprenons, dit Dom Felix en consultant le grand volume bleu. Les honneurs sont portés au maître-autel par les pairs du royaume en procession escortés de diacres et de gentilshommes, les six pairs ecclésiastiques, mitrés, ainsi que les six pairs laïques, suivis de pages, en manteau, à savoir le duc de Bourgogne, le duc de Normandie, le duc d'Aquitaine, le comte de Toulouse, le comte de Flandres, le comte de Champagne, couronnés selon leur rang. Une accumulation de vanités... Au sacre du malheureux Louis XVI, comme à celui des autres Bourbons, il y avait déjà beau temps qu'en France nul n'était plus duc héréditaire de Bourgogne, d'Aquitaine ou de Normandie, comte de Toulouse, de Flandres, de Champagne. Pour que fût respecté l'ancien ordre du sacre, des princes du sang les représentaient, à la manière des poupées vivantes qui évoluaient devant Louis XIV et après une féroce sélection et de sombres pugilats de préséance où le duc de Chartres et le duc d'Orléans marchaient haineusement sur les pieds du prince de Condé et du prince de Bourbon. Là aussi, vous avez de la chance, Philippe. Nous n'aurons pas recours à eux. Dans les rameaux enchevêtrés de votre famille, j'ai dénombré soixante-trois princes du sang, et au cours de rares séjours passés chez ma cousine Marie-Edmée de Savoie il me semble en avoir rencontré quelques-uns. Imaginez-les tous ici, cette nuit ! A l'exemple de leurs arrière-grands-oncles Chartres, Orléans, Condé, Bourbon, ils se seraient marché vilainement sur les pieds. Par bonheur, à l'exception de deux ou trois d'entre eux, je doute qu'ils eussent fait le voyage de Reims pour venir s'acquitter de leurs devoirs. Symbole pour symbole, Sire, vous serez infiniment mieux servi par vos quatre fidèles compagnons.

Reprenant le grand livre bleu, le cardinal tourna la page.

— Là se place une longue oraison pendant laquelle vous gravirez les marches du maître-autel. En voici les premiers mots : « Seigneur Dieu, auteur inénarrable du monde, créateur du genre humain, gouverneur de l'Empire, confirmateur du Royaume, qui de toute éternité avez été élu le Roi de tout le monde... » De tout le monde et de vous-même, Sire. C'est clair, c'est net, c'est magnifique ! Cela contient toute la leçon du sacre.

— Je m'en souviendrai, dit Philippe.

— Ensuite vous vous tiendrez prosterné au pied de l'autel, comme le prêtre à son ordination, et j'en ferai autant, près de vous... Plût au ciel, ajouta-t-il presque gaiement, que mes vieilles articulations le permettent et que les forces ne me manquent pas (il pensait à ce coup de poignard, tout à l'heure...) Monclar et Odon m'assisteront. Avec l'aide de Dieu, j'y parviendrai. Puis tous les deux nous nous relèverons. A votre tour, maintenant, Bohémond. Imaginons que nous sommes à l'autel...

Le garçon s'approcha de la table, sortit l'épée de son fourreau et la tendit au cardinal qui la remit ensuite à Philippe, lequel la tint comme il se doit, la poignée en son poing fermé, la pointe haute, ainsi que l'ordre le prescrit.

— Cette épée vous vient de Charlemagne, Philippe, reprit le moine, et je vous adresserai les paroles que lui-même avait entendues : « Sire, prenez cette épée qui vous est donnée avec la bénédiction de Dieu, par lequel en la vertu du Saint-Esprit, vous puissiez résister et repousser tous vos ennemis, et tous les adversaires de la Sainte Église Catholique ; vous puissiez aussi garder le royaume qui vous est commis, ensemble conserver et défendre l'armée de Dieu, par l'aide du triomphateur invincible Notre-Seigneur Jésus-Christ... »

Il tourna encore une page.

— Puis sera chantée l'antienne : « Sire, soyez fortifié... » Marie ?

— Je la sais aussi, mon père.

Elle chanta pour la seconde fois, et pour la seconde fois également, une sorte de miracle s'accomplit. Philippe se tenait là, debout, l'épée du sacre à la main, en chandail et pantalon de velours, tête nue, mais on eût dit que la voix de Marie l'enveloppait comme les plis d'un manteau céleste : « Sire, soyez fortifié et fait homme, et observez les veilles du Seigneur votre Dieu : afin que vous cheminiez en ses voies, et gardiez ses cérémonies, ses témoignages et jugements, et qu'en quelconque lieu que vous soyez, Dieu vous donne force et puissance. »

Dom Felix en suivait le texte des yeux sur le livre. Quand ce fut fini, il ajouta :

— L'épée sera remise à Bohémond, Sire, puisque vous lui en avez confié la garde. Il la recevra, genou en terre, et la portera devant vous jusqu'à la fin de la messe... L'ordre m'enjoint de vous adresser encore, avant le moment des onctions, des paroles que je redoute pour vous.

Il hésitait. Dans quelques heures, la cérémonie du sacre achevée, il regagnerait son monastère perdu aux lointaines Hébrides, si Dieu lui en laissait le temps, et Philippe reprendrait le chemin de son île comme il en était venu, la grâce du sacre exceptée, aussi solitaire, aussi pauvre, aussi démuni de toutes choses et de toutes gens, roi oublié, roi fantôme... Quel son fêlé ne risquaient-elles pas de rendre, ces tonnantes objurgations à Dieu des lignes 275 à 290 de l'ordre où le Seigneur était prié dans les termes les plus guerriers d'octroyer au roi Philippe Pharamond « d'être très fort entre tous les rois pour triompher de ses ennemis, pour réprimer les rebelles, et subjuguer les nations païennes et infidèles ; d'être aussi terrible et épouvantable à ses ennemis, à cause de la force et de la puissance de la dignité royale, qu'envers les princes et seigneurs de son royaume il soit libéral, aimable et plein de bonté : à ce qu'il soit craint et aimé de tous... » Jusqu'à cet instant précis, Dom Felix n'avait pas douté. Il n'avait pas *réfléchi*. Mais même en s'en tenant aux symboles, n'y avait-il pas quelque aveuglante imposture à solliciter Dieu de cette façon pour ce pauvre et faible rejeton ?...

Ce fut le rejeton qui trancha.

— Mais je les ai lues, ces paroles, mon père. Je les connais. Pourquoi les redouter ? Peut-être s'agit-il d'ailleurs, de quelque part où le royaume de France existerait ? Je finirai bien par le trouver, même si je ne le découvre qu'à ma mort.

Le cardinal Felix Amédée remercia Dieu en secret. Un gouffre s'était ouvert devant lui et le gouffre avait été comblé. Lisse et droit s'ouvrait désormais le chemin qui conduisait au sacre du roi. Nulle restriction ne s'y opposait. Il plongea le nez dans le livre pour cacher le trouble qui l'avait saisi et qui à présent s'apaisait.

— Poursuivons, dit-il. Puis, lisant : « Le chrême est apporté sur l'autel sur une patène consacrée... (ce sera votre office, Monclar...) et l'archevêque ouvre la sainte ampoule qui est posée sur l'autel. Et, avec une aiguille d'or, il en extrait quelque peu de l'huile envoyée du ciel et la mélange au chrême préparé sur la patène diligemment avec le doigt pour oindre le roi qui seul, parmi tous les rois de la terre, resplendit de ce glorieux privilège d'être oint par le chrême mélangé avec l'huile envoyée du ciel et d'une autre manière que les autres rois. Et ici commencent les litanies... » Croyez-vous à l'intercession des saints, Philippe ?

— J'y crois, mon père.

— Eh bien, annonça Dom Felix joyeusement, à la suite de la Vierge Marie que nous prierons en premier, nous en invoquerons cinquante-quatre, ce qui avec le saint chœur des anges, dont l'armée est innombrable, le saint chœur des confesseurs, celui des martyrs et celui des vierges que nous solliciterons également, sans oublier les compagnons de saint Nicaise, évêque de Reims, ceux de saint Denis et de saint Maurice qu'implorent aussi les litanies, fera quand même pas mal de monde ! Ce sera peut-être le seul instant de votre vie, Philippe, où en vérité, vous ne serez pas seul. A cette foule, pour terminer, je dirai : « Pour que vous daigniez bénir votre serviteur ici présent qui doit être couronné roi, de grâce, écoutez-nous. » Je le répéterai trois fois, mais à la deuxième fois je dirai : « bénir et exalter votre serviteur... », et enfin, à la troisième : « bénir, exalter, consacrer... » Car vous serez consacré, Sire, *avant* d'être couronné.

Reposant le livre sur la table, il ajouta pensivement :

— Quel peuple aujourd'hui l'admettrait ? Quel souverain s'y prêterait sans au moins en inverser l'ordre ?

Louis-Philippe Ier, roi des Français, l'amputa carrément de moitié : il fut couronné, mais non sacré...

— Je suis roi de France, dit Philippe.

— Je vous administrerai donc neuf onctions, Sire. Au sommet de votre tête, à la poitrine, à la base de votre cou entre les épaules, puis à chacune de vos épaules, aux jointures de vos deux bras, et enfin à chacune de vos mains. Autrefois, vous le savez parce que nous en avons parlé, le roi se présentait à l'autel en tunique de soie ou de lin assortie d'un dispositif compliqué de fentes semblables à des boutonnières, équipées d'anneaux et de rubans permettant à l'archevêque de les ouvrir pour tracer sur la peau les onctions et ensuite de les refermer avec l'aide des pairs du royaume. Cela vous avait fait sourire. Vous trouvez cela...

— Ridicule, précisa Philippe. Du moins je m'imagine mal revêtu de cette camisole à trous que d'ailleurs je ne possède pas et que Marie, aussi mauvaise couturière que cuisinière, comme vous l'avez certainement remarqué, mon père, aurait été bien en peine de tailler, de coudre et d'arranger...

Et tous éclatèrent de rire. Ce fut une sorte de pause et elle était la bienvenue après ces longs moments de tension où concouraient de toutes leurs fibres leur âme, leur cœur et leur pensée. Dom Felix riait aussi.

— Alléluia ! proclama-t-il. Et comment ferez-vous, Philippe ?

— Comme Clovis ! J'enlèverai mon chandail et ma chemise.

L'idée hautement anachronique d'un Clovis moustachu et chevelu, en pantalon de velours à côtes, basculant par-dessus ses épaules, en l'an 496, un chandail bleu de grosse laine, les divertit encore un instant, après quoi ils reprirent leur sérieux, tandis que Dom Felix expliquait que c'était exactement de cette façon, en effet, que le roi Clovis Ier, torse nu, vêtu seulement de braies de cavalier roides de poussière et de sueur séchée, s'était présenté devant saint Remi, à Reims, et qu'il avait été imité ensuite par la plupart des rois de France jusqu'au temps des premiers Capétiens. Hugues Capet, sacré à Reims le 3 juillet 987, reçut les onctions royales torse nu.

— Ce sont de très longues oraisons, Philippe, reprit le cardinal. Quatorze siècles de Monarchie française en ont éprouvé les vertus. Vous les écouterez avec attention et recueillement, car elles ne comportent pas un seul mot qui fût inutile et dont le sens ne vous liât pour l'éternité. L'oraison de la consécration du roi, qui précède immédiatement les onctions, reste le plus beau et le plus achevé des textes de l'antique liturgie royale. Ne prenez pas pour vaine littérature cléricale les rappels qui y seront énoncés de la fidélité d'Abraham, de la mansuétude de Moïse, de la fortitude de Josué, de l'humilité de David, de la sapience de Salomon. Ils sont les fils aînés de la promesse, prêtres et rois en une même personne, les premiers que Dieu ait marqués de son signe pour conduire un peuple d'hommes. Et moi-même, cette nuit qui vient, en traçant les onctions sur vos mains, je ne prononcerai pas sans terreur sacrée ces mots qui vous lieront à jamais au créateur et à la création.

Sans l'aide du livre, il récita :

— Que ces mains soient ointes d'huile sanctifiée, de laquelle rois et prophètes ont été oints, et ainsi que Samuel oignit David pour être roi : afin que soyez oint et bénit, et constitué roi en ce royaume, lequel Notre-Seigneur Dieu vous a donné pour régir et gouverner...

Dom Felix demeura méditatif et tous respectèrent son silence. A la fin, il ajouta :

— Tout est accompli. Ce qui suit ne fera plus que découler de cela. Dès ce moment, vous serez roi.

Puis, changeant de ton :

— Aurez-vous des gants, Philippe ?

Le jeune homme répondit que non. L'idée aussi l'avait amusé. Clovis portait-il des gants ?

— Nous sauterons donc la bénédiction des gants qui

devrait se placer là, enchaîna allégrement le cardinal. Je préfère cela. C'était toute une royale simagrée. Le roi enfilait ses gants, qu'un duc lui apportait en grande pompe, et peu après retirait celui de sa dextre afin que l'archevêque de Reims pût passer l'anneau bénit à son quatrième doigt, après quoi il l'enfilait de nouveau pour l'enlever un peu plus tard et en diverses circonstances, quand les pairs lui baisaient la main... Nous nous y prendrons plus simplement.

Il se leva.

— Je réciterai les oraisons prescrites et je vous remettrai l'anneau, puis le sceptre, puis la main de justice, par laquelle, ainsi qu'il sera dit, « vous aimerez la justice et haïrez l'iniquité pour la raison que Dieu votre Dieu vous a oint de l'huile de liesse, à l'exemple de celui qu'il avait oint devant les siècles par-dessus tous ses participants, Jésus-Christ Notre-Seigneur... »

Reprenant le livre, il appela :

— Odon de Batz ! Monclar ! Josselin ! Bohémond !

Les quatre jeunes gens s'approchèrent, entourant Philippe. Le cardinal avait les traits tirés, les ailes du nez pincées, et ses mains tremblaient légèrement.

— Lisez-nous ce passage, je vous prie, demanda-t-il à Monclar. Mes yeux commencent à se fatiguer.

Le garçon lut :

— Après cette oraison, les pairs sont convoqués par leur nom, par l'archevêque. Ceux-ci appelés et présents, l'archevêque prend à l'autel la couronne royale et, seul, la pose sur la tête du roi. Celle-ci posée, tous les pairs portent la main à la couronne et la soutiennent de chaque côté et les pairs seuls. Alors l'archevêque dit cette oraison avant de placer la couronne sur la tête mais il la tient assez haut devant la tête du roi : « Prenez, Sire, la couronne du royaume au nom du Père et du Fils et du Saint-Esprit ; afin que méprisant l'ancien ennemi et délaissant la contagion de tous vices, vous aimiez justice, miséricorde et jugement ; et ainsi justement, miséricordieusement, et pieusement vous viviez, afin que vous receviez de Notre-Seigneur Jésus-Christ la couronne du royaume éternel. Prenez, dis-je, la couronne... »

Dom Felix l'interrompit.

— Cela va, Monclar, je vous remercie. Ménageons nos forces. Est-ce que vous avez bien compris, tous les quatre ? Voulez-vous que nous répétions... (il hésita sur le mot) ces mouvements ?

Philippe regarda la couronne qui était posée sur la table. Visiblement il hésitait, par respect, par une sorte de retenue de nature religieuse, à la ceindre une seconde fois avant que le moment en fût venu. Consultant des yeux ses compagnons, il répondit :

— Ce ne sera pas nécessaire, mon père. Nous saurons. Je saurai...

— Eh bien, finissons, reprit le cardinal. Il me restera, Sire, à vous bénir solennellement. Ensuite je vous prendrai par la main et je vous conduirai à votre trône qui ne sera qu'un modeste siège. Puis je déposerai ma mitre et je me déferai de ma crosse — Monclar, vous ne me quitterez pas... — afin de vous embrasser, Sire, ainsi que l'ordre le prescrit. Enfin je me retournerai vers l'immense nef vide, et de toute ma voix je proclamerai : « Vive le roi éternellement ! »

Saisissant Philippe par les épaules, il le serra un instant contre lui, en murmurant, comme dans un souffle, car il était recru d'émotion et son vieux cœur, dans sa poitrine, menait une course désordonnée : « Philippe, mon enfant, vive le roi éternellement... »

S'étant ressaisi, il termina.

— Je célébrerai ensuite la messe à laquelle vous assisterez, Sire, et je vous raccompagnerai jusqu'au parvis de la cathédrale ainsi qu'il convient à l'archevêque de Reims et à nul autre de le faire. Il sera quatre heures du matin. Enfin... enfin... nous ne nous reverrons plus.

Et comme Philippe ouvrait la bouche pour dire les mots d'affection qui lui venaient spontanément, il l'arrêta d'un geste vif.

— Non, Philippe. Nous ne nous reverrons plus. Je veux mourir chez moi, à Iona.

Après quelque temps de repos, ils se retrouvèrent pour veiller ensemble, silencieux, priant dans le secret de leur âme. La nuit tomba. Un peu avant une heure du matin, une longue voiture conduite par Jean-Pierre Amaury les emmena par les rues désertes de Reims jusqu'au grand portail de la cathédrale où les chevaliers, les soldats, les prélats, les rois et les reines de Juda, les anges, les apôtres, les saints, semblaient méditer dans l'ombre.

En les voyant arriver, l'ange reprit la pause et sourit...

Philippe Charles François Louis Henri Jean Robert Hugues Pharamond de Bourbon fut sacré roi de France à Reims le 3 février 1999 sous le nom de Pharamond, par Son Éminence le cardinal Felix Amédée, de l'ordre de saint Benoît, archevêque de Reims selon les dispositions que l'on sait, et légat de Sa Sainteté le pape, ainsi que le prélat en fit part à Sa Majesté lors de la bénédiction pontificale, en présence de la princesse Marie de Bourbon, sœur du souverain, de ses compagnons Odon de Batz, Monclar, Josselin, Bohémond, et du seul Jean-Pierre Amaury, qui, plus tard, en témoigna.

La cérémonie dura trois heures, de une heure à quatre du matin. Trois voix, seulement, s'y firent entendre, celle du cardinal tout au long, celle du roi pour le serment, celle de Marie chantant les antiennes, au milieu d'un extraordinaire silence d'une intensité particulière, comme si toute une foule retenait son souffle dans cette immense église vide. Il n'y eut point d'autre son, en plus de celui de ces trois voix, que le grincement du grand portail et le bruit de quelques pas sur le dallage de la cathédrale à l'entrée et à la sortie. Les orgues demeurèrent muettes et les cloches immobiles, à l'exception d'une seule, très lointaine, à des milliers de kilomètres, une minuscule cloche aigrelette, au clocher d'un monastère maronite aux trois quarts abandonné, qui se mit soudain à sonner, sonner, au souvenir des rois Francs. Ce fut l'unique signe, cette nuit-là, en France et à travers toute la terre, qu'un roi avait été couronné, et sacré. Visiblement la Providence, après beaucoup de bonne volonté, semblait s'en désintéresser. On peut en arriver à se demander si l'existence de Pharamond II ne rejoignait pas dans le mythe celle de Pharamond Ier, ancêtre présumé de la dynastie, perdu au-delà des brumes fantasmatiques de l'ancienne imagination populaire.

La nouvelle, cependant, fut connue de quelques-uns par les moyens habituels et dans les délais normaux. Rotz l'apprit à dix heures du matin, soit une heure avant de quitter définitivement son ministère. Elle lui arriva sur son fax codé en provenance de Châlons-sur-Marne et après en avoir pris connaissance il passa tout de suite la feuille au broyeur. Ce fut son dernier acte de gouvernement. Qui aurait compris quoi, au demeurant ? En l'absence de son préfet muté l'avant-veille chez les Canaques, le secrétaire général du département de la Marne (chef-lieu : Châlons, sous-préfecture : Reims...) l'informait qu'ayant fait surveiller discrètement sur sa demande la cathédrale durant la nuit, on y avait observé, en effet, l'arrivée d'une longue limousine à une heure, puis de la lumière mais aucun bruit à l'intérieur de l'édifice, enfin le départ à quatre heures de deux grosses berlines identiques où avaient pris place huit personnes qui n'avaient pas été identifiées, selon les instructions du ministre, mais qu'il n'y avait pas de quoi fouetter un chat puisque Mgr Wurt lui-même, archevêque de Reims, interrogé par téléphone au début de la matinée, avait indiqué au secrétaire général, personnellement, qu'il avait passé ces trois heures de la nuit en prière, en compagnie de quelques fidèles, au maître-autel de sa cathédrale, par dévotion particulière à saint Blaise, évêque de Sébaste en Arménie, martyrisé en 316 et fêté le 3 février selon le calendrier liturgique, et qu'il n'y avait aucune raison de suspecter la piété nocturne d'un évêque qui par ailleurs avait toujours fait preuve d'un louable zèle républicain...

Rotz quitta son ministère en sifflotant. Il ne serra qu'une seule main, celle du jardinier, en y laissant un billet de cinq cents francs. Le jardinier lui avait dit : « Judas, couic ! Monsieur le ministre... »

Replié dans une petite maison de campagne au fin fond de la Creuse dépeuplée, protégé par un nom d'emprunt et par de grosses lunettes de soleil qu'il chaussait dès qu'il sortait, il se prépara à attendre...

Faragutt apprit la nouvelle par téléphone, de la bouche même de Monclar, lequel se chargeait depuis leur départ des communications avec l'île. Réjoui, heureux, fier, satisfait, le vieux bonhomme Faragutt. Peut-être pas véritablement ému, en tout cas pas à la hauteur vertigineusement religieuse de l'événement, comme si quelque chose manquait encore. Il demanda quand le roi rentrerait et il lui fut répondu par Monclar que le roi se mettait en route et quittait la Maladrerie le jour même, mais que nul ne savait, à commencer par le roi lui-même, combien de temps ce voyage durerait.

Averti aussi par Monclar, Maison Saint-Athanase, à Rome, le frère Ulrich écouta avec la plus grande attention et dit seulement : « Remercions Dieu. Nous prierons... »

Revenu dès le surlendemain dans son monastère de Iona, Dom Felix dut s'aliter. Il était allé au-delà de ses forces. Le médecin lui prescrivit une immobilité presque totale s'il voulait, comme il le lui avait demandé, obtenir quelques jours de grâce. Il se fit apporter dans sa cellule quelques livres, son bréviaire, son chapelet, de l'eau à boire, décidé à ne point prendre congé avant que Dieu ait achevé son ouvrage.

Rien n'avait changé, sinon le temps, qui était devenu exécrable, et la direction dans laquelle ils allaient, d'est en ouest, revenant sur leurs pas. Empruntant divers chemins de campagne et allées boueuses en forêt, sans retourner à Saint-Benoît, ils avaient rejoint le cours de la Loire un peu en aval de Meung et avaient aussitôt disparu entre les levées du fleuve où se succédaient sans fin, dans une sauvage solitude, des îles de sable et des gués au milieu d'une végétation d'hiver. Le fleuve charriait de petits glaçons, un vent du nord soufflait méchamment et la neige qui, parfois, tombait, prenait la consistance du grésil. Les naseaux de leurs chevaux produisaient une épaisse buée. Aucun rayon de soleil ne perçait les nuages noirs et bas.

Philippe avait imposé un train d'enfer. Dès qu'une surface propice au galop se présentait, il prenait la tête et fonçait, sombre et muet. Ce n'était plus ces galops joyeux dans lesquels ils se précipitaient naguère, botte à botte, riant de bonheur, le cœur dilaté par l'excitation de la course, Marie criant : « Allez ! Allez ! », ses cheveux blonds déployés, mais plutôt une hâte rageuse, une sorte de hargne agressive qui les entraînait ventre à terre à des allures souvent dangereuses. Franchissant au galop d'énormes troncs d'arbre couchés au lieu de les éviter par un détour, Philippe tomba de cheval plusieurs fois, se relevant, les dents serrées, le regard courroucé.

— On se traîne ! On se traîne ! déclarait-il, excédé.

Hormis ces remarques acerbes concernant la lenteur supposée de leur marche, on n'entendait plus le son de sa voix. Même Marie ne pouvait lui tirer deux mots. Aux haltes, il s'asseyait sur une souche, à l'écart, enveloppé dans sa grande cape noire, et ingurgitait en silence la nourriture qu'un des jeunes gens lui apportait, le plus souvent un quelconque sandwich et un gobelet d'eau, car on n'allumait plus de feu, cela ralentissait l'allure. Dès que les chevaux semblaient avoir soufflé, on repartait. Ils ne rencontrèrent pas âme qui vive, traversèrent Blois et Tours sous la neige, par le lit du fleuve, longeant les berges désertes, passant sous des ponts muets, aux heures du petit matin. Et même en plein jour, hors des villes, la campagne, aussi, semblait vide, du moins ce qu'ils en apercevaient en se dressant sur leurs étriers, depuis le fond de la rivière, au-delà des frontières d'un autre monde. La nuit, ils coiffaient d'une toile de tente quelque ancienne cabane de pierre découverte béante sur le rivage et sombraient dans un sommeil sans rêves, épuisés. Philippe, en revanche, ne dormait pas. Il gardait longtemps les yeux ouverts, dans le noir, en proie à une peur fondamentale qui s'emparait de sa pensée, et ce qu'il jugeait infiniment plus grave, de son âme. Il avait beau prier en silence avec une ferveur désespérée, tandis que ses compagnons reposaient, cette peur ne voulait pas céder. Dieu lui devait une réponse et le moment en approchait.

Non loin du château de Villandry qui émergeait d'une brume glacée au matin du troisième jour de cette course effrénée, avisant Odon de Batz penché sur sa carte au 1/20 000, il demanda d'une voix changée :

— On y arrive, non ?

— On arrive *où*, Sire ?

— Et d'abord, ne m'appelle pas « Sire » ! Qu'est-ce que tu en sais ?

Odon lui jeta un regard surpris mais ne releva pas l'observation.

— Je te demande si on va bientôt sortir de là ! reprit Philippe. Il me semble que l'on n'est pas éloigné de cette rampe, le long de la levée, par laquelle nous étions descendus dans le fleuve, à l'aller. Puisque nous y sommes descendus, nous allons donc pouvoir en remonter ? C'était le chemin le plus direct.

— A deux kilomètres, en effet, répondit laconiquement Odon.

Le fleuve était à son étiage d'hiver, se coulant en différents bras qui se rejoignaient et se séparaient à travers d'immenses étendues de sable où l'on aurait pu, en d'autres temps, déployer toute une cavalerie. Pour la première fois depuis trois jours, Philippe esquissa un sourire, tandis qu'un sublime arc-en-ciel formait une arche dans le ciel noir, comme un porche démesuré jeté sur les deux rives du fleuve.

— Allez ! Allez ! cria-t-il en lançant son cheval au galop.

Soulevant d'étincelantes gerbes d'eau au passage des gués, tous les six en ligne de front, les sabots de leurs montures effleurant à peine le sable, ils atteignirent bientôt, hors d'haleine, la rampe indiquée par Odon, qu'ils avalèrent dans la foulée, ne s'arrêtant qu'au sommet de la levée, en bordure d'une route de terre, dans un grand mouvement sonore de chevaux cabrés et hennissants. Ils reconnurent aussitôt l'endroit.

— C'est bien là, dit Philippe à Odon. Et maintenant, je te le commande, tu marches en tête, tu nous guides, et tu ne t'écartes pas d'un mètre du chemin qui a été le nôtre en venant.

Lui-même se plaça en arrière, cédant le pas à Marie et à ses compagnons. Son cheval, docilement, prit la file. Il se referma dans son silence, tandis que sa peur, peu à peu, desserrait les liens qui l'étouffaient.

Odon de Batz n'hésita pas une seule fois. Sans même

jeter un coup d'œil sur sa carte, il choisissait la route juste et ne rebroussait jamais chemin. Ils étaient bien passés par là. Leur mémoire identifiait des repères, un orme foudroyé au milieu d'un champ, la croix pleurant de rouille d'un calvaire, le ruban asphalté d'une nationale qu'il fallait franchir en tenant ferme les rênes des chevaux, un village derrière un repli de terrain, une ville, au loin, à demi masquée par ses banlieues, un petit pont roman sur un ruisseau, l'aboiement furieux d'un molosse enchaîné dans quelque ferme, enfin, après encore une heure de route, la grange abandonnée où ils avaient dormi et dont le toit se dessinait à l'amorce d'un tournant, le puits où ils avaient tiré de l'eau, la cour où ils avaient allumé un grand feu auprès duquel s'était chauffé le malheureux enfant... Ils mirent pied à terre.

Une énorme moto rouge et argent était béquillée sur le bord du chemin.

— Il est là, un peu plus loin, dit Jeannot, qui attendait, son casque intégral sous le bras.

Il était là, en effet, abrité sous l'auvent de la grange, mais dans quel état, le pauvre gosse... Étendu sur un brancard pliant, enroulé dans une couverture qui ne semblait envelopper que le néant tant il était devenu maigre et n'occupait plus sur cette terre qu'un volume infinitésimal de chair vivante, il eut à peine la force de se soulever sur un coude. Son visage avait pris l'aspect de celui d'un petit singe chauve mourant de faim, mais les yeux étaient ceux d'un enfant et brillaient d'une extraordinaire espérance.

— Merci... d'être venu... plus tôt, dit-il. Je n'aurais pas pu... résister... un mois...

Il reprenait souffle à chaque mot. Sa voix était presque inaudible.

— Jérôme... Jérôme Guillou, dit Philippe. J'avais promis.

Si l'amour du prochain a un sens, c'est en cette minute qu'il le prouva. Philippe se pencha sur l'enfant. Toute peur l'avait quitté. Il posa ses deux mains sur le front de Jérôme et lui dit :

— Le roi te touche, Dieu te guérisse...

L'antique pouvoir miraculeux des rois de France après leur sacre. Saint Louis avait guéri des centaines de malheureux. Ce pouvoir s'était affadi peu à peu, s'estompant de roi en roi, jusqu'à devenir franchement douteux quand vint le siècle des Lumières... « Le roi te touche, Dieu te guérisse », a dit Philippe Pharamond, roi de France.

Dieu ne fit pas les choses à moitié et c'est un plaisir de le raconter. Quel narrateur, jamais, en ces temps de foi chichement mesurée et d'infinie prudence théologale, a trouvé sous sa plume cette chance ? L'enfant se leva. Il était blond lui aussi. On le vit à ses cheveux qui formaient autour de sa tête un harmonieux casque bouclé. Il considéra avec étonnement ses mains, dont la veille encore, dans sa misère, il s'amusait à compter les os sous la peau devenue transparente. Son visage exprimait le bonheur.

C'est ce bonheur qu'au même instant ressentit avec une acuité transcendante le cardinal Felix Amédée. Le frère qui lui apporta son bouillon de midi n'eut pas besoin de lui fermer les yeux. Le cardinal les avait fermés seul au moment de s'en aller, laissant à ceux qui le virent, mort, le don d'un ineffable sourire.

Josselin rassembla les chevaux. Au loin retentit une volée de cloches.

— Nous irons là, dit Philippe.

Ainsi commença son long voyage...

Le Livre de Poche Biblio

Extrait du catalogue

Sherwood ANDERSON
Pauvre Blanc

Guillaume APOLLINAIRE
L'Hérésiarque et Cie

Miguel Angel ASTURIAS
Le Pape vert

James BALDWIN
Harlem Quartet

Djuna BARNES
La Passion

Adolfo BIOY CASARES
Journal de la guerre au cochon

Karen BLIXEN
Sept contes gothiques

Mikhail BOULGAKOV
La Garde blanche
Le Maître et Marguerite
J'ai tué
Les Œufs fatidiques

Ivan BOUNINE
Les Allées sombres

André BRETON
Anthologie de l'humour noir
Arcane 17

Erskine CALDWELL
Les Braves Gens du Tennessee

Italo CALVINO
Le Vicomte pourfendu

Elias CANETTI
Histoire d'une jeunesse
(1905-1921) -
La langue sauvée
Histoire d'une vie (1921-1931) -
Le flambeau dans l'oreille
Histoire d'une vie (1931-1937) -
Jeux de regard
Les Voix de Marrakech
Le Témoin auriculaire

Raymond CARVER
Les Vitamines du bonheur
Parlez-moi d'amour
Tais-toi, je t'en prie

Camillo José CELA
Le Joli Crime du carabinier

Blaise CENDRARS
Rhum

Varlam CHALAMOV
La Nuit
Quai de l'enfer

Jacques CHARDONNE
Les Destinées sentimentales
L'Amour c'est beaucoup plus que
l'amour

Jerome CHARYN
Frog

Bruce CHATWIN
Le Chant des pistes

Hugo CLAUS
Honte

Joseph CONRAD
et Ford MADOX FORD
L'Aventure

René CREVEL
La Mort difficile
Mon corps et moi

Alfred DÖBLIN
Le Tigre bleu
L'Empoisonnement

Iouri DOMBROVSKI
La Faculté de l'inutile

Friedrich DÜRRENMATT
La Panne
La Visite de la vieille dame
La Mission

Paula FOX
Pauvre Georges !

Jean GIONO
Mort d'un personnage
Le Serpent d'étoiles
Triomphe de la vie
Les Vraies Richesses

Lars GUSTAFSSON
La Mort d'un apiculteur

Knut HAMSUN
La Faim
Esclaves de l'amour
Mystères
Victoria

Hermann HESSE
Rosshalde
L'Enfance d'un magicien
Le Dernier Été de Klingsor
Peter Camenzind
Le poète chinois

Bohumil HRABAL
Moi qui ai servi le roi d'Angleterre

Joseph ROTH
Le Poids de la grâce
Raymond ROUSSEL
Impressions d'Afrique
Salman RUSHDIE
Les Enfants de minuit
Arthur SCHNITZLER
Vienne au crépuscule
Une jeunesse viennoise
Le Lieutenant Gustel
Thérèse
Les Dernières Cartes
Leonardo SCIASCIA
Œil de chèvre
La Sorcière et le Capitaine
Monsieur le Député
Petites Chroniques
Isaac Bashevis SINGER
Shosha
Le Domaine

André SINIAVSKI
Bonne nuit !
Alexandre VIALATTE
La Dame du Job
La Maison du joueur de flûte
Franz WERFEL
Le Passé ressuscité
Thornton WILDER
Le Pont du roi Saint-Louis
Mr. North
Virginia WOOLF
Orlando
Les Vagues
Mrs. Dalloway
La Promenade au phare
La Chambre de Jacob
Années
Entre les actes
Flush
Instants de vie

Dans Le Livre de Poche

Biographies, études...
(Extrait du catalogue)

Badinter Elisabeth
Emilie, Emilie. L'ambition féminine
au XVIIIe siècle (*vies de Mme du Châtelet, compagne de Voltaire, et de Mme d'Epinay, amie de Grimm*).

Badinter Elisabeth et Robert
Condorcet.

Bona Dominique
Les Yeux noirs (*vie des filles de José Maria de Heredia*).

Borer Alain
Un sieur Rimbaud.

Bourin Jeanne
La Dame de Beauté (*vie d'Agnès Sorel*).
Très sage Héloïse.

Bramly Serge
Léonard de Vinci.

Bredin Jean-Denis
Sieyès, la clé de la Révolution française.

Castans Raymond
Marcel Pagnol

Chalon Jean
Chère George Sand.

Champion Jeanne
Suzanne Valadon ou la recherche de la vérité.
La Hurlevent (*vie d'Emily Brontë*).

Charles-Roux Edmonde
L'Irrégulière (*vie de Coco Chanel*).
Un désir d'Orient (*jeunesse d'Isabelle Eberhardt, 1877-1899*).

Chase-Riboud Barbara
La Virginienne (*vie de la maîtresse de Jefferson*).

Chauvel Geneviève
Saladin, rassembleur de l'Islam.

Peyrefitte Roger
Tableaux de chasse ou la vie extraordinaire de Fernand Legros.
La Jeunesse d'Alexandre, t. 1 et 2.

Renan Ernest
Marc Aurèle ou la fin du monde antique.
Souvenirs d'enfance et de jeunesse.

Rey Frédéric
L'Homme Michel-Ange.

Roger Philippe
Roland Barthes, roman.

Séguin Philippe
Louis-Napoléon le Grand.

Sipriot Pierre
Montherlant sans masque.

Stassinopoulos Huffington Arianna
Picasso, créateur et destructeur.

Sweetman David
Une vie de Vincent Van Gogh.

Thurman Judith
Karen Blixen.

Troyat Henri
Ivan le Terrible.
Maupassant.
Flaubert.

Dans la collection « Lettres gothiques » :

Journal d'un bourgeois de Paris (*écrit entre 1405 et 1449 par un Parisien anonyme*).

Composition réalisée par BUSSIÈRE 18200 Saint-Amand-Montrond

IMPRIMÉ EN FRANCE PAR BRODARD ET TAUPIN
Usine de La Flèche (Sarthe).
LIBRAIRIE GÉNÉRALE FRANÇAISE - 6, rue Pierre-Sarrazin - 75006 Paris.

ISBN : 2 - 253 - 06233 - 2 ⊕ 30/9562/7